Kondor-kindisch,

Pit

15.03.15

Kondorkinder

Die Suche nach den
Verlorenen Geschichten

von Sabrina Železný

Das Spiegelbuch

Das Spiegelbuch lag vor ihnen in einem Einband aus feinstem, glattem Leder; schöner, als es die Sattler auf dem Weg zum Puente Viejo bearbeiten konnten. Als Isabel sich nah darüber beugte, roch sie das Aroma, und in dem sanften Geruch wilden Leders nahm sie den Wind des Hochlands wahr. Aber das eigentliche Wunder war die Farbe. Das Stück Leder schillerte wie die Oberfläche eines Bergsees, in einem Türkisblau, so kräftig und leuchtend, dass es Isabel die Tränen in die Augen trieb, weil sie meinte, das Glitzern der Sonnenstrahlen auf der Wasseroberfläche zu sehen. Es war eine Farbe, in der man versinken konnte, eine Farbe von Wärme und Wildheit.

Die Autorin

Sabrina Železný, geboren 1986, lebt zusammen mit einem virtuellen Lama und einem schwedischen Bücherregal in Berlin, wo sie studiert, ihre Begeisterung für Fremdsprachen auslebt und Reisepläne schmiedet. Die gelernte Kulturanthropologin hat die Akkulturation zur Wahlperuanerin so gut wie vollzogen und schreibt hauptsächlich Phantastik mit Lateinamerikabezug.

Kondorkinder ist ihr Debütroman, nachdem sie eine Reihe von Kurzgeschichten veröffentlichte.

www.sabrinarequipa.de

Sabrina Železný

Kondorkinder
Die Suche nach den Verlorenen Geschichten

www.mondwolf.at

IMPRESSUM

1. Auflage – Copyright © 2013, Verlag Mondwolf, Veronika Maria Stix, Wien

Coverbild: Maik Schmidt

Satz und Layout: Veronika M. Stix, www.mondwolf.at

Lektorat u. Korrekturen: Veronika M. Stix

Druck und Bindung: Druckerei Theiss, 9431 St. Stefan im Lavanttal, www.theiss.at

Gedruckt in Österreich

ISBN 978-3-9503002-8-4

Für meine Eltern, die schon immer verstanden haben, was das Schreiben für mich bedeutet.

Inhalt

1.
Kuntur – **Kondor**

Am Anfang war das Licht, das mit der Kraft eines fauchenden Pumas in ihren Schlaf sprang.

Yanakachi riss die Augen auf und starrte in die Dunkelheit. Dann zerriss Donnergrollen die Stille, vibrierte in ihrem Körper und ebbte schließlich ab in ein gleichmäßiges Prasseln.

Die Regenzeit hatte begonnen.

Für einen Moment lag Yanakachi unbeweglich da. Ihre Augen gewöhnten sich langsam an das Dunkel. Sie hörte das Rauschen, das die Hütte einhüllte, ein Vorhang aus Wasser, der sie von allem anderen trennte; aber mit den geschärften Ohren einer aufmerksamen Mutter konnte Yanakachi noch durch das Geräusch des Regens Yawars Atemzüge wahrnehmen.

Als ein weiterer Blitz herein flackerte, richtete sie sich vorsichtig auf und suchte den Klumpen aus Dunkelheit ab, der sich auf dem Lager neben ihr zu Yawars Silhouette verdichtete. Er hatte sich zusammengerollt, und im nächsten fahlen Blitzlicht konnte Yanakachi sehen, dass er den linken Daumen halb zwischen seine Lippen geschoben hatte.

Sie lächelte. Mit seinen acht Jahren war Yawar ein frühreifes, ernstes Kind. Er musste das sein, nach allem, was sie erlebt hatten. Aber im Schlaf, so kam es ihr vor, krabbelte wieder der kleine Junge an die Oberfläche, den er bei Tageslicht in sich verschlossen hielt.

„*Pumachay*, mein kleiner Berglöwe", murmelte sie in die Finsternis, ein Wispern, das im Donnergrollen unterging. Sie beugte sich nach vorne und schob die schwere Alpakadecke zurecht, die Yawar über die Schultern gerutscht war. Die Nächte der Regenzeit waren beißend kalt, obwohl Yanakachi das Fenster mit mehreren Wolldecken verhängt hatte. Yawar durfte sich nicht erkälten.

Sie stand auf und glitt in Richtung des Fensters. Noch immer hatte sie es nicht verlernt, sich lautlos zu bewegen, lautlos wie der Puma, der über die Bergflanken schlich. Nötig wäre es nicht gewesen – Yawar hatte einen gesegnet tiefen Schlaf, und weder Blitz noch Donner konnten ihn aus seinen Träumen reißen.

Yanakachi zupfte an den Decken am Fenster und kämpfte mit den Traumfetzen, die in ihrem Kopf wisperten und sich nun wie zornige Tierkinder darum balgten, vor ihrem inneren Auge Gestalt annehmen zu dürfen. Unwillkürlich ballte sie eine Faust, sodass die Nägel ihr ins Fleisch schnitten.

Nein. Denk nicht an Llanthu. Er ist fort.

In diesem Moment hörte sie den Schrei – hell und wehklagend.

Unwillkürlich schloss sie die Augen, obwohl es ohnehin unmöglich war, draußen etwas durch die wollenen Vorhänge zu erkennen. Aber hatte sie nicht so einen Schrei schon einmal gehört?

Innerlich sah sie Llanthu vor sich. Llanthu und das gerinnende Blut, Llanthu und seine geweiteten Augen, und ihr wurde schwindlig.

Dann ertönte der Schrei ein zweites Mal. Yanakachi atmete tief durch, öffnete die Augen und nickte stumm in die Dunkelheit.

Nein, das war kein menschlicher Schrei, es war das Wehklagen eines verletzten Tieres. Und auch, wenn es widersinnig sein mochte, sie würde nach draußen gehen und sich dem Anblick stellen. Sie würde Llanthu sonst zuviel Raum geben. Er war nicht in jedem Geräusch, nicht in jedem Wispern des Windes, das musste sie begreifen.

Vorsichtig schob sie die Tür auf.

Die Gewalt des eiskalten Regenschauers nahm Yanakachi für einen Moment den Atem, und die Wasserwand blendete sie. Trotzdem trat sie entschlossen nach draußen, die Zähne zusammengebissen. Sie stand in der vollkommenen Schwärze; kein einziger Stern drang durch die Wolkenwand, die sich über ihr ballen musste und den Regen wie eiskalte Pfeile auf sie niederprasseln ließ. Unwillkürlich schlang Yanakachi die Arme um ihren Oberkörper und versuchte, in der rauschenden Finsternis etwas auszumachen. Ein erneuter Blitz zuckte, dann noch einer, und für einen Herzschlag nahm Yanakachi ein dunkles Bündel an der Wand der Hütte wahr, vielleicht auch nur Einbildung, aber ihr Herzschlag setzte für einen Moment aus.

Was liegt dort?

Mit kleinen Schritten bewegte sie sich auf die Wand zu. Ihre bloßen Füße stießen an rutschige Steine und versanken in kühler, aufgequollener Erde. Die Blitze schienen jetzt mit der gleichen Intensität auf sie niederzuregnen wie die Wassertropfen, aber der rasche Wechsel aus silbergrauem Licht und vollkommener Finsternis machte es ihr nicht unbedingt einfacher, ihren Weg zu finden. Donner krachte über ihr und ließ sie jedes Mal zusammenfahren.

Dann stieß ihr Fuß gegen etwas Kaltes, Nasses und Weiches, und sie blieb stehen und starrte nach unten. Ihre Haare hüllten sie mittlerweile ein wie ein Mantel aus Regenwasser, und sie atmete flach durch halb geöffnete Lippen, weil sie das Gefühl hatte, als würden die Wassermassen des Río Colca durch ihre Nase eindringen.

Der Blitz jetzt kam nahezu gleichzeitig mit dem Donner, ein Paukenschlag, der den Himmel auseinander brechen ließ.

Überall Wasser, aber ihr Mund war wie getrocknetes Leder. Fassungslos blickte sie auf das Bündel zu ihren Füßen, schwarze Federn und Augen wie Obsidian, die sie vom Boden her anstarrten – furchtlos, aber schmerzerfüllt.

„*Kuntur*", sagte Yanakachi. Sie sagte es mitten hinein in die Regenwand. Es war an die Gewitternacht gerichtet, die um sie her tobte, an die Götter, die in dieser wütenden Dunkelheit einen Kampf ausfechten mochten. Aber es war auch an den Vogel zu ihren Füßen gerichtet. Der Kondor, der heilige Vogel der *apus*, der Berggötter, die über ihr Leben wachten. Er durfte wissen, dass sie ihn erkannt hatte.

Yanakachi kniete nieder, und der Kondor gab erneut das Geräusch von sich, das sie aus der Hütte getrieben hatte; leiser diesmal. Vielleicht verließen ihn die Kräfte, vielleicht wusste er auch, dass kein lauter Schrei mehr nötig war, weil sie ihn jetzt gefunden hatte. Er lag da mit gespreizten Flügeln, halb versunken im Matsch, als ob sich mitten im Flug der Himmel unter ihm in festen Boden verwandelt und ihn eingefangen hätte.

Yanakachi streckte vorsichtig die Hand aus und zog sie wieder zurück. Der Kondor war groß, so groß wie Yawar und ganz gewiss genau so schwer. Sein gebogener Schnabel flößte ihr Respekt ein. Auch verletzt musste das Tier noch unglaubliche Kraft besitzen. Und wer konnte wissen, wie heftig es sich verteidigen würde, verwirrt durch den Schmerz?

Dennoch. Im Grunde, das wusste Yanakachi, gab es nichts zu überlegen. Der Kondor war ein Bote der Götter, der an guten Tagen seine Kreise über den Menschen zog und über sie wachte. Er war verletzt, und er hatte nach ihr gerufen. Sie würde ihm helfen. Und wenn er ihr das Fleisch in Stücken aus den Armen hackte.

„Kondor", sagte sie erneut, diesmal flüsterte sie die Worte fast direkt in das schwarze Gefieder. „Ruhig. Keine Angst. Ich werde dir helfen."

Seine Augen musterten sie. Etwas in ihnen glomm hell auf, heller als die nächtlichen Blitze. Yanakachi murmelte weiter, murmelte mit der Stimme, mit der sie zu Yawar gesprochen hatte, als er einmal im Fieber gelegen hatte.

Behutsam breitete sie die Arme aus und fuhr unter den Bauch des Kondors.

Der Vogel gab ein Geräusch von sich, ein seltsam kleines Quietschen, und öffnete seinen Schnabel. Yanakachi hielt inne; sie redete weiter auf ihn ein, ließ den beruhigenden Singsang ihrer Worte auf ihn nieder rieseln, hoffte, dass sie ihn so trafen, wie sie es sich wünschte: sanft, warm, ein Reigen aus heilenden Federn.

Der Kondor schnarrte leise und machte keine Anstalten, nach ihr zu hacken.

Yanakachi schob ihre Hände weiter unter ihn, bis sie das Gefühl hatte, ihn jetzt sicher greifen zu können.

„*Kunturchallay, sonqollay, ama waqaychu, ama manchaychu*. Mein kleiner Kondor, mein Herz, weine nicht, fürchte dich nicht."

Die Worte perlten von ihren Lippen, während sie einen Fuß vorschob, um nicht den Halt zu verlieren, und den Kondor im gleichen Moment anhob, in dem sie sich aufrichtete. Für einen Augenblick glaubte sie unter dem Gewicht zu straucheln und entzweizubrechen. Der Kondor bewegte müde seine Flügel, es war keine

Kraft in dieser Bewegung. Yanakachi keuchte, dann stand sie da, gerade und straff, und hielt den Kondor in ihren Armen, sacht und fest, als wäre er ihr Kind. Er war schwer, und sein Hals lag dicht an ihrem Gesicht. Jeden Moment hätte er den Kopf drehen und ihr seinen Schnabel in die Augen graben können, aber er tat nichts dergleichen, sondern hing wie resigniert in ihren Armen. Sie spürte, wie sein Brustkorb gegen ihre Handflächen vibrierte, hörte den Kondor leise schnarren. Die nassen Federn an ihrem Gesicht rochen nicht nur nach Regen, sondern auch nach der Weite des Himmels, aus dem er gestürzt sein müsste.

„*Mamay*?"

Yawars Stimme kam aus der Dunkelheit, als Yanakachi wieder ins Haus trat. Für einen Moment blieb sie stehen und rang nach Luft.

„Mach Licht, Yawar. Und sei vorsichtig, stoß dich nirgends."

Obwohl sie kaum etwas sah, wusste sie, dass er nickte.

Kurz darauf flackerte die kleine Talglampe auf, und im rötlich-gelben Widerschein sah Yanakachi Yawars große Augen.

„Was ist passiert?", fragte er.

Sie trat ein paar Schritte nach vorne und ließ den tropfenden Kondor so behutsam wie möglich auf den Tisch gleiten.

„Eine Decke", sagte sie, und Yawar tappte davon. Yanakachi betastete vorsichtig die beiden Flügel des Kondors. Als sie mit den Fingern über den rechten Flügel fuhr, zuckte der Vogel zusammen. Yawar reichte ihr schweigend eine Decke, und sie begann, den Vogelkörper damit abzutupfen. Der Kondor zuckte zusammen.

„Er wird auf deinem Lager schlafen, und wir beide auf meinem", erklärte sie Yawar. Der Junge nickte. Fasziniert betrachtete er den Kondor.

„Sein rechter Flügel ist verletzt", sagte sie erklärend.

„Ist er abgestürzt?"

Sie nickte. Sie war nicht ganz sicher, ob es der Blitz gewesen war oder ob eine Sturmböe ihn vielleicht gegen eine Felswand getrieben hatte. Aber letztendlich spielte das keine Rolle. Sie hatten sich des Kondors anzunehmen.

Yanakachi hatte schon als Kind gelernt, verletzte Gliedmaßen zu verbinden und zu schienen. Es war nicht schwer. Ihre Finger wussten die Sprache gesplitterter Knochen zu deuten.

Aber noch nie hatte sie einen Vogelflügel verarztet.

Der Kondor regte sich nicht, nur seine Augen funkelten, als sie mit zitternden Fingern, aber dennoch sicheren Handgriffen begann, den Flügel zu richten. Yawar schaute ihr schweigend zu, die Augen groß und rund.

Als sie fertig war, hob sie den Kondor erneut an. Diesmal fiel es ihr wesentlich leichter, weil sie ihn von der Höhe des Tisches aufnehmen konnte. Sie trug ihn hinüber zu Yawars Lager und musste unwillkürlich lächeln, als sie sah, dass seine zerwühlte Decke bereits eine Art Nest bildete, in das sie den Kondor behutsam betten konnte. Sie ging zum Fenster und löste eine der Wolldecken, die als Vorhang dienten, um sie über den Kondor zu breiten. Der Vogel betrachtete sie unentwegt aus seinen hellwachen Augen.

„Wir werden ihn gesundpflegen, nicht wahr?"
Sie drehte sich zu Yawar um. Er strahlte sie an, und sie lächelte zurück.

„Natürlich werden wir das. Komm, leg dich hin. Morgen haben wir viel zu tun."
Yawar nickte eifrig. Respektvoll machte er eine kleine Verbeugung in Richtung des Vogels auf seinem Schlaflager.

„Gute Nacht, Kondor. Schlaf gut, und fürchte dich nicht. Meine Mama macht dich wieder gesund, darauf kannst du dich verlassen."
Zärtlichkeit brandete in Yanakachi hoch. Sie fuhr Yawar durch die Haare.

„Ins Bett mit dir", sagte sie liebevoll.
Yawar kicherte, während er unter die Decke auf ihrem Lager krabbelte.

„Du machst mich ganz nass, Mama!"
Yanakachi schaute an sich herunter und grinste. Erst jetzt spürte sie wieder ihr Gewand, das ihr klatschnass am Körper klebte, und die kleinen Rinnsale, die von ihren Haaren aus zwischen ihren Schulterblättern hinab liefen. Kälte machte sich in ihr breit. Sie tastete nach der Decke, mit der sie den Kondor trockengerieben hatte, und warf sie sich um die Schultern.

Als sie wenig später mit einem trockenen Kittel und leidlich ausgewrungenen Haaren auf ihr Schlaflager sank, war Yawar bereits wieder eingeschlafen. Sein stummes Lächeln leuchtete durch die Dunkelheit. Der Daumen war wieder in seinen Mundwinkel geschoben. Yanakachi legte sich so, dass ihr Körper einen schützenden Bogen um den Jungen formte. Bevor sie einschlief, spürte sie deutlich den wachsamen Blick des Kondors auf sich.

*

Gedämpftes Tageslicht drang durch die wollenen Vorhänge, als Yanakachi aufwachte. Yawar schlief, zusammengerollt, eng an sie geschmiegt. Für einen Moment runzelte sie die Stirn. Warum lag er nicht auf seinem eigenen Lager? Dann kehrten die Bilder der Nacht mit neuer Deutlichkeit zu ihr zurück. Sie fuhr sich mit einer Hand über den Kopf, ihr Haar fühlte sich noch immer klamm an.

Yanakachi drehte sich und setzte sich auf.

Der Kondor auf Yawars Schlaflager beobachtete sie, als hätte er die ganze Nacht nicht damit aufgehört. In dem provisorischen Nest aus braunen Decken wirkte er fehl am Platz und seltsam verletzlich.

„Guten Morgen", sagte Yanakachi und nickte ihm zu.

Der Vogel gab ein kurzes Schnarren von sich, als würde er ihren Gruß erwidern.

Sie stand auf und nahm die Decken vom Fenster. Braune Rinnsale bahnten sich ihren Weg die Dorfstraße hinab, und die Luft trug noch die Erinnerung an die vergangene Regennacht, aber der Himmel war makellos blau. *Ich werde den Webstuhl nach draußen stellen, vielleicht sogar bis ans Flussufer gehen*, dachte Yanakachi. Sie arbeitete gern mit dem Blick auf die ruhig dahin fließende Wasseroberfläche.

Nach einem letzten Blick wandte sie sich vom Fenster ab und berührte Yawar sanft an der Schulter. Er krauste im Schlaf die Nase und versuchte, sich noch einmal umzudrehen, aber dann schlug er plötzlich doch die Augen auf und schien mit einem Schlag hellwach zu sein.

„*Mamay*! Und der Kondor?"

Yawar sprang auf und tappte zu seinem Schlaflager hinüber.

„Ich habe es ja doch nicht geträumt! Was geben wir ihm zu essen?"

Yanakachi zögerte. Kondore waren Aasfresser. Aber es war kein Festtag, und sie konnte weder ein Meerschweinchen noch ein Alpaka schlachten.

„*Ch'arki*", antwortete sie darum entschlossen, und Yawar nickte und huschte hinüber in die Vorratsnische, wo sie den Lederbeutel mit dem getrockneten und gesalzenen Fleisch aufbewahrten. Mit großer Ernsthaftigkeit hielt Yawar dem Kondor ein Stück *ch'arki* hin, und nach anfänglichem Argwohn nahm der Vogel es ihm mit erstaunlicher Behutsamkeit aus den Fingern.

„Sei vorsichtig, Yawar."

Er schenkte ihr einen fast empörten Blick. „Er ist ein freundlicher Kondor. Und klug. Er weiß schon, dass er mich nicht beißen darf!"

Yanakachi lächelte, während sie das Feuer entfachte und den Rest Quinua-Brei aufwärmte, der noch von gestern übrig war. Yawar ließ sich erst zum Frühstück überreden, als der gesamte *ch'arki*-Vorrat im Schnabel des Kondors verschwunden war, und auch dann bestand er darauf, sich so hinzusetzen, dass er den Vogel auf seinem Schlaflager sehen konnte.

„Er ist wunderschön, *mamay*. Kann er nicht immer bei uns bleiben?"

Yanakachi schüttelte den Kopf.

„Nur so lange, bis sein Flügel geheilt ist. Du weißt, dass die Kondore den *apus* gehören. Sie sind die Botschafter der Götter. Und außerdem brauchen sie den weiten Himmel zum Leben, keine kleine Hütte."

„Er könnte immer nachts kommen, und ich würde ihm mein Lager überlassen", brummelte Yawar mehr an seinen Quinua-Brei gewandt als an sie.

Yanakachi schmunzelte.

„Und du wirst auf den Berg klettern und im Kondornest schlafen, ist es nicht so?" Sie gab ihrem Sohn einen liebevollen Klaps auf den Hinterkopf und verwuschelte ihm mit der gleichen Handbewegung das Haar. Yawar runzelte die Stirn.

„Nein, aber ich würde tagsüber mit dem Kondor mitfliegen, damit er mir die Welt zeigt."

Yanakachi ließ ihre Hand sinken, eine Spur zu schnell, wie sie an dem Aufblitzen von Verwirrung in seinen Augen merkte. Sie wusste, dass ihr Gesicht zu einer steinernen Maske geworden war, die sie schnellstens brechen musste, aber sie brachte kein Lächeln zustande.

„Die Welt? Da gibt es nichts zu sehen, *sonqollay*, mein Herz. Nur Felsen und Täler wie unseres hier."

Bevor Yawar antworten konnte, hielt sie ihm auffordernd die leeren Breischalen hin.

„Hier. Wenn du etwas von der Welt sehen willst, dann geh an den Fluss und mach die Schalen sauber. Und auf dem Rückweg kannst du bei Mama Tullu ein neues Säckchen *ch'arki* holen. Ihren Kittel habe ich fast fertig, das kannst du ihr sagen."

Yawar stand gehorsam auf, blieb aber wie zweifelnd stehen und schaute sie an.

„Beeil dich!", sagte Yanakachi mit gespielter Strenge. „Ich will bald mit dem Webstuhl an den Fluss gehen. Es gibt viel zu tun heute. Und jemand muss auf den Kondor aufpassen, während ich arbeite, oder nicht?"

Das wirkte. Yawar strahlte sie an, nickte, wirbelte herum und rannte aus der Tür.

Mit einem kleinen Seufzer blickte Yanakachi ihm nach.

„Er ist ein guter Junge, weißt du?", sagte sie zu dem Kondor, ohne nachzudenken. „So klug und aufgeweckt ... ganz wie sein Vater." Sie spürte, wie ihre Stimme dünn wurde. „Das bricht mir das Herz, manchmal", flüsterte sie und wandte sich ab.

Sie hörte, dass der Kondor ein Geräusch von sich gab wie ein heiseres Flüstern, aber noch bevor sie sich wieder zu ihm drehen konnte, klopfte eine Faust behutsam an die halboffene Tür.

Yanakachi unterdrückte ein weiteres Seufzen. Es gab nur einen Menschen im Dorf, der auf diese Art an anderer Leute Türen klopfte: Padre Valentín.

Normalerweise hätte sie den Dorfpriester hereingebeten, aber sie war nicht sicher, wie er auf den Anblick eines verwundeten Kondors auf ihrem Bett reagieren würde, deswegen glitt sie zur Tür und schob sich nach draußen.

„Guten Tag, *padre*", sagte sie. Die spanischen Wörter schmeckten ungewohnt in ihrem Mund. Noch immer war diese Sprache fremd und steif für sie, wie ein Kittel, der aus Holz statt Stoff gemacht war.

Padre Valentín lächelte. Das Lächeln war ein Dauerzustand seines Gesichts, es leuchtete immer aus seinen Augen, aber jetzt malte es sich in Kringeln um seine Mundwinkel. Er hatte sie nie anders als mit Freundlichkeit angesehen, dachte Yanakachi. Nicht einmal, als sie gerade im Dorf angekommen war; eine atemlose Fremde mit einem kleinen Jungen an der Hand.

Sie schob den Gedanken beiseite, als der Priester zu sprechen begann. Er mochte es, wenn sie ihn auf Spanisch begrüßte, aber er antwortete ihr in einem vorsichtigen und warmen Quechua, das für sie so klang, als hielte er die Worte wie zarte Vogelkinder zwischen seinen Fingern.

„Ich grüße dich, Yanakachi. Ich hoffe, der nächtliche Regen hat euch nicht das Schlaflager weggeschwemmt."

Yanakachi lächelte. „Gott sei Dank nicht, *tayta*." Auf Quechua kam ihr das Wort Vater leichter über die Lippen. Es passte besser zu ihm, fand sie. *Padre* war ein Wort aus zerknülltem grauen Papier.

Padre Valentín verlagerte das Gewicht und stützte sich mit einer Hand gegen die Hauswand.

„Ich habe Yawar zum Fluss laufen sehen. Er ist ein guter Junge, nicht wahr?"

Yanakachi nickte mechanisch. Es war wie das Echo ihrer eigenen Worte.

„Er hat eine schnelle Auffassungsgabe", fuhr Padre Valentín fort.

Etwas in Yanakachi verkrampfte sich. Das Lächeln fiel ihr aus dem Gesicht.

„Gewiss", sagte sie.

Der Priester musterte sie. „Yanakachi", sagte er sanft und suchte ihren Blick. „Es gibt nun eine Schule in K'itakachun. Und es war viel Überzeugungsarbeit nötig, damit der *corregidor* einwilligt. Für mich ist es wichtig, dass die Kinder lernen."

Yanakachi nickte knapp.

„Das ist sehr freundlich von Euch, *padre*." Unbewusst wechselte sie zurück ins Spanische. „Aber ich brauche Yawar hier bei mir. Ich kann ihm genug beibringen. Alles, was er wissen muss. Auch Spanisch", fügte sie eilig hinzu.

Padre Valentín schüttelte sacht den Kopf.

„Lesen und Schreiben, was meinst du dazu?", fragte er behutsam. Vogelwörter, Quechuawörter.

Sie wandte den Blick ab. Warum brannten ihre Augen, kaum dass sie diese Worte hörte?

Lesen, Schreiben. Ñawinchay, qelqay.

Vor ihrem inneren Auge lächelte Llanthu ihr zu, über den Rand eines ledernen Bucheinbands hinweg.

„Nein", sagte sie durch den Pelz auf ihrer Zunge hindurch und holte tief Luft. Dann schüttelte sie den Kopf, mehr um die Feuchtigkeit aus ihren Augen zu vertreiben und dem Blick des Priesters erneut begegnen zu können. „Nein, ich finde nicht, dass Yawar diese Dinge lernen sollte."

Sie zog die spanischen Wörter zu einem Schutzwall zusammen, hinter den sie sich kauern konnte, umgeben von zitternden Quechua-Silben.

„Sie würden ihm viel helfen." Padre Valentín und seine Vogelkinder waren unbeirrt. Yanakachi schüttelte erneut den Kopf.

„Nein. Diese Dinge sind gefährlich." Jetzt fiel es ihr nicht mehr schwer, dem Blick des Priesters standzuhalten, denn jetzt wusste sie, dass sie recht hatte und dass die Wahrheit aus ihren Augen blitzte. Sie nahm die spanischen Worte, machte sie zu einer Klinge, glänzend und scharf.

„Sein Vater konnte lesen. Sein Vater konnte schreiben. Wofür?" Sie ballte beide Fäuste. „Es hat ihm nicht geholfen."

„Wenn Yawar Lesen und Schreiben lernt", sagte Padre Valentín behutsam, „dann könnte er verstehen…"

„Und genau darum geht es, *tayta*." Ihr Wortwall fiel in sich zusammen. Sie machte eine hilflose Handbewegung, und das Quechua sprudelte aus ihr heraus wie ein glasklarer Andenbach. „Wenn er lernt, wird er verstehen und fragen. Ich habe Angst, dass ihm das Gleiche passiert wie seinem Vater. Nur deshalb bin ich hier, *tayta*: Weil wir hier sicher sind. Aber wenn er Lesen und Schreiben lernt, wird er es nicht mehr sein. Begreift das doch. Ich flehe Euch an."

Yanakachi lehnte sich gegen die Hauswand. Mit einem Mal fühlte sie sich sehr müde.

Die Kringel um Padre Valentíns Mund waren verschwunden. Er presste die Lippen zusammen und nickte langsam.

„Ich verstehe, Yanakachi", sagte er auf Spanisch.

Sie verspürte das plötzliche Bedürfnis, sich bei ihm zu entschuldigen, aber sie brachte kein Wort mehr heraus. Stattdessen verschränkte sie die Arme vor der Brust.

Das Lächeln kehrte in die Augen des Priesters zurück und leuchtete ihr zu.

„Ich will dich nicht aufhalten, Yanakachi", sagte er, nun wieder auf Quechua. „Ich wünsche dir einen guten Tag."

„Euch auch, *tayta*", murmelte sie.

Padre Valentín wandte sich zum Gehen und winkte ihr noch einmal kurz zu. Sie sah ihm nach, wie er die Dorfstraße in Richtung Plaza hinaufging, aufrecht und mit ausgreifenden Schritten, zufrieden mit sich und der Welt. Nein, er sah nicht aus, als hätte er gerade eine Niederlage erlitten.

Er wird wiederkommen, dachte Yanakachi, und etwas in ihr zog sich zusammen. *Er wird neue Gründe bringen, und ich habe nur den einen.*

Sie trat zurück in die Hütte, zog die Tür hinter sich zu und prallte zurück.

Yawars Schlaflager war leer, der Kondor nirgends zu sehen.

Auf der zerwühlten Decke lag nur noch eine schwarze Feder.

Nachdenklich drehte Yanakachi sie zwischen ihren Fingern.

2.
Chayamuq – Gast

Yawar hüpfte von Stein zu Stein. Seine Mutter mochte es nicht, wenn er so am Flussufer entlang turnte. Wer ausrutscht und ins Wasser fällt, pflegte sie zu sagen, den zieht das eigene Spiegelbild auf den Grund des Flusses. Das hatte ihm lange Zeit gehörigen Respekt eingeflößt, aber Paqo hatte gesagt, dass das nicht stimmte und dass ihre Mütter nur Angst hatten, ihre Kinder würden mit klatschnassen Sachen nach Hause kommen. Aber das Spiegelbild kann in Wahrheit gar nicht zugreifen, wenn man auf die Wasseroberfläche stürzt, weil seine Hände dann in kleinen Wellen zerfließen. Und Paqo musste es wissen. Er war zwei Köpfe größer als Yawar und mehr als einmal in den Fluss geplumpst, ohne dass sein Spiegelbild ihm auch nur ein Haar gekrümmt hätte.

Yawar rutschte nicht. Er kannte jeden einzelnen der runden, glitschigen Steine. Bei jedem Satz ruderte er mit den Armen. Er wusste, dass er sich beeilen musste; die Sonne stand schon tief und seine Mutter mochte es nicht, wenn er trödelte. Und er durfte nicht riskieren, dass sie ihn fragte, wo er so lange gewesen war.

Yawar hatte ein Geheimnis.

Es kribbelte und flatterte in seinem Inneren wie ein gefangener Vogel, jedes Mal, wenn er seiner Mutter gegenüber saß. Aber er hatte es immer wieder hinuntergeschluckt.

„Verrate ihr vorerst nichts davon", hatte Padre Valentín ihm eingeschärft. „Es soll eine Überraschung sein. Du darfst es ihr erst sagen, wenn du es wirklich kannst, verstehst du? Sonst würde sie sich nicht freuen."

Yawar nickte jedes Mal, wenn der Dorfpriester ihm das sagte. Er hatte das unbestimmte Gefühl, etwas Verbotenes zu tun – es gab sonst nichts, was er vor seiner Mutter geheim gehalten hätte. Aber gleichzeitig erfüllte es ihn auch mit Stolz, dass Padre Valentín ausgerechnet ihm Lesen und Schreiben beibringen wollte.

Er hatte Yawar auf dem Weg nach Hause abgefangen, kurz nachdem der Kondor aus ihrem Haus verschwunden war.

„Warte doch, Yawar. Es gibt da etwas, worüber ich mit dir sprechen muss."

Er hatte erstaunt zu dem hochgewachsenen Mann in seiner dunklen Kutte aufgesehen. Alle Kinder im Dorf mochten Padre Valentín. Er sprach ein drolliges Quechua, fand Yawar, es stakste wie ein unbeholfenes Lamakind herum, aber trotzdem brachte Padre Valentín es fertig, ihnen Geschichten zu erzählen, die ganz anders waren als die Geschichten Yanakachis oder Mama Tullus. In den Geschichten von Padre Valentín gab es keine *apus*, nur einen einzigen großen *apu*, der aber nicht auf einem Berg saß, sondern direkt im Himmel, unsichtbar für die Menschen. Die Vorstellung hatte Yawar anfangs sehr zum Lachen gebracht, aber Padre Valentín hatte weitererzählt: dass der *apu* seinen eigenen Sohn in Menschengestalt auf die Erde geschickt hatte, und dass die Menschen ihn umgebracht hatten. Das wiederum hatte Yawar traurig gemacht. Aber Padre Valentín erzählte auch andere Geschichten, in denen es weniger traurig zuging, und die Kinder des Dorfes lauschten ihm oft mit offenem Mund, bevor sie lachend nach Hause stoben, um ihren Eltern die Geschichten weiterzuerzählen.

Wenn Padre Valentín also mit ihm über etwas sprechen wollte, dann musste das schon etwas Besonderes sein. Yawars Erwartung war nicht enttäuscht worden.

„Du weißt ja, dass manche von deinen Freunden jetzt tagsüber in die Schule gehen."

Yawar hatte genickt. „Ja, aber dafür habe ich keine Zeit. Es ist wichtiger, dass ich meiner Mutter helfe."

Padre Valentín hatte gelächelt. „Das verstehe ich. Aber es ist auch wichtig zu lernen. Wenn du ein Geheimnis behalten kannst, dann werde ich dir Lesen und Schreiben beibringen. Würde dir das gefallen?"

Er hatte den Priester aus großen Augen angestarrt. „Aber wann?"

„Nachmittags, wenn du normalerweise am Fluss spielst. Du kannst zu mir in die Sakristei kommen."

Lesen und Schreiben! Yawar hatte gespürt, wie seine Wangen zu glühen begannen.

„Wenn ich lesen lerne, kann ich dann auch die Geschichten sehen, die in Euren Büchern stehen?", hatte er eifrig gefragt, und Padre Valentín hatte genickt. Yawar hatte nicht lange überlegen müssen. Es musste wundervoll sein, die Geschichten zu erkennen, die sich auf den dünnen, gelblichen Seiten eines Buches tummelten, zwischen Linien und Kringeln aus dunkler Tinte. Ein wenig war es ihm, als würde er damit zaubern lernen.

Seither stahl er sich jeden Nachmittag für eine Stunde zu Padre Valentín in die Sakristei. Fast alle Buchstaben des Alphabets kannte Yawar bereits, nur das Schreiben fiel ihm noch schwer. Bevor er ging, musste er jedes Mal seine Hände mit Kernseife abschrubben, denn die Tintenflecken an seinen Fingern hätten ihn verraten. Es war noch ein weiter Weg, bis er die Geschichten zwischen den Kringeln würde sehen können, aber er würde es schaffen, da war er ganz sicher.

Yawar sprang auf den letzten Stein, der auf seinem Weg lag, und von dort aus ans Ufer, um die Böschung hinaufzusteigen.

Er hielt inne.

Oben auf der Böschung stand ein fremder Mann, der ihn beobachtet haben musste. Er war älter, viel älter als Yawars Mutter, aber jünger als Padre Valentín, und seine Kleidung war staubig. Yawar schaute ihn an und wusste, dass es jemand aus dem Hochland war, jemand wie er und seine Mutter, jemand, dessen Quechua nicht ungelenk herumstakste, sondern sich so majestätisch bewegte wie ein Kondor im Flug.

„Ich grüße dich", sagte der Fremde. „Du musst Yawar sein."

Yawar zögerte. Er hatte keine Ahnung, woher der fremde Mann das wissen konnte, aber warum hätte er es leugnen sollen?

„Ja", sagte er schüchtern. „Ich bin Yawar. Und wer bist du?"

Der Fremde lächelte und musterte ihn von oben bis unten. „Mein Name ist Lurín", sagte er schließlich. „Zeigst du mir dein Haus, Yawar? Ich möchte gern deine Mutter begrüßen."

Yawar hüpfte die Böschung hinauf.

„Du kennst meine Mutter?", fragte er im Gehen.

Lurín nickte. „Ja, das tue ich. Ich kannte auch deinen Vater."

Für einen Moment hatte Yawar das Gefühl, dass die Luft zu sirren und der Boden sich zu neigen begann. Sie sprachen nie von seinem Vater. Es ging einfach nicht. Umso falscher fühlte es sich an, dass ein fremder Mann über ihn redete.

„Mein Vater", sagte Yawar schließlich stockend, „ist … fort."

Lurín nickte erneut. „Ja. So ist es."

Sie erreichten die Hütte, und Yawar schob die Tür auf. Seine Mutter saß am Tisch, und ihr gegenüber saß ein Mann. Noch ein Fremder! Yawar zuckte zurück.

Beide wandten den Kopf, als sie das Geräusch der Tür hörten. Seine Mutter lächelte schuldbewusst. Das Gesicht des Fremden blieb ruhig. Yawar konnte nicht anders, als ihn anzustarren. Der Mann war groß und breitschultrig, und er hielt die kleinen Hände von Yawars Mutter in den seinen. Sein Gesicht war schmal und kantig, mit einer geschwungenen Nase, und seine Augen ... Seine Augen kamen Yawar bekannt vor. Sie waren dunkel, wachsam. Etwas leuchtete in ihnen.

Yanakachi brach das Schweigen. Sie hatte an Yawar vorbei geschaut, hatte den Mann gesehen, der sich stumm hinter ihm in das Zimmer geschoben hatte.

„Lurín", sagte sie leise.

„Yanakachi. Es ist gut, dich zu sehen."

Yanakachi stand auf. Die Art, wie sie Luríns Blick auswich, machte deutlich, dass sie seine Meinung keineswegs teilte.

„Du musst eine lange Reise hinter dir haben", sagte sie schließlich. „Nimm bitte Platz." Sie lächelte kurz dem Mann zu, der am Tisch saß. „Dies ist Yanaphuru."

Für einen Moment zuckte etwas in Yawar zusammen. *Yanaphuru*, schwarze Feder. Unwillkürlich lächelte er den Fremden an. Er hatte das Gefühl, ganz genau verstanden zu haben, woher er ihn kannte, aber in seinem Kopf blieb dennoch alles dunkel.

„Yawar", sagte seine Mutter in seine Verwirrung hinein und hielt ihm einen leeren Krug entgegen. „Lauf zu Mama Tullu. Sie soll dir *chicha* auffüllen. Morgen werde ich ihr gefärbte Wolle dafür bringen."

Yawar nickte. Sein Herz raste, als er mit dem Krug in der Hand die Straße hinuntersprintete, in die heraufziehende Dämmerung hinein, um das vergorene Maisbier zu holen.

Wer getrocknetes Fleisch oder Maiskolben, Kartoffeln oder Quinua außerhalb der Markttage brauchte, der ging zu Mama Tullu. Yawar hatte noch nicht ganz durchschaut, wie sie es anstellte, aber ihr Häuschen war ein schier unerschöpfliches Lager kleiner Schätze. Die Händler aus dem Hochland übernachteten bei Mama Tullu und ließen als Gegenleistung ein Säckchen Erdnüsse oder Yuca zurück. Außerdem sammelte sie Kräuter, die zwischen den nackten Felsen und weiter unten am Flusslauf wuchsen und mit denen sie Magenverstimmungen, Fieber und kleine Flüche kurierte, Gefälligkeiten, die ihr wiederum mit Portionen von *ch'uño* – in der Kälte getrockneten Kartoffeln – oder dunklem Mais vergolten wurden.

Alle im Dorf wussten das, aber dennoch war die beeindruckende Auswahl Mama Tullus ein kleines Wunder. Padre Valentín sah großzügig darüber hinweg, dass die alte Frau weder ihren Kirchenzehnten noch den Tribut entrichtete, und Paqo hatte Yawar einmal zugeflüstert, dass der Pater selbst gern bei Mama Tullu einkehrte, um ihren *emoliente* zu trinken, einen heißen Aufguss aus Kräutern, Zitrone und Gerstenwasser.

Die Tür zu Mama Tullus Haus war wie immer geöffnet. Yawar pochte schüchtern mit den Fingern an den Holzrahmen, bevor er eintrat. Die alte Frau dämmerte im hinteren Winkel des Raumes vor sich hin. Ein Strahl von rot-goldenem Abendlicht fiel durchs Fenster, ließ ihr weißes Haar aufleuchten und malte einen hellen Streifen auf ihre welken Wangen. Ihre Kiefer mahlten in rhythmischen Bewegungen, die Augen hielt sie geschlossen. Sie beugte sich über den Krug, der vor ihr stand, und spuckte hinein, dann hob sie den Kopf und öffnete die Augen.

„Yawar, mein Junge. Was für eine Freude. Wie kann ich dir helfen?"

Yawar hielt ihr den leeren Krug entgegen.

„Hast du *chicha*, Mama Tullu? Wir haben Besuch."

Die alte Frau nickte verständnisvoll und rappelte sich mit einem leisen Ächzen auf.

„Für einen Krug müsste es noch reichen, mein Herz. Ich bereite gerade neue *chicha* zu, aber hier habe ich noch etwas. Guter Mais aus Cabanaconde ist darin. Das wird eurem Besuch schmecken." Sie schlurfte zu der bauchigen *chomba* aus braunem Ton, die an der Wand stand, griff nach einer hölzernen Schöpfkelle und bedeutete Yawar, näherzukommen.

„Meine Mutter bringt dir morgen Wolle", sagte er schüchtern, während er ihr den Krug reichte und zusah, wie sie die trüb-gelbe Flüssigkeit aus der *chomba* hineinfüllte.

Mama Tullu lächelte.

„Mach dir keine Sorgen, *Yawarchay*. Deine Mutter und du, ihr seid gute Menschen, ihr betrügt niemanden. Es hat keine Eile."

Sie füllte den Krug bis zum Rand und reichte ihn Yawar mit einem verschmitzten Lächeln zurück.

„Danke, Mama Tullu!"

Den Krug mit beiden Händen haltend machte Yawar sich auf den Heimweg. Er achtete peinlich darauf, nichts von der guten *chicha* zu verschütten. Immer wieder drängte sich das Bild von Mama Tullu in seinen Kopf, wie sie auf dem Boden saß und Maisfladen kaute. Irgendwie stimmte es ihn traurig. Normalerweise trafen sich die Frauen des Dorfes vor Festen und Markttagen; der Mais für die *chicha* wurde gemeinsam gekaut, bei Liedern und Geschichten.

Als er zuhause ankam, saßen die Erwachsenen scheinbar einträchtig zusammen am Tisch und aßen, aber eine seltsame Stille schwebte über der Szene. Yawar hatte das Gefühl, dass seine Stimme wie eine schmale Klinge hineinschnitt.

„Hier ist die *chicha*."

Seine Mutter lächelte ihn an, eindeutig erleichtert. Sie nahm ihm den Krug aus der Hand und füllte die zwei Tonbecher, die sie im Haus hatten; dann goss sie den Schluck *chicha* auf den Boden, der Pachamama zustand, der Mutter Erde. Erst dann tranken die Männer. Yanakachi nahm einen Schluck aus dem Krug und reichte das Gefäß dann an Yawar weiter. Er spürte das säuerliche Prickeln auf seiner Zunge.

Während auch er sich über sein Abendessen hermachte – *ch'uño*, gerösteter Mais und ein wenig Alpakafleisch –, beobachtete er die Erwachsenen. Seine Mutter wirkte noch kleiner und zarter als sonst zwischen den beiden hochgewachsenen Männern, die einander unentwegt musterten: Lurín schien unsicher, auf Yanaphurus Gesicht lag die ganze Zeit ein leises Lächeln.

„Wo kommst du her?"

Yawar konnte die Frage nicht zurückhalten. Mit einem kühnen Satz bahnte sie sich den Weg ins Freie und sprang von seinen Lippen direkt zu Lurín. Der müde, staubige Mann kam ihm nicht so unheimlich vor wie Yanaphuru mit den leuchtenden Augen, Yanaphuru, der die Hand seiner Mutter gehalten hatte.

Lurín sah ihn an, und in seinem Gesicht zeichnete sich so etwas wie Erleichterung ab, dass Yawar die Stille erneut gebrochen hatte. „Aus einem *ayllu* bei Huanta. Dort, wo auch ihr ..."

Das Geräusch kam unerwartet: Yanakachis Faust schlug auf die hölzerne Platte des Tisches. Alle starrten sie an. Yawar sah, wie sich die Hand von Yanaphuru wieder auf den Handrücken seiner Mutter stahl; groß und doch sanft.

„Er war noch sehr klein", sagte Yanakachi mit seltsam dünner Stimme. „Er kann sich nicht daran erinnern."

Lurín biss sich auf die Lippen. Yawar kniff die Augen zusammen. Bilder tanzten in seiner Seele, die er normalerweise dort verschlossen hielt.

„Es gibt dort auch einen Fluss, nicht wahr?", fragte er. „Und das Tal ist breit und grün. Ich erinnere mich an die Kirche. Ihre Mauern waren grau wie die Regenwolken. Es gab Ginster, gelbe Blüten. Mein Vater …"

Er unterbrach sich, aber es war zu spät. Das Wort hing in der Zimmermitte, bedeutungsvoll leuchtend, und er spürte, wie sie alle den Blick senkten.

Mein Vater.

Hilfesuchend schaute Yawar seine Mutter an, aber sie hatte die Augen geschlossen, und obwohl ihre Miene unbewegt war, hatte er das Gefühl, dass etwas ihr große Schmerzen bereitete.

Sie soll mich ansehen, dachte er.

„An mehr erinnere ich mich nicht mehr", sagte er entschuldigend.

Lurín nickte. „Von dort komme ich. Es ist ein weiter Weg bis hierher. Ich war viele Tage unterwegs." Er lächelte schief. „Glücklicherweise gibt es die Wege des Inka noch. Sonst hätte ich vielleicht noch länger gebraucht."

„Ich denke, die *apus* haben deinen Weg beschützt", sagte Yanaphuru freundlich. Seine Stimme war weich und dunkel. *Wie ein Meer aus schwarzen Federn*, ging es Yawar durch den Kopf.

Lurín sah überrascht auf. Offenbar waren es die ersten Worte, die Yanaphuru an ihn richtete.

„Ja, da bin ich mir auch ganz sicher", antwortete er. „Ich habe einen Kondor seine Kreise über mir ziehen sehen, je näher ich kam. Es gibt mächtige *apus* in diesem Tal, nicht wahr? Vom Mismi habe ich gehört."

„Mismi ist einer von ihnen, aber ein gütiges Auge auf alle Reisenden hat Sabancaya", sagte Yanaphuru. „Sie ist die ewig grollende Herrin dieses Tals, düster unter ihren Aschewolken, aber nicht böse gesinnt. Ampato, ihre schlafende Schwester, steht ihr zu Seite, und Hualca Hualca, von dem die Leute in der Tiefe des Tals stammen."

„Du kennst dich gut aus." Lurín nickte beifällig. „Stammst du von hier?"

Yanaphuru lächelte.

„Von den Flanken Sabancayas", erwiderte er.

Neben ihm sog Yanakachi die Luft ein. „Ich frage mich, Lurín, warum du diesen langen Weg auf dich genommen hast."

Lurín straffte sich und schob seinen leeren Teller beiseite.

„In Wahrheit habe ich nicht gewusst, dass er so lang werden würde, Yanakachi. Ich musste nach euch fragen, immer und immer wieder. Es ist nicht einfach gewesen. Deine Spur ist beinah verwischt. Aber es gibt überall Leute, die sich erinnern konnten, die dich damals gesehen haben auf deinem Weg nach Süden." Er machte eine Pause, und Yanakachi senkte erneut ihren Blick.

Yawar wusste nicht, wieso, aber er sah auf einmal ein Bild vor seinem inneren Auge: seine Mutter, schmal und zierlich, wie sie ihn in einem bunt gewebten Tuch auf dem Rücken trug, die Enden vor ihrer Brust zusammen geknotet. Er sah, wie sie sich gegen den Wind stemmte, Schritt um Schritt, eine Hand um den Knoten, die andere zur Faust geballt, die Zähne zusammengebissen. Er sah sich selbst, wie er schlief, geschützt auf ihrem Rücken, und auf einmal empfand er den Drang, um den Tisch herumzulaufen und sie zu umarmen.

Aber Lurín sprach weiter, und das Bild zerstob. „Schritt für Schritt habe ich eure Spur gefunden. Sie haben mich geschickt, Yanakachi. Ich bringe dir dies." Seine Hand fuhr zu der Umhängetasche, die er neben sich gestellt hatte. Im gleichen Moment zuckte Yanakachis Arm vor, und ihre Finger schlossen sich um Luríns Handgelenk. Yawar zuckte zusammen. In den Augen seiner Mutter stand ein unheilvolles Glitzern.

„Nein", sagte sie sehr ruhig. „Ich will es nicht sehen."

„Das Spiegelbuch, Yanakachi. Das Kostbarste, was unsere Bewegung besitzt."

Langsam zog Yanakachi ihre Hand wieder zurück. Als sie sprach, klang ihre Stimme gepresst. „Ich bin kein Teil dieser Bewegung mehr. Es gibt keinen Grund, es zu mir zu bringen."

„Doch." Lurín nickte, und erst Wimpernschläge später begriff Yawar, dass diese Kopfbewegung in Wahrheit ihm galt. Er riss die Augen auf. Seine Mutter schüttelte den Kopf.

„Der Yuyaq liegt im Sterben, Yanakachi. Und er hat keinen Zweifel, wer sein Erbe antreten soll. Erinnerst du dich nicht an die Nacht, in der Yawar geboren wurde? Oder an den Tag, an dem er mit dem Yuyaq über dem Spiegelbuch saß, den Geschichten lauschend, die ihm von dort aus zuflüsterten? Die Zeichen sind deutlich."

Yanakachi stand auf. Sie ging langsam um den Tisch herum und legte beide Hände auf Yawars Schultern. Erleichtert lehnte er sich gegen seine Mutter.

„Nein", sagte sie, ebenso ruhig wie zuvor, aber etwas brodelte unter der ruhigen Oberfläche wie das Feuer im schneebedeckten Krater von Sabancaya: jeden Moment bereit, zu explodieren. „Du hast recht, wir haben einen weiten Weg zurückgelegt. Und das haben wir getan, um Frieden zu finden. Frieden, verstehst du? Ihr werdet mir meinen Sohn nicht nehmen. Nimm das Spiegelbuch und verschwinde, Lurín. Ich habe dir alle Gastfreundschaft erwiesen, die ich dir schuldig bin. Du hast an meinem Tisch gegessen und getrunken, und jetzt willst du Unfrieden in unser Leben bringen. Ich verbiete es dir! Verlasse mein Haus. Dies ist ein gastfreundliches Dorf. Mama Tullu hat gewiss einen Schlafplatz für dich."

Yawar konnte den Funkenflug ihrer Worte spüren: heiß und zornig, obwohl sie noch immer langsam sprach. Ihre Finger gruben sich in seine Schultern und drückten ihn gegen ihren Körper. Lurín erhob sich. „Yanakachi. Glaub mir, ich weiß, wie schwer es für dich gewesen sein muss. Llanthu …"

„Sprich nicht von ihm!"

Jetzt war sie da, die Explosion. Jetzt war das Feuer in Yanakachis Stimme und schoss zornig in die Dunkelheit. „Ich verbiete es dir! Du hast keine Ahnung, Lurín, nicht die geringste! Geh. Ich meine es ernst. Geh, und komm nie wieder zurück, du nicht und auch sonst niemand von euch. Ihr seid Vergangenheit. Ich gehöre nicht mehr zu euch, und ich will nie wieder zu euch gehören. Und auch Yawar", ihre Finger drückten nun so fest zu, dass es ihm fast weh tat, „soll nie etwas mit euch zu schaffen haben. Ich will, dass er lebt, begreift ihr das?"

Lurín öffnete den Mund, um noch etwas zu sagen, aber Yanakachi schob Yawar mit einer entschiedenen Bewegung hinter sich und trat einen Schritt auf den Fremden zu.

„Nein, Lurín! Es ist genug! Du hast mir nichts mehr zu sagen. Verlass sofort mein Haus." Sie stemmte die Hände in die Seiten. Yawar, schräg hinter ihr, konnte ihre Augen nicht sehen, aber er sah, wie Lurín seinen Blick senkte, unangenehm berührt.

„Ich werde dir zeigen, wo Mama Tullu lebt." Jetzt war ihre Stimme erkaltete Lava. „Sie wird verstehen, dass du einen Schlafplatz brauchst. Komm."

Hoch erhobenen Hauptes schritt sie zur Tür. Yawar schaute zu ihr und zu Lurín und fragte sich, warum seine Mutter ihm vorhin so klein vorgekommen war. Jetzt wirkte sie groß, größer als Lurín und auch größer als Yanaphuru.

Sie war stark und schön.

Lurín nickte ihm im Vorbeigehen zu, als er nach draußen schritt, und dann blieb Yawar mit Yanaphuru allein zurück. Erneut spürte er den Blick auf sich, der ihm so vertraut vorkam. Er wurde rot.

„Woher kenne ich dich?" Die Worte kratzten in Yawars Kehle, ehe sie nach draußen purzelten.

Yanaphuru lächelte ihm zu. „Du erinnerst dich sehr genau an mich", sagte er sanft. „Ich sollte dir die Welt zeigen, das war dein Wunsch. Eines Tages werde ich es tun, Yawar."

Er erhob sich und kam auf Yawar zu. Für einen Moment nahm er die rechte Hand des Jungen in seine. Sie fühlte sich warm und kräftig an.

„Lurín hat ein Buch gebracht, weißt du", sagte er ernst. „Du kannst Padre Valentín danach fragen. Dort wird er es lassen."

Yawar starrte ihn an. „Aber woher weißt du das?"

Yanaphuru lächelte erneut und drückte sanft Yawars Hand. „Ich habe gute Augen."

Dann ließ er Yawar los und wandte sich ab. Eine schwarze Feder blieb zwischen Yawars Fingern zurück, glatt und seidig. Mit offenem Mund betrachtete der Junge sie und schaute dann auf, um sich bei Yanaphuru zu bedanken.

Aber der Fremde war verschwunden.

„*Mamay*?" Yawar blickte ratlos zur Tür, und einen Moment später trat seine Mutter herein, die Arme um den Oberkörper geschlungen, als fröstele sie. Yawar schluckte, lief zu ihr und umarmte sie heftig. Einen Moment schien sie unter seiner Berührung zu erstarren, dann nahm sie ihn in die Arme. Ihre Finger fuhren ihm durchs Haar, immer und immer wieder.

„Wer war das, *mamay*?", flüsterte er in die Falten ihres Kittels, und er wusste, sie verstand, dass er nicht nach Lurín fragte. „Er hat dich lieb, oder?"

Er hörte, wie sie scharf die Luft einsog.

„Ja", murmelte sie schließlich. „Ja, er hat mich lieb. Und auch dich, Yawar."

Sie ging in die Knie und sah ihm ins Gesicht.

„Vater würde ihn mögen, oder?", wisperte er.

Seine Mutter nickte. In ihren Augen glitzerte es. Er hatte so viele Fragen, aber er schluckte sie herunter. Zwischen seinen Fingern spürte er die schwarze Feder.

„Wir beide, *sonqollay*", flüsterte seine Mutter. „Wir bleiben immer zusammen."

Yawar nickte und vergrub seinen Kopf an ihrer Schulter.

3.
Illapa – Blitz

Es war nicht so einfach, Yanaphurus Worte vor Yanakachi zu verbergen.

Yawar entdeckte es in den Tagen nach dem Besuch der beiden Männer. In der Nacht lag er lange wach. Mehr als über die Worte Luríns grübelte er über die Yanaphurus nach: dass Yawar Padre Valentín nach einem Buch fragen könne und dass Yanaphuru ihm eines Tages die Welt zeigen würde. Beides verwirrte ihn und stellte sein Leben vollständig auf den Kopf.

Für beinah eine Woche schwänzte er den nachmittäglichen Unterricht bei Padre Valentín. Er wusste nicht, was ihm mehr Angst machte: Die Vorstellung, dass der Pater wirklich jenes Buch bei sich haben könnte, das seiner Mutter so viel Angst zu machen schien, oder die Möglichkeit, dass Yanaphuru sich geirrt oder ihn angelogen haben könnte. In jedem Fall fürchtete er sich vor dem aufmerksamen Blick des Priesters.

Lurín hat ein Buch gebracht, weißt du. Du kannst Padre Valentín danach fragen. Dort wird er es lassen.

Die Worte kitzelten in seinem Inneren wie die schwarze Feder, die er unter seinem Kopfkissen aufbewahrte, wenn er schlafen ging, und ansonsten in einer Innentasche an seiner Brust barg. Sie kribbelten von innen an seinen Lippen und versuchten, sich in Fragen zu verwandeln, die er seiner Mutter stellen konnte. Wer war Lurín, und wer war Yanaphuru? Was war das für ein Buch, und warum wollte Yawars Mutter nicht, dass er es sah?

Aber er konnte ihr keine dieser Fragen stellen. Er hatte das Gefühl, dass jedes Wort ihr Leben noch weiter aus dem Gleichgewicht gebracht hätte. Lurín war in ihre Welt hineingeplatzt und hatte Erinnerungen mitgebracht, von denen Yawar das Gefühl hatte, dass seine Mutter sie am liebsten mit den Fäusten zur Tür hinaus geprügelt hätte. Verschwommene Bilder, die er in einem Winkel seiner Seele aufbewahrt hatte und die jetzt immer mehr an die Oberfläche drängten. Aber er hätte sich seltsam schuldig gefühlt, seiner Mutter das zu erzählen. Und wenn er sie direkt nach dem Buch fragte, würde sie am Ende vielleicht erfahren, dass er heimlich lesen lernte, und das machte ihm noch mehr Sorgen.

Allein schon das Geheimnis von Padre Valentíns Unterricht zu hüten, war zwar anstrengend gewesen, aber es hatte auch den Reiz eines verbotenen Abenteuers mit sich gebracht. Doch das Herunterschlucken von Yanaphurus Worten und all den Fragen, die er seiner Mutter gern gestellt hätte, hatte nichts Angenehmes mehr an sich.

Yawar hatte das Gefühl, ein paar Schritte neben sich selbst zu stehen und sich dabei zu beobachten, wie er durchs Dorf stolperte. Ständig war er mit seinen Gedanken woanders. Sogar Paqo musterte ihn verwirrt, als Yawar beim Laufspiel gegen die Kinder aus der oberen Dorfhälfte wieder einmal seinen Einsatz verpasste. „Was ist denn los mit dir?", zischte Paqo seinem Freund zu und knuffte ihn in die Seite. Yawar lächelte nur schief.

Schließlich passierte das Unvermeidliche, als sie sich an diesem Abend auf den Heimweg machten, wie immer am Flussufer entlang, Yawar anderthalb Schritte vor seinem Freund herhüpfend – von Stein zu Stein.

„Irgendwas ist doch mit dir", bohrte Paqo. „He, ist es die Rosa? Sie wird auch immer rot, wenn du sie anschaust!"

Yawar schaute empört hoch. „Unsinn!"

Für den Bruchteil eines Augenblicks überlegte er, dass es vielleicht gut war, wenn Paqo glaubte, er wäre verliebt. Andererseits war das auch ein furchtbar peinlicher Gedanke, und letztlich kam Yawar nicht zu weiteren Überlegungen.

Sein nächster Sprung geriet eine Spur zu heftig, er spürte den Stein unter seinen Sohlen weggleiten und fühlte, wie seine Arme instinktiv zu rudern begannen. Dann kam die Wasseroberfläche auf ihn zu.

Einen Moment später schlug sie kalt und braun über ihm zusammen. Yawar quiekte, als die eisige Kälte des Flusswassers ihm direkt bis in die Knochen zu fahren schien, und begann zu strampeln. Die ruhige Strömung zog ihn ein paar Meter mit sich fort, bis seine Füße auf Grund stießen. Der Río Colca war hier oben breit, aber flach. Prustend kam Yawar an die Oberfläche, sog die Luft ein und wischte sich den Schlamm aus den Augen.

„Yawar, verdammt! Das gibt Ärger!", hörte er Paqo vom Ufer her brüllen. „Gib mir deine Hand!"

Hustend stolperte Yawar in Richtung Ufer, trat in eine Untiefe und verlor das Gleichgewicht. Diesmal packte der Fluss ihn mit einem viel entschiedeneren Griff. Yawar riss die Arme hoch. Wasser schwappte ihm in den Mund, als er schreien wollte.

Im nächsten Moment griffen zwei kräftige Hände nach ihm und rissen ihn nach oben.

„Yawar, mein Junge! Was machst du für Sachen!"

Yawar blinzelte. Padre Valentín stand unbewegt bis zu den Knien im braun-trüben Wasser, ohne sich darum zu kümmern, dass die Feuchtigkeit den Stoff seiner Kutte hinauf kroch, und hielt Yawar mit beiden Armen fest. Mit langsamen und sicheren Schritten watete er dann zurück ans Ufer. Paqo sprang aufgeregt an der Böschung herum.

„Verdammt, Yawar! Wie kann man nur so dumm sein?" Dennoch schwang unüberhörbare Erleichterung in seiner Stimme mit.

Yawar hustete, als Padre Valentín ihn vorsichtig zu Boden ließ. Mit einer Hand klopfte der Pater ihm auf den Rücken.

„Meine Mutter", brachte Yawar mühsam hervor. „Meine Mutter wird schimpfen."

Padre Valentín schaute seufzend auf ihn herunter. „Deine Mutter wird heilfroh sein, dass dir nichts Schlimmeres passiert ist. Ihr kommt jetzt mit, alle beide. Du holst dir sonst noch den Tod, *Yawarchay*."

Gehorsam taumelte Yawar hinter dem Priester und Paqo her. Tatsächlich begannen seine Zähne, unkontrolliert zu klappern. Die Sonne war bereits hinter den Berggipfeln versunken, und nur eine schwache Ahnung von übriggebliebenem Tageslicht lag noch über dem Dorf. Wie immer in den Abendstunden wurde es schnell kalt.

Die Dorfkirche lag nur wenige Meter über ihnen an der Böschung. Vermutlich hatte Padre Valentín vom Fenster der Sakristei aus gesehen, wie die Jungen am Ufer entlang turnten. Jetzt lotste er sie entschieden in den kleinen Raum, wo er eine Truhe aus dunklem und glatt poliertem Holz öffnete, in der mehrere Decken aus grober Wolle lagen. Paqo nahm eine davon entgegen.

„Du musst raus aus den nassen Sachen", sagte Padre Valentín entschieden. „Hier, Yawar, das kannst du vorerst anziehen. Passen müsste es dir."

Er zog etwas unter den Wolldecken hervor, und Yawar riss die Augen auf. Es war ein weicher, cremefarbener Kittel aus der feinen Wolle der Vicuñas, den wilden und grazilen Schwestern der gezähmten Lamas. Der Kittel hatte genau Yawars Größe. Er wusste sofort, wo er ihn zuletzt gesehen hatte.

„Aber den trägt doch das Jesuskind zur Neujahrsprozession!"

„Nun, momentan ist ja nicht Neujahr", antwortete Padre Valentín knapp. „Ich werde Wasser für *mate* aufsetzen. Bis ich zurückkomme, bist du trocken und umgezogen."

Paqo half Yawar, den nassen Kittel auszuziehen und sich mit der Wolldecke trocken zu rubbeln. Fast andächtig trat er einen Schritt zurück, als Yawar zögernd nach dem Vicuñawollkittel griff. „Der ist ganz weich!", hauchte Yawar. Vorsichtig zog er sich den Kittel über den Kopf und zuckte zusammen, so sanft umfloss der Stoff seinen Körper, ganz anders als die kratzende Wolle seiner anderen Sachen. Unsicher schaute er Paqo an.

„Darf man das überhaupt? Bestimmt wird sein Gott wütend, wenn er das sieht. Es ist doch sein Sohn, dem das hier gehört."

Paqo zuckte hilflos mit den Schultern. „Sein Gott kann bestimmt nicht so zornig werden wie deine Mutter. Der musst du das erst mal erklären, warum du diesen Kittel anhast."

Yawar nickte düster.

Sein Freund trat unruhig von einem Bein aufs andere. „Ich muss los, Yawar. Meine Eltern warten." An der Tür drehte er sich noch einmal um, da war das Grinsen zurück in seinem Gesicht. „Du, und ich glaube doch, dass es die Rosa ist!"

„Ich werf dich in den Fluss!", rief Yawar ihm nach und musste selbst lachen. Er sammelte die Wolldecke vom Boden auf und wrang notdürftig seinen klatschnassen Kittel aus. Dann zog er die schwarze Feder aus seiner Brusttasche, die vom Flusswasser zu einem traurigen dunklen Strich zusammengedrückt worden war. Yawar drehte sie sacht in den Fingern und steckte sie in ein Täschchen des Vicuñakittels, als Padre Valentín mit einem Becher voll dampfendem Wasser zurück kam.

„*Muña* von Mama Tullu", sagte er und reichte dem Jungen das Getränk. „Sei vorsichtig, es ist sehr heiß. Ich bringe dich nach Hause, wenn du willst, Yawar." Er zwinkerte ihm zu. „Damit deine Mutter dir nicht den Kopf abreißt."

Yawar lächelte dankbar und pustete über die Oberfläche seines Getränks.

Padre Valentín legte die feuchte Wolldecke zur Seite und sah ihn scharf an. „Ich habe die ganze Woche auf dich gewartet, Yawar. Du konntest wohl nicht kommen?"

Yawar verschluckte sich und hustete. „Meine Mutter ...", begann er, aber dann wurde ihm klar, dass seine Mutter nur sehr indirekt der Grund war, weshalb er dem Unterricht ferngeblieben war. Er schaute zu Boden. „Wir hatten Besuch", sagte er schließlich.

Padre Valentín nickte. „Ich weiß. Ein Mann aus eurer Heimat."

Yawar umfasste schweigend seinen Becher und ließ die Hitze durch seine Finger pulsieren.

Aus eurer Heimat. Er schluckte.

So hatte er das nie gesehen. Er hatte immer gewusst, dass seine Mutter und er von *anderswo* ins Dorf gekommen waren, aber es war ein verschwommenes und nebulöses Wissen gewesen, so wie er auch wusste, dass die Regenzeit kommen würde, der nächste Markttag oder die Alpakaschur. Dinge, die er im täglichen Leben beiseite schob, bis sie eintrafen. Der Gedanke an das *Anderswo* hatte ihn fast nie beschäftigt. War seine Heimat nicht dieses Dorf? Bilder stürmten auf ihn ein: der Weg am Fluss entlang, wo er jeden Stein kannte; der Sonnenaufgang über den kahlen Bergkuppen; das Trommeln seiner Füße auf der Dorfstraße, wenn er lachend mit Paqo und den anderen zum Hauptplatz stob; das Gewirr aus Farben und Gerüchen, das sich an den Markttagen des Dorfes bemächtigte.

Aber da war noch mehr, und Padre Valentín musste es wissen. Luríns Worte hatten jene anderen Bilder in Yawar geweckt, die ihm seltsam blass und dünn vorkamen, aber dennoch klar waren: die gewittergraue Kirche und ein leuchtend gelber Ginsterstrauch.

Er schaute schließlich den Pater an.

„Wo ist das?", fragte er.

Padre Valentín seufzte. Für einen Moment schien er mit sich zu ringen, ob er dem Jungen mehr erzählen sollte.

„In der Provinz von Huamanga", sagte er schließlich. „Nördlich von hier. Dort bist du geboren, Yawar."

„Hat Euch das meine Mutter erzählt?"

Padre Valentín zögerte. „Nicht direkt, Yawar. Aber ich habe Freunde in Huamanga." Wieder lächelte er. „Als ihr damals ins Dorf kamt, wusste ich, wer ihr seid. Ihr wart mir angekündigt worden."

Yawar nippte nachdenklich an seinem *Muña*-Tee. „Warum sind wir von dort fortgegangen?", fragte er. Es fühlte sich komisch an, den Dorfpriester danach zu fragen und nicht seine Mutter.

Padre Valentín sah zu Boden. „Erinnerst du dich an deinen Vater, Yawar?"

Der Junge atmete tief durch und biss sich auf die Lippen.

Erinnerte er sich an seinen Vater?

Manchmal tauchte ein Schatten in seinen Träumen auf. Kein furchteinflößender, sondern ein beruhigender Schatten, der sich schützend über ihn beugte. Manchmal schwebte ein Gesicht über Yawar, pechschwarze Augen musterten ihn voller Wärme. Er hatte nichts weiter als diese Erinnerungen. Seine Mutter vermied es tunlichst, seinen Vater zu erwähnen.

Er nickte. „Ein bisschen."

Eine unangenehme Pause entstand.

„Du weißt, was mit ihm passiert ist?"

Jetzt schloss Yawar die Augen. „Er ist fort", murmelte er mit dünner Stimme. Ihm war selbst klar, dass das nicht die ganze Wahrheit war, es nicht sein konnte. Aber das andere war zu groß und unvorstellbar, um es auszusprechen.

Padre Valentín seufzte.

„Ich denke, deine Mutter wird dir mehr darüber erzählen, wenn es an der Zeit ist."

Yawar holte tief Luft und stellte den Becher zur Seite. „Ihr habt ein Buch für mich, nicht wahr? Lurín hat es hier gelassen, ist es nicht so?"

Als er es aussprach, fragte er sich, wie er je daran geglaubt haben konnte, dass Yanaphuru gelogen oder sich geirrt hatte.

Padre Valentín nickte. „Ich kann es dir zeigen, Yawar, aber zuvor musst du einige Dinge wissen. Ich habe das Gefühl, dass deine Mutter dir wenig erzählt hat."

Etwas in Yawar schien aufzuwachen und sich zu strecken.

„Lurín hat von einer Bewegung gesprochen", sagte er.

Der Priester lehnte sich zurück und seufzte.

„*Yawarchay*, in diesem Land gibt es Reiche und Arme, Menschen, die herrschen, und solche, die beherrscht werden. Und nicht immer gibt es Gerechtigkeit. Aber die meisten Menschen nehmen hin, was ist."

Ihre Blicke trafen sich. In Yawars Magengrube prickelte es. Er hatte das sichere Gefühl, dass Padre Valentín dabei war, ihm etwas sehr Wesentliches zu verraten.

„In deiner Heimat gibt es Menschen, die es nicht hinnehmen wollen. Sie glauben daran, dass sich die Dinge verändern müssen. Sie sind überzeugt, dass man gegen die Ungerechtigkeiten kämpfen muss. Die Menschen dieser Bewegung nennen sich die Kondorkinder – Söhne und Töchter dieses Landes mit all seinem Erbe." Padre Valentín machte eine kurze Pause.

„Sie glauben, eine der Ungerechtigkeiten besteht darin, dass die alten Geschichten vergessen werden."

„Welche alten Geschichten?", fragte Yawar. Er fühlte sich seltsam atemlos.

Wieder zögerte der Priester.

„Nicht alle Menschen in diesem Land sind wirklich Kinder dieser Erde, Yawar. Manche kamen vor vielen Jahren hierher. Ihre Heimat liegt weit von hier entfernt, auf der anderen Seite eines Meeres, das so gewaltig ist, dass du es dir kaum vorzustellen vermagst."

„Was haben sie hier gesucht?"

Padre Valentín seufzte. „Wonach die Menschen oft suchen: Gold, Schätze, Reichtum, ein besseres Leben. Auch Macht. Ihnen gefiel dieses Land, und sie nahmen es sich mit Gewalt. Es ist viel Blut geflossen damals, denn das Land war nicht unbewohnt."

Yawar nickte.

„Am Ende", sagte Padre Valentín, „ließen sich die Fremden hier nieder und begannen, das Land zu beherrschen. Mit ihrer Sprache und ...", er lächelte traurig, „mit ihrem Gott. Viele haben nicht verstanden, dass unser Gott nicht nach Blut giert. Wie dem auch sei: Es gibt vieles, was lange vor der Ankunft derer bekannt war, die heute hier herrschen. Geschichten und Lieder. Die Menschen erinnern sich an diese Dinge, und dadurch erinnern sie sich an sich selbst." Er blickte Yawar ernst an. „Vergiss niemals deine Geschichten, *Yawarchay*, niemals deine Lieder und deine Sprache. Sie sind die Bilder deiner Seele. Sie sind, was du bist."

Unwillkürlich nickte Yawar, obwohl er nicht sicher war, ob er alles verstand, was der Pater ihm sagte.

„Auch deine Mutter und dein Vater", fuhr Padre Valentín fort, „wollten nicht vergessen und glaubten an Veränderungen. Deine Eltern gehörten zu den Kondorkindern. Das Buch, das Lurín mit sich brachte, ist der größte Schatz dieser Gruppe. Es enthält all die Geschichten dieses Landes, die nicht vergessen werden dürfen. Geschichten, die waren und die sind. Es ist kein gewöhnliches Buch, Yawar. Es ist das Spiegelbuch, denn es spiegelt wider, was die Menschen dieses Landes bewegt hat, woran sie geglaubt und was sie gefürchtet, worauf sie gehofft und was sie beweint haben. Es ist eine Heimat der Geschichten, die ansonsten verloren durchs Land streifen würden."

Yawars Handflächen wurden feucht.

„Darf ich es sehen?"

Er dachte nicht über diese Worte nach, sondern nahm sie erst wahr, als sie ihm gleichsam aus dem Mund geschlüpft waren.

Padre Valentín nickte, stand auf und ging zu dem Schreibtisch aus dunklem Holz, der an der gegenüberliegenden Wand stand. Yawar hörte, wie der Pater eine Schublade aufzog. Als er sich wieder umdrehte, hielt er Yawar ein Buch entgegen.

Yawars erste Empfindung war leise Enttäuschung. Das Buch war viel kleiner und schmaler, als er es sich nach der Erzählung von Padre Valentín vorgestellt hatte. Er hatte gedacht, es sei so dick und groß wie jenes in Leder gebundene Buch mit dem goldenen Kreuz auf dem Einband, aus dem Padre Valentín ihm vorzulesen pflegte.

Dann fiel ihm ein, dass es Menschen gehörte, die um ihre Geschichten und Erinnerungen kämpfen mussten, um ihnen ein Zuhause zu geben. Vielleicht war es nur natürlich, dass ein solches Buch schmaler und kleiner war.

Vorsichtig nahm er es entgegen. Der Einband war aus Leder, fast wie bei Padre Valentíns großem Buch, braun und rau. Behutsam strich Yawar mit den Fingerkuppen darüber und schlug es dann auf.

Die Schrift auf den Seiten war eine andere als in den Büchern Padre Valentíns, weniger elegant und geschwungen, und sie war mit roter, leuchtender Tinte geschrieben. Tatsächlich schien sie sich alle paar Seiten zu verändern. Langsam blätterte Yawar durch das Buch. Einzelne Buchstaben, die er bereits gelernt hatte, schienen ihm zuzulächeln wie alte Bekannte; andere blieben inhaltlose Kringel für ihn.

„Sieh es dir ruhig an", sagte Padre Valentín leise.

„Aber warum hat Lurín es hergebracht?", fragte Yawar. „Warum soll ich es sehen?"

Und warum wusste Yanaphuru davon?, flüsterte eine Stimme in seinem Inneren.

Der Priester schaute ihm direkt in die Augen. Für einen Moment war das Lächeln verschwunden, das sonst aus seinem Blick leuchtete. Stattdessen stand feierlicher Ernst in ihm.

„Es ist ein kostbares Buch, das habe ich dir bereits gesagt, Yawar. Deswegen hat es zu allen Zeiten jemanden gegeben, der es hütete. Jemand, der die alten Geschichten sammelte und aufschrieb, um sie weiter zu erzählen. Und der, so sagen es manche, von den Göttern selbst Hilfe bekam, um sich an alles zu erinnern. Der Yuyaq – der, der sich erinnert."

Jetzt überlief es Yawar eiskalt. Yuyaq, dieses Wort hatte Lurín erwähnt.

Der Yuyaq liegt im Sterben, Yanakachi. Und er hat keinen Zweifel, wer sein Erbe antreten soll.

„Bringt Ihr mir deshalb Lesen und Schreiben bei?"

„Nicht nur deshalb, mein Junge." Für einen Moment wirkte der Priester fast bekümmert. Er warf einen Blick auf Yawars leeren Becher. „Ich hole dir noch etwas Tee, *Yawarchay*. Und dann sollten wir zu dir nach Hause gehen. Es ist spät, und deine Mutter wird sich schon sorgen." Er zögerte. „Außerdem sollte ich ihr wohl einige Dinge erklären."

Er stand auf und ging zurück in das Nebenzimmer, aus dem er zuvor das heiße Wasser und die *Muña* gebracht hatte. Yawar starrte weiterhin auf das Buch in seinen Händen.

Plötzlich hatte er das Gefühl, dass etwas gegen seine Brust stach wie harte Grashalme. Er fasste danach. Richtig, die Feder … Mit zwei Fingern zog er sie aus der Tasche hervor und hob überrascht die Augenbrauen. Eben noch war sie klatschnass und zusammengedrückt gewesen, aber nun war sie wieder trocken und glänzte seidig im matten Licht der Kerzen, die in Padre Valentíns Sakristei brannten. Fasziniert drehte Yawar die Feder hin und her und beobachtete den Widerschein des Lichts auf der pechschwarzen Oberfläche. Dann stockte er.

Auf Padre Valentíns Schreibtisch stand ein kleines Fass. Es musste ein Tintenfass sein, denn es sah ganz genauso aus wie das, in das er während der Unterrichtsstunden seinen Gänsekiel halten musste. Aber es war kleiner und im flackernden Kerzenlicht leuchtete es nicht dunkelblau, sondern … rot.

Rot wie in dem Buch.

Yawar glitt von dem Schemel, auf dem er saß, und bewegte sich mit kleinen Schritten auf den Schreibtisch zu. Er dachte überhaupt nicht darüber nach, was er tat. Das Gefühl tiefer Faszination füllte ihn auf eine Art und Weise aus, die er noch nie erlebt hatte. Es war, als wären das Buch in der einen und die Feder in der anderen Hand mit seinen Fingern verschmolzen.

Am Schreibtisch angelangt legte er das Buch behutsam auf die glatte Holzplatte. Wenn er sich auf die Zehenspitzen stellte, ragte sein Kinn gerade so über diese hinaus. Er zögerte kurz. Weder das Buch noch die Tinte gehörten wirklich ihm. Aber …

Er hat keinen Zweifel, wer sein Erbe antreten soll. Die Zeichen sind eindeutig.

Unwillkürlich nickte Yawar.

Er streckte die Hand aus und tauchte die Feder mit großer Behutsamkeit in das Tintenfass. Langsam zog er sie wieder hinaus und betrachtete den Tropfen, der an ihrem Ende hängen geblieben war. Mit der anderen Hand blätterte er in dem Buch, bis er auf eine leere Seite kam, und setzte die Feder an.

Zuerst ein Klecks. Ein roter Tintenkreis breitete sich um den schwarzen Federschaft herum aus. Erschrocken zog Yawar die Feder zurück, biss sich konzentriert auf die Lippen und setzte sie erneut an. Er musste nicht überlegen, denn die Buchstaben, die er nun schreiben wollte, hatte Padre Valentín ihn als allererstes gelehrt.

Yawar.

Mit jedem Buchstaben schien es ihm, als gewinne seine Bewegung an Flüssigkeit und Sicherheit. Das R vollendete er mit einem kühnen Kringel und hob zufrieden die Feder.

Der Donnerschlag ließ ihn zusammenzucken, und eine heftige Windböe riss das Fenster mit einem Knall auf und löschte mit einem Stoß sämtliche Kerzen im Zimmer.

Unwillkürlich wich Yawar einen Schritt zurück und stieß gegen Padre Valentín, der plötzlich hinter ihm stand, der Blick ernst, aber durchaus zufrieden.

Draußen begann der Regen zu prasseln. Yawar fröstelte unter dem kalten Hauch des Windes.

„Gut", sagte Padre Valentín schließlich. „Lass uns gehen, bevor der Regen stärker wird. Du nimmst das Buch."

Yawar klappte es zu und barg es an seiner Brust. Die Feder hatte er wie eine Markierung zwischen die Seiten gelegt, auf denen nun in leuchtendem Rot sein Name stand.

Padre Valentín gab ihm eine weitere Decke, mit der Yawar sich notdürftig gegen den Regen schützen konnte, und gemeinsam traten sie nach draußen.

Das Dorf lag wieder in vollkommener Dunkelheit, genau wie in der Nacht, in der sie den Kondor vor ihrem Haus gefunden hatten. Seit jener Nacht, erinnerte sich Yawar plötzlich, hatte es kein einziges Mal geregnet. Die Bauern weiter unten im Tal machten sich Sorgen, hieß es. Mais, Orangen und Erdnüsse warteten sehnlichst auf die Regenzeit. Nur mattgoldene Lichtkreise aus den einzelnen Häusern erleuchteten schwach den Weg. Für Yawar war es nicht notwendig. Wie unten am Fluss kannte er auch auf der Dorfstraße jeden Schritt und kam selbst jetzt gut voran, obwohl der Boden unter ihm aufgeweicht war und er das Buch wie einen kostbaren Schatz gegen seine Brust presste.

Auch aus ihrer Hütte drang Licht, was bedeutete, dass seine Mutter die Fenster nicht verhangen hatte. Für einen Moment strauchelte Yawar. Und wenn nun Yanaphuru bei ihr war?

Er klopfte an die Tür, bevor er sie aufschob, was ihm einen erstaunten Seitenblick von Padre Valentín einbrachte und außerdem ganz gewiss nicht im allgegenwärtigen Regenrauschen zu hören war.

Seine Mutter saß auf ihrem Schlaflager und schaute ihm entgegen – ohne große Verärgerung und Überraschung. Er brauchte einen Augenblick, um Yanaphuru zu entdecken, der unbeweglich in der hinteren Zimmerecke stand, dort, wo das schwache Licht der Kerze ihn nicht mehr erreichen konnte.

„Yawar. Da bist du ja."

Er nickte stumm und ließ die Wolldecke auf den Boden gleiten.

„*Mamay*", sagte er und hielt ihr das Buch entgegen. „Padre Valentín hat mir dies gegeben. Ich soll darauf aufpassen."

Ein müdes und trauriges Lächeln malte sich in ihr Gesicht. Sie stand auf, nahm das Buch aber nicht entgegen, sondern wandte sich an den Pater.

„Ich weiß nicht, was hier gespielt wird." Ihre Stimme klang erschöpft, aber Yawar horchte auf. War es dort nicht wieder, das Grollen eines Feuerbergs vor dem Ausbruch, das er auch in jener Nacht gehört hatte, als sie Lurín aus dem Haus geworfen hatte?

„Aber was Ihr tut, *padre*, ist nicht recht." Sie sprach Quechua, und das Wort *padre* stach aus dem weichen Fluss der Sprache heraus, so als rückten die umliegenden Worte mit hochgezogenen Augenbrauen von ihm ab.

„Yanakachi", sagte Padre Valentín sanft und hob in einer versöhnlichen Geste beide Hände. „Es ist wahr, ich hätte es dir früher sagen sollen. Ich bin ein Freund der Kondorkinder. Ich war lange Zeit in Huamanga, bevor …" Er unterbrach sich. „Aber das tut jetzt nichts zur Sache. Ich habe geschwiegen, weil ich Angst hatte, dass ihr das Dorf wieder verlassen würdet. Immerhin wart ihr auf der Suche nach einem Ort, an dem ihr sicher seid."

„Ich hätte nach Lima gehen sollen", sagte Yanakachi bitter. „Lima ist ein guter Ort, um die eigenen Spuren zu verwischen. Vielleicht werde ich es noch tun, *padre*. Ihr wusstet also die ganze Zeit …" Sie hielt inne und schüttelte den Kopf, als wäre sie über ihre eigenen Worte belustigt, dann sah sie Padre Valentín wieder an. „Und dann geht Ihr hin und erzählt meinem Sohn hinter meinem Rücken Dinge, die ich ihm aus sehr guten Gründen verschwiegen habe. Yawar ist acht, *padre*. Er ist ein Kind." Sie lachte bitter auf. „*Was* habt Ihr ihm erzählt?"

„Nur das Nötigste", sagte Padre Valentín sanft. „Nur, dass es die Bewegung der Kondorkinder gibt. Und dass das Buch ihr größter Schatz ist. Yanakachi, niemand verlangt, dass ihr zurückgeht. Niemand verlangt, dass ihr kämpft. Im Gegenteil. Es ist am besten und sichersten für alle, wenn ihr einfach hier bleibt und euer

Leben weiterlebt, wie ihr es getan habt. Nichts würde sich ändern."

„Mit diesem Buch?" Jetzt wurde Yanakachis Tonfall doch deutlich schärfer. „Macht Euch nicht lächerlich, *padre*." Sie starrte ihn drohend an. „*Alles* würde sich ändern."

„Yawar", sagte Padre Valentín langsam und ernst, „ist der neue Yuyaq."

„Er ist ein Kind", wiederholte sie hartnäckig. „Er kann nicht einmal lesen."

„Doch, *mamay*", flüsterte Yawar, und für einen Moment glaubte er, dass sie ihn nicht einmal gehört hatte. „Ich kann es. Padre Valentín bringt es mir bei."

Jetzt drehte sie sich zu ihm. Sie sah überrascht aus, als hätte er einen Pfeil auf sie abgefeuert.

„Was?", wisperte sie verwirrt.

Yawar spürte Tränen in sich aufsteigen. „Es war ein Geheimnis", sagte er stockend. „Verzeih mir, *mamay*, ich wollte es dir sagen, wenn ich es wirklich kann. Aber ich lerne es, ich lerne es wirklich. Schau."

Er schlug das Buch auf.

Selbst im fahlen Kerzenschein konnte Yanakachi genau die fünf Buchstaben erkennen, die ihr aus dem Buch entgegen leuchteten. Ihr Gesicht wurde blass.

„Nein", sagte sie laut. Jetzt nahm sie das Buch, das Yawar ihr entgegenhielt. „Nein. Nein."

„Er hat das Spiegelbuch in Besitz genommen." Eine Stimme füllte den Raum plötzlich vollkommen aus. Es war Yanaphuru. Yawar sah den Pater zusammenzucken; er bemerkte die Gestalt im Schatten erst jetzt. „Genau, wie es Sitte und Brauch ist. Er ist der neue Yuyaq, Yanakachi."

Yanakachi fuhr herum und starrte ihn an. Yawar begriff, dass Yanaphurus Worte ein weiterer Pfeil gewesen waren, mit dem sie nicht gerechnet hatte. Wenn man von Worten bluten konnte, dann tat seine Mutter es. Ihre Augen glitzerten.

„Nein", wiederholte sie ein weiteres Mal. „Er ist es nicht. Er kann es nicht sein!"

Und dann zerriss sie das Buch.

Hinter ihm schrie Padre Valentín auf, und Yanaphuru trat einen Schritt nach vorne und hob hilflos beide Hände.

Yawar tat nichts. Er starrte seine Mutter nur an.

Die Seite mit seinem Namen riss sie zuerst heraus. Dann weitere. Zerknülltes, zerfetztes Papier regnete auf den Boden, und erst, als Yawar mit dem Blick den davon rollenden Papierkugeln folgte, bemerkte er, dass seine Mutter schrie. Sie schrie voller Schmerz wie ein zu Tode verwundetes Tier, und sie schrie voll Hass.

Mit ein paar Sätzen war sie am Tisch und schlug das Buch auf die Platte. Dann nahm sie die Kerze und hielt die Flamme an das Papier. Von einem Moment auf den anderen stand das Buch in Flammen. Yanakachi ließ es fallen, sah zu, wie es auf dem festgetretenen Lehm des Hüttenbodens einen glimmenden Todeskampf focht. Sie hatte aufgehört zu schreien. Sie schluchzte nur noch.

„Oh, Yanakachi", murmelte Padre Valentín hinter Yawar. „Was hast du getan?"

Yawar sah, dass Yanaphuru einen Schritt auf Yanakachi zumachte, und die Besorgnis auf den Zügen des Mannes brannte sich für immer in Yawars Gedächtnis ein. Vielleicht wollte er Yanakachi zur Seite ziehen, vielleicht mit dem Ärmel die Tränen aus ihrem Gesicht wischen. Vielleicht wollte er sie schon vor dem schirmen, was kommen sollte.

Was auch immer Yanaphuru in jenem Augenblick vorhatte: Er kam zu spät.

Es ging schnell.

Licht und Krach kamen genau gleichzeitig.

Für einen Wimpernschlag war das Zimmer vollkommen in grelles, weißes Licht getaucht. Yawar taumelte zurück und hielt sich die Ohren zu. Der Donner rollte über ihn hinweg wie eine Woge aus dunklem Wasser und vibrierte in jeder Faser seines Körpers.

Als der Blitz vorüber war, fühlte er sich geblendet, das Zimmer schien dunkler als zuvor, und die Bewegungen um ihn herum liefen mit zähflüssiger Langsamkeit ab, ohne ein Geräusch zu verursachen.

Vielleicht sollte er deshalb, auch viele Jahre später, noch in der Lage sein, sich ganz genau an jedes Detail zu erinnern.

Als erstes sah er Yanaphuru, der zwei Sätze nach vorne machte. Dann erst entdeckte er seine Mutter, zusammengesunken am Boden mit dem Rücken zur Wand. In ihrem Gesicht zeichnete sich Verwunderung ab, als wisse sie selbst nicht genau, wie sie dorthin gekommen sei. In Yawar drängte ein Gedanke nach oben: Das Licht, das ihr Zimmer erhellt hatte, hatte seine Mutter angesprungen wie ein wildes Tier und sie gegen die Wand geschleudert.

Er spürte Padre Valentíns Hand von seiner Schulter gleiten, als er zu seiner Mutter lief.

„Geht es dir gut, *mamay*?"

Als sie zu ihm hochsah, bekamen die Dinge ihre normale Farbe und Geschwindigkeit zurück. Nur das Gesicht seiner Mutter blieb aschgrau. Sie lächelte gequält.

„Alles wird gut, *Yawarchay*", sagte sie.

Yanaphuru kniete neben ihr nieder und hob ihr Kinn an, sodass sie ihm in die Augen sehen musste. „Das Spiegelbuch", sagte er mit belegter Stimme. „Du hättest es nicht zerstören dürfen."

Yanakachi lehnte den Kopf gegen die Wand und schloss die Augen. Yawar kauerte sich an ihre Seite. Ihre Hand fuhr durch seine Haare, und er konnte spüren, dass ihre Finger mit kaltem Schweiß bedeckt waren.

„Yawar", murmelte sie. „Ich wollte dich nur beschützen."

Padre Valentín stand vor ihnen und blickte hilflos von einem zum anderen. Für einige Momente war nichts zu hören außer dem anschwellenden Rauschen des Regens.

Schließlich richtete sich Yanaphuru auf. Sein schwarzer Poncho wallte majestätisch um ihn herum.

„Es ist ernst, Yanakachi", sagte er. „Nichts geringeres als der Zorn der Götter hat dich getroffen."

„Verzeiht mir die Frage." Padre Valentíns Stimme war wie ausgedörrtes Holz. „Aber wer seid Ihr?"

Yanaphuru wandte den Kopf und blickte nachdenklich auf den Priester herab.

„Nennt mich Yanaphuru", erwiderte er gebieterisch. „Valentín, ich weiß, dass wir im Grund derselben Sache folgen."

Der Priester blinzelte überrascht. „Gehört auch Ihr …?"

Yanaphuru lächelte flüchtig. „Nein, und ich war auch niemals in Huamanga. Sabancaya ist meine Herrin – eine alte Göttin dieses Landes."

Padre Valentín räusperte sich.

„Sabancaya zürnt?", murmelte Yanakachis erstickte Stimme vom Boden. Yanaphuru blickte auf sie hinab.

„Nein, *sonqollay*, mein Herz. Es ist nicht Sabancaya, deren Zorn dich getroffen hat."

4.
Chakana – **Andenkreuz**

Sie hatten Yanakachi auf ihr Schlaflager ge-
bettet, und seitdem hatte niemand wirklich etwas gesagt. Von Zeit zu Zeit wimmerte sie leise
und fuhr mit dem Handrücken über ihre Stirn.
Draußen war der Regen zu einer einzigen nie-
derrauschenden Wand geworden. Yanaphuru
ging mit großen Schritten im Zimmer auf und
ab, während Padre Valentín nach vorne gebeugt
auf einem Stuhl saß. Yawar hatte sich zuerst an
die Seite seiner Mutter gekuschelt, war dann
aber aufgestanden, hatte mit zitternden Fingern
Wasser erwärmt und eine Handvoll getrockne-
ter Coca-Blätter hineingeworfen, um den Männern etwas zu trinken anbieten zu können.
Er füllte gerade das dampfende Wasser in die
beiden Becher, als er etwas hörte.
Ein Geräusch vom Fenster her, das sich wie
gekräuseltes Papier aus dem Regenrauschen
schälte. Ein trockenes, spöttisches Lachen.
Langsam drehte Yawar sich um.
Padre Valentín und Yanaphuru hatten es auch
gehört und folgten seinem Blick.
Die Schatten hatten sich am Fenster zu einer ha-
geren Silhouette verdichtet, die jetzt, da sie aller

Blicke auf sich zu fühlen schien, geschmeidig ins Zimmer hineinglitt und sich aufrichtete.

Etwas in Yawar erstarrte. Er hatte das Bedürfnis, vor diesem Schatten zurückzuweichen, fortzurennen, wenn es denn möglich gewesen wäre, hinaus in den Regen und die Dorfstraße hinunter, Hauptsache weit, weit weg. Aber gleichzeitig fühlte er sich wie versteinert und unfähig, auch nur einen Finger zu rühren.

Er konnte nicht genau sagen, was sich dort ins Zimmer geschoben hatte. Die Gestalt war so groß wie Yanaphuru, aber schmaler. Sie stand auf zwei Beinen, und ein langes Gewand wogte um sie her, aber es war nicht schwarz wie Yanaphurus Poncho, sondern aus dem dunklen Grau quellender Gewitterwolken. Und wie die Gestalt flüchtiger Wolken schienen sich auch die Umrisse des Fremden im Zimmer immer wieder zu verändern. War es ein Mensch in einem Poncho aus verwaschener Wolle, oder war es nicht vielmehr bleigraues, struppiges Gefieder, das aus dem Schatten hervorragte? Waren es menschliche Beine, auf denen der Fremde stand, oder hagere Hühnerstelzen? Ein grauer Schlapphut verdeckte das Gesicht; dennoch sah Yawar etwas boshaft gelb darunter hervorleuchten.

„Was für ein illustres Grüppchen sich hier versammelt hat."

Die Stimme klang wie knisternde Kohlen auf niederbrennender Glut.

„Ein Priester, ein Kind und … welch angenehme Überraschung, Yanaphuru. Du wirst auch immer menschlicher in der letzten Zeit." Ein heiseres Lachen beschloss diese Worte.

Yanaphuru trat einen Schritt auf den Fremden zu und streckte sich.

„Usphasonqo", sagte er. Seine Stimme hatte sich verändert. Sie war nicht länger die eines Menschen. Yawar spürte einen Schauder über seinen Rücken laufen. „Dein Herr ist es also, der hinter alledem steckt. Das allerdings ist keine Überraschung."

Uspasonqo. *Aschenherz*, dachte Yawar. *Was für ein passender Name.*

„Hinter alledem?" Der Fremde lachte erneut. „Wohl kaum. Weder mein Herr noch ich haben ein heiliges Buch zerstört, oder liege ich da falsch? Ich komme, um mir diese Frau anzusehen. Das Menschenweibchen, an dem du so sehr Gefallen gefunden hast."

Er streckte den Hals, um an Yanaphuru vorbei auf Yanakachis Schlaflager zu spähen, aber Yanaphuru trat ihm entgegen und stieß ihn entschlossen zurück. „Du wirst sie nicht anrühren!"

„Nicht, mein Bruder? Mein Herr hat seine Hand auf sie gelegt. Und das sehr deutlich." Die grauen Schatten unter dem Schlapphut wurden nicht dünner, aber Yawar erhaschte einen Blick auf schneeweiße Fangzähne, die nur einen winzigen Moment lang entblößt wurden. „Es ist gewiss reizvoll zu sehen, wie sie zu Asche zerfällt."

Yanaphuru bedachte ihn mit einem finsteren Blick. „Wofür der Fluch?"

Erneut blitzten gelbe Augen aus den grauen Schatten. „Wofür? Was ist das für eine Frage? Sie hat dich verleugnet, dich und mich, unsere Herren, alles, wofür wir stehen. Sie hat den Kampf aufgegeben, und mehr als das. Sie hat die Erinnerungen zerstört, für die die ihren gekämpft haben. Sie hat den Geschichten die Zuflucht genommen, die sie auf den Seiten jenes Buches gefunden hatten, eine Zuflucht, mit Schweiß und Blut erkauft. Die Geschichten sind zu Verlorenen Geschichten geworden. Sie wandern durchs Land, auf dem Weg ins Vergessen. Meinst du nicht auch, mein Bruder, dass es hierfür einer Strafe bedarf?"

Mit einer einzigen geschmeidigen Bewegung glitt er an Yanaphuru vorbei, und bevor dieser reagieren konnte, stand Usphasonqo an Yanakachis Lager. Yawar sah, wie seine Mutter die Augen aufschlug und den fremden Besucher anblickte, ohne auch nur einen Laut von sich zu geben.

„Erkennst du mich, Menschenfrau?", fragte Usphasonqo und beugte sich über sie. „Mein Herr sendet dir Grüße, kleine Närrin. Der Blitz hat deine Seele gespalten. Du bist ein zerbrochener Krug, aus dem das Leben läuft wie feiner Sand vom Ufer des Río Colca." Er beugte sich noch tiefer über Yanakachi, aber in diesem Moment war Yanaphuru da und stieß ihn zurück, schob sich zwischen Usphasonqo und das Schlaflager.

„Meine Herrin", sagte er mit einem leisen Grollen in der Stimme, „wird sie schützen."

„So, wird sie das?" Usphasonqos Stimme klang amüsiert. „Kein *apu* kann eines anderen *apus* Fluch heben. Das weißt du, mein Bruder."
Yanaphuru fixierte ihn, und Yawar wurde bewusst, dass die Luft zwischen den beiden Gestalten zu flirren und zu knistern begann.
„Vielleicht nicht heben", sagte Yanaphuru schließlich. „Aber lindern. Du hast hier nichts mehr zu suchen, Usphasonqo. Verschwinde."
Usphasonqo hob die Schultern. „Mit dem größten Vergnügen. Ich werde sehr gespannt sein, wie ihr weiter verfahrt mit dem Menschenweibchen und ihrer drolligen Brut." Er warf einen amüsierten Seitenblick auf Yawar. „Eins lasst euch gesagt sein. Wer es wagt, sich den Worten entgegen zu stellen, wer es wagt, die Geschichten zu leugnen, ihnen ihre Heimat zu nehmen, der muss damit rechnen, dass sie ihn von innen her auffressen. Dies", und an dieser Stelle lüpfte er leicht seinen Schlapphut, „ist die Botschaft des Mismi. Lebt wohl, fürs erste, oder auch nicht so wohl, das werden wir sehen."
Mit einem katzengleichen Satz sprang er aus dem Fenster hinaus in die Dunkelheit.
Yawar schaute aus großen Augen zwischen Yanaphuru und Padre Valentín hin und her. Der Priester hatte sich vornüber gebeugt und das Gesicht in den Händen vergraben, seinen Oberkörper sanft hin und her wiegend. Yanaphuru hatte sich zu Yawar gedreht und musterte ihn besorgt, aber beruhigend.

„Wer seid Ihr?", krächzte Padre Valentín schließlich, woraufhin Yanaphuru sich zu ihm umdrehte. „Als Ihr sagtet, Eure Herrin sei Sabancaya … Bei Gott. Ihr seid nicht wirklich die Diener der *apus*, oder doch? Ich würde es nicht für möglich halten. Ihr seid ein Mensch, aber … Was ich dort eben gesehen habe …"

So verwirrt hatte Yawar den Pater noch nie erlebt. Er schlich an das Lager seiner Mutter, die mit weit aufgerissenen Augen da lag und ins Leere starrte.

„Wir sind *mallkis*", sagte Yanaphuru nüchtern. „Boten und Diener der *apus*, Träger des alten Wissens. Und seht her, Valentín. Auch ich bin kein Mensch."

Etwas an ihm veränderte sich. Unwillkürlich presste Yawar sich an die Seite seiner Mutter und spürte, wie sie – durch ihre Teilnahmslosigkeit hindurch – einen Arm um Yawar legte und ihn an sich drückte, schwach, aber sie tat es.

Yanaphuru hatte bereits die ganze Zeit hoch aufgerichtet dagestanden, und an seiner Gestalt änderte sich auch nicht grundsätzlich etwas. Aber war Yawar eben noch sicher gewesen, dass einfach nur ein großer und breitschultriger Mann in einem weiten schwarzen Poncho im Raum stand, so erfüllte ihn jetzt auf einmal der gleiche Zweifel, den er bei Usphasonqo empfunden hatte.

Der schwarze Stoff hatte sich in eine seltsam konturlose, fließende Masse verwandelt, die um Yanaphurus Silhouette herwaberte. Seine breiten Schultern schienen … Flügel geworden zu sein. Sein kantiges Gesicht lag plötzlich halb im Schatten. Die geschwungene Nase erinnerte Yawar an einen Raubvogel, und das Gefühl des Erkennens goss sich in ihm aus wie ein Kübel eiskaltes Wasser.

„Du bist der Kondor!", rief er.

Yanaphuru wandte den Kopf und lächelte. Es war kein boshaftes Lächeln wie das von Usphasonqos, und es beruhigte Yawar ungemein.

„Ja", sagte er, und seine Stimme füllte den gesamten Raum aus. „Ich bin der Kondor, den ihr gefunden und gepflegt habt."

Und meine Mutter muss es gewusst haben, ging es Yawar durch den Kopf. Nicht von Anfang an, gewiss nicht. Aber später, als Yanaphuru zurückkehrte in seiner menschlichen Gestalt … Yawar war sicher, dass seine Mutter ihn erkannt hatte.

„Ich müsste Euch für dämonische Höllenbrut halten", sagte Padre Valentín schwach.

Wieder lächelte Yanaphuru. „Nein, das müsst Ihr nicht."

Plötzlich schien alles wieder beim Alten zu sein. Statt bedrohlich wallender Wolken war da nur noch ein Poncho aus tiefschwarzer Wolle, und Yanaphurus Gesichtszüge waren bestimmt, aber doch menschlich. Seine Stimme hatte einen normalen Klang zurück gewonnen. „Ich will niemandem etwas Böses, und ich weiß, Valentín, dass Ihr ein Mann des Verstehens seid, nicht des Verurteilens. Es ist auch Sabancayas

Wunsch, dass die alten Geschichten bewahrt werden, und sie wusste noch vor Euch, dass Lurín auf dem Weg hierher war, dass Yawar das Schicksal des Yuyaq bestimmt ist."

„Aber es gibt nun kein Spiegelbuch mehr", wandte Padre Valentín müde ein.

Yanaphuru winkte, und Yawar glitt zögernd von Yanakachis Schlaflager. Der Bote der Sabancaya legte ihm eine Hand auf die Schulter und zog ihn sacht an sich. Yawar entspannte sich. Das Gefühl von Schutz umgab ihn.

„Nicht jetzt", sagte Yanaphuru. „Doch an Yawars Bestimmung ändert das nichts. Es sieht nicht gut aus, das ist wahr. Aber meine Herrin ist mächtig, und wir werden eine Lösung finden. Ich frage mich, Valentín, ob Ihr uns begleiten wollt?"

Der Priester sah ihn unsicher an.

„Zu Eurer Herrin?", fragte er gedehnt.

Yanaphuru nickte. „Zuerst müssen wir uns um Yanakachi kümmern, dann aber um den Jungen. Und dabei, denke ich, werdet Ihr uns helfen müssen."

Padre Valentín stand auf, mit seltsam ungelenken Bewegungen. „Was auch immer ich tun kann", begann er und sah unsicher nach draußen. „Aber erlaubt mir die Frage, Yanaphuru, es ist finstere Nacht dort draußen, und der Regen …"

„Lasst das meine Sorge sein." Yanaphuru klopfte Yawar auf die Schulter und richtete seinen Blick auf ihn. „Yawar, du wirst an der Hand des Paters gehen. Ich werde deine Mutter tragen."

„Ich kann alleine gehen!", protestierte Yawar. Die Berührung des *mallkis* hatte ihm Mut
eingeflößt.

Yanaphuru schüttelte den Kopf. „Dort, wo wir
hingehen, ist es nötig, dass du nicht alleine
bist", erwiderte er mit Bestimmtheit und wandte sich dann ab. Yawar biss sich auf die Lippen
und ging zu Padre Valentín, der ihm seine Hand
reichte.

„Bei Gott und allen Heiligen", murmelte er. „Ich
dachte, mich könnte nichts mehr erschüttern in
diesem Leben."

Yanaphuru hob Yanakachi in seine Arme, in denen sie seltsam klein und verloren wirkte. Ihr
Kopf fiel an seine Schulter. Für einen Moment
hielt der Bote Sabancayas inne und blickte die
reglose Frau mit einem solchen Ausdruck von
Zärtlichkeit an, dass Yawar unwillkürlich lächeln musste. Plötzlich war er sicherer als je zuvor, dass sein Vater Yanaphuru gemocht hätte.

„Valentín", sagte Yanaphuru schließlich, ohne
den Priester oder Yawar anzusehen. „Kommt
näher, und haltet Euch an meinem Poncho fest.
Lasst ihn nicht los, was immer auch geschehen
mag, bis ich es Euch sage."

Yawar sah Padre Valentín schlucken. Dann ging
der Priester einige Schritte auf Yanaphuru zu
und griff mit der linken Hand nach einem Zipfel des schwarzen Ponchos, während er mit der
rechten Yawars Hand drückte.

„*Ñanniyku kaypi qallarin*", sagte Yanaphuru laut.
„Unser Weg beginnt hier."

Er machte einen Schritt nach vorne und zog die anderen gleichsam mit sich.

Yawar blinzelte. Das Zimmer um ihn herum verschwand – nicht plötzlich, sondern so, als verlöre es innerhalb von Augenblicken alle Farbe und verblasse, so wie die abendliche Landschaft im Übergang zur Nacht verschwindet. Stattdessen umgab sie Schwärze, und von Weitem konnte er noch immer das Rauschen des Regens hören, wenn auch gedämpft, als dringe es durch dicke Wolldecken zu ihnen durch. Yawar sah nichts mehr, spürte nur den beruhigenden Druck von Padre Valentíns Hand, und tappte Schritt um Schritt voran. Überrascht nahm er zur Kenntnis, dass der Boden unter ihm sich wie bearbeiteter Stein anfühlte, wie die Pfade des *Qhapaq Ñan*, der alten Inkastraßen, die das ganze Land wie ein Netz von Adern durchzogen und auch dieses Tal mit anderen Tälern und Bergpässen verbanden.

Dann, plötzlich, verstummte der Regen, und Yawar hatte das Gefühl, als seien sie in einen sehr großen Hohlraum getreten, eine Grotte von gewaltigen Ausmaßen. Die Luft um ihn her fühlte sich anders an, kühler als zuvor.

Ein sanfter Schimmer begann, die Dunkelheit um sie her zu verdrängen, und mit einem kleinen Aufschrei der Überraschung drängte sich Yawar an Padre Valentín, der beruhigend einen Arm um ihn legte.

„Noch hatte ich nicht gesagt, dass Ihr loslassen dürft, Valentín", erklang Yanaphurus belustigte

Stimme neben ihnen. „Aber es ist in Ordnung. Wir sind da."

Yawar blickte um sich. Alles um sie her war jetzt von Helligkeit überflutet.

Sie befanden sich tatsächlich in einer weitläufigen Höhle, deren Decke sich irgendwo über ihnen verlor. Noch nie hatte Yawar einen so großen und hohen geschlossenen Raum gesehen; bis jetzt war ihm das Innere der Dorfkirche als Maß aller Dinge erschienen. Aber diese Höhle hier übertraf sie bei Weitem an Ausmaß und Majestät.

Es war keine gewöhnliche Höhle aus Fels. Sie bestand vollkommen aus schneeweißem und bläulich irisierendem Kristall; die Wände waren mit Glimmer und tausendfach facettiertem Bergkristall bedeckt. Nie zuvor hatte Yawar etwas von derartiger Schönheit gesehen.

„Du hast sie also hierher gebracht."

Die Stimme schien zunächst nicht von einem bestimmten Punkt auszugehen, sondern aus allen Winkeln der Höhle zugleich zu kommen, hell und so klar wie die Kristalle, die Yawar ringsum an den Wänden sah, glitzernder Schnee in der Morgensonne, eine Stimme, vor der man sich verneigte.

Dann, als die Worte als sanftes Echo von den Wänden widerhallten, sah Yawar sie und begriff auf seltsam klare Weise, dass die Stimme sich vor seinen Augen zu einer Gestalt verdichtet hatte, um für ihn, seine Mutter und Padre Valentín besser begreifbar zu sein. Yawar wusste, dass die Stimme sich dieses Antlitz gewählt hatte, und dass sie Sabancaya gehörte, der mächtigen Herrin, die als ewig grollender Vulkan über die Weiten des Tals wachte, wunderschön und furchtbar zugleich.

Sabancaya hatte entschieden, ihren menschlichen Besuchern in Gestalt einer Frau gegenüberzutreten, größer und hochgewachsener als alle Menschen, die Yawar je gesehen hatte. Er schaute sie geradeheraus an, aber etwas in ihrem Gesicht zwang seinen Blick nach unten. Die Schönheit ging mit solcher Macht von diesem Gesicht aus, dass sie ihn blendete. Ein wenig war es, als versuche man, direkt in die Sonne zu blicken, oder in ein endloses Feld von in der Sonne gleißendem Schnee. Yawar senkte den Blick und sah, dass Padre Valentín es ebenso tat, nur Yanakachi schien direkt dem Blick Sabancayas zu begegnen. Dann stellte Yawar fest, dass er aus den Augenwinkeln sehr wohl in der Lage war, die Berggöttin wahrzunehmen, aber nur, wenn er sich Mühe gab, seine Aufmerksamkeit nicht auf ihr Antlitz zu konzentrieren.

Das, was er sah, oder was seine Augen zu sehen vorgaben, war das Bild einer majestätischen Frau in einem Gewand, das aus bläulich schimmerndem Schnee zu bestehen schien und in weichen Falten über den kristallenen Boden fiel. Obwohl ihre Miene ernst war, strahlte ein Lächeln aus ihren Augen, das Yawar ebenso sehr beruhigte, wie es ihn einschüchterte.

„Ja, Herrin", sagte Yanaphuru pflichtschuldig. „Ich habe sie hergebracht. Sie hat Mismi erzürnt."

„Ich sehe es", antwortete Sabancaya. Sie – oder besser: die Gestalt mit Sabancayas Stimme – beugte sich vor. Yawar sah die Präsenz der schillernden Kristalle direkt über seiner Mutter und hörte ein Flüstern, das aus allen Richtungen zugleich zu kommen schien.

„Ein böser Fluch liegt auf dir, Menschenkind. Nur Mismi selbst könnte ihn wieder zurücknehmen."

„Ich hatte gehofft, Herrin", ließ sich Yanaphuru mit belegter Stimme vernehmen, „dass Ihr Yanakachi helfen würdet …"

Sabancaya richtete sich wieder auf, und Yawar hatte freien Blick auf ihren Boten. So groß und breitschultrig er auch dastand, so unsicher wirkte er nun unter den Augen seiner Herrin.

Der Blick aus den eisblauen Augen glitt forschend über den *mallki*. „Yanakachi ist ihr Name, sagst du? Schwarzes Salz … das ist fürwahr eine Seltenheit. Nun sage mir, mein lieber, treuer Yanaphuru: Was hat dich nur in das Haus dieses Menschenkinds gebracht, dass du mir sogar ihren Namen sagen kannst?"

Ein Funken Belustigung schien in der Stimme mitzuschwingen, obwohl sie ernst klang.

Yanaphuru öffnete den Mund, und zu Yawars Überraschung stammelte er nun. „Ich … Ich war unterwegs, um nach dem Rechten … Ich hielt es für meine Pflicht …" Er unterbrach sich und sah zu Boden. Plötzlich erinnerte er Yawar sehr stark an Paqo oder einen anderen seiner Freunde, wenn sie etwas ausgefressen hatten und auf die gerechte Strafe von ihren zornigen Eltern wartete. „Verzeiht mir, Herrin", murmelte Yanaphuru betreten. „Ich habe Euch etwas verschwiegen."

Sabancayas Stimme war klares Wasser, das im Morgenlicht zu Eis gefror. „Das hast du getan, Yanaphuru? Sprich."

Yanaphuru blickte auf die reglose Frau in seinen Armen und dann wieder zu Boden.

„Ich war oft im Haus Yanakachis in der letzten Zeit", murmelte er. „Ihr hattet mir aufgetragen, nach dem Boten Ausschau zu halten, der das Spiegelbuch bringen würde. Und ich sollte auch ein Auge auf den künftigen Yuyaq haben, Ihr erinnert Euch, Herrin."

Lachen perlte über die Gruppe hinweg, das nicht wirklich hörbar war, sondern lautlos vorüber zu huschen schien wie das Glitzern auf Schneekristallen. „Wie es mir scheint, hast du mehr ein Auge auf seine Mutter gehabt denn auf den Jungen. *Jinachu manachu*, ist es so oder nicht?"

Jetzt wagte Yanaphuru es, wieder aufzublicken, aber seine Miene zeigte nach wie vor, wie nervös er war. „Ja, Herrin." Er schluckte. „Wenn Ihr es so nennen wollt."

Für einen Moment legte sich eisiges Schweigen über die Höhle. Yawar spürte, wie Padre Valentín seine Schulter drückte.

„In der Gewitternacht vor drei Wochen", sagte Yanaphuru mit belegter Stimme, „geriet ich mit Usphasonqo in Streit. Er wollte einen Felsblock lösen und das halbe Dorf unter Erdreich begraben. Ich ging dazwischen, aber er verletzte mich, und ich fiel genau vor dem Haus Yanakachis zu Boden."

„Welch denkwürdiger Zufall", warf Sabancaya ein.

„Hätte ich einen besseren Ort wählen können?", entfuhr es Yanaphuru. „Wo sonst hätte ich denn Hilfe erwarten können, wenn nicht im Hause des Yuyaq? Sie holte mich hinein und pflegte mich."

„Nur ein Satz auf einer Windböe", sagte Sabancaya spöttisch, „und du wärst zu meinen Füßen in Sicherheit gewesen …"

„Gewiss, Herrin", murmelte Yanaphuru. „Aber ich wollte …" Er hielt inne.

„Oh, Yanaphuru", sagte Sabancaya, diesmal mit Strenge in der Stimme. „Du magst ein *mallki* sein und ein treuer Diener der *apus*, ein großartiger Dichter und ein unerschrockener Kämpfer. Aber … sieh mir in die Augen und sage mir, wenn ich mich irren sollte. Aber letzten Endes bist sogar du vor allem ein Mann. *Jinachu manachu*?"

„So ist es, Herrin", flüsterte Yanaphuru zerknirscht.

„Dabei weißt du, Yanaphuru", fuhr Sabancaya mit ernster Stimme fort, „dass es euch verboten ist, eure Hand auf ein Menschenkind zu legen.

Zumindest auf die Stellen, auf die du sie gelegt hast."

Jetzt wurde Yanaphuru tatsächlich rot. „Herrin, ich bitte Euch!"

„Ich möchte nur dein Gedächtnis auffrischen", sagte Sabancaya. „Du bist ein Wesen *Janan Pachas*, der oberen Welt. Sie ist ein Wesen *Kay Pachas*, der Menschenwelt. Du weißt, wie das Gleichgewicht durcheinander geraten kann, wenn die Regeln gebrochen werden."

Yanaphurus Stimme war nur noch ein Wispern. „Ja, Herrin."

„Du hast also dein Herz einem Menschenkind geschenkt, und du hast geglaubt, du könntest mir das verheimlichen."

„Es tut mir leid, Herrin."

„Das will ich hoffen, Yanaphuru. Was du getan hast, ist unverantwortlich, denn du hast das Menschenkind angreifbarer für Mismi gemacht. Außerdem mag ich es nicht, wenn Regeln gebrochen werden, ohne dass ich davon weiß."

Unwillkürlich musste Yawar grinsen. In diesen letzten Worten hatte tatsächlich so etwas wie ein Schmunzeln mitgeschwungen.

„Herrin?"

„Jetzt heb schon den Kopf, mein lieber Yanaphuru. Du siehst aus wie ein vom Regen begossenes Lama. Ich denke, du bist für heute genug bestraft." Nun klang Sabancaya beinahe vergnügt. „Glaubst du, ich hätte kein Verständnis dafür, wenn dir dein Herz entwischt wie ein kleiner Kolibri? Nur sagen hättest du es mir sollen. Aber jetzt sei unbesorgt. Es ist auch mein Wunsch, dieser Frau zu helfen, aber ich werde den Fluch nicht von ihr nehmen können. Ich kann nur meine Hand auf sie legen, dass die Worte einschlafen, die von innen an ihr nagen."

Erneut beugte sich Sabancaya nach vorne über Yanakachi.

„Nimm dies, Yanakachi, Menschenkind, das die *apus* erzürnt hat. Es wird dich schützen."

Als die Gestalt Sabancayas zurück glitt, sah Yawar, dass sie seiner Mutter ein dünnes Band mit einem Anhänger daran um den Hals gelegt hatte: ein Andenkreuz, weiß wie Schnee, weiß wie das Vulkangestein *sillar*, klein und vollkommen.

„Dies", sagte Sabancaya feierlich, „ist mein Zeichen. Mismis Fluch kann nicht gehoben werden, aber er vermag nicht weiter an dir zu wirken, solange du dieses Andenkreuz, dieses *chakana* trägst. Mismis Zorn wird dies zwar nicht mindern, dafür die Wirkung."

Yanakachis Hand fuhr zu dem Andenkreuz und umfasste es. Sie seufzte leise, und Yanaphuru ließ sie behutsam auf den Boden gleiten, ohne sie jedoch loszulassen. Erleichtert sah Yawar, dass die fahl-graue Gesichtsfarbe seiner Mutter langsam wieder einem gesünderen Farbton wich.

Sabancaya blickte nachdenklich auf Yanakachi hinab. „Solange du mein Zeichen trägst", sagte sie, „wird der Fluch in seiner Wirkung nicht fortschreiten. Aber ich glaube nicht, dass du unten im Tal sicher bist, Menschenkind. Du wirst hierbleiben müssen."

„Hier?"

Es war das erste Wort, das Yanakachi in vielen Stunden gesprochen hatte.

„An keinem anderen Ort bist du sicher", erklärte Yanaphuru. Seine Hände streichelten ihre Schulter.

„Aber … ist nicht das Andenkreuz Schutz genug?"

Yanaphuru schüttelte ernst den Kopf. Er drehte Yanakachi zu sich um und hob sacht ihr Kinn, sodass sie ihm in die Augen sehen musste.

„Yanakachi, *sonqollay*, es ist meine Schuld. Ich habe die Ordnung der Dinge durcheinandergebracht. Du trägst ein Stück *Janan Pacha* in dir, weil ich dich berühren durfte. Und das bedeutet, dass du verletzlicher bist gegen den Zorn eines *apus*. Es ist besser, wenn du hier bleibst."

Yanakachi fuhr sich mit der Hand über die Stirn, als wache sie aus einem Traum auf.

„Hier?", wiederholte sie. „Ich meine … dies ist auch *Janan Pacha*, nicht wahr?"

„So ist es", sagte Sabancaya sanft. „Fürchte dich nicht, Yanakachi. Ich habe bereits andere aufgenommen, die meines Schutzes bedurften. Wenngleich es keine Menschen waren."

Yawar spürte das Lächeln, das in ihrer Stimme lag, wie das freundliche Drängen einer Bergquelle. Er nahm eine Bewegung aus dem Augenwinkel wahr und wandte sich um. Ein Tier stand etwas abseits in den Schatten – ein Alpaka, mit goldbraunem Fell und wachsamen Augen. Noch niemals hatte Yawar in der Freiheit ein Tier von solcher Farbe gesehen. Er wollte Sabancaya zu fragen, was es mit jenem Alpaka auf sich hatte, doch in diesem Augenblick wandte sich Yanakachi hilfesuchend nach ihm um.

Yawar löste sich von dem Anblick des eigenartigen Tieres und von Padre Valentín und lief zu ihr, die ihn in die Arme nahm.

„Wie kann der Fluch denn gelöst werden?", fragte sie mit einer Stimme wie kratziger Wolle.

„Nur Mismi selbst kann ihn zurücknehmen", sagte Sabancaya, „und er wird es erst tun, wenn der Grund seines Zorns beseitigt ist. Wenn ein neues Spiegelbuch geschaffen wird und der Yuyaq bereit ist, seines Amtes zu walten und die alten Geschichten und Wörter zu hüten, aber nicht zu verleugnen. Geschichten sind dazu da, erzählt zu werden. Sie sind Vicuñas, die frei im Hochland der Puna jagen, keine Lamaherde, die sich zwischen Dorfmauern drängen will."

„Ein neues Spiegelbuch schaffen", wiederholte Yanakachi tonlos. „Wer wäre dazu in der Lage?"

„Nur dein Sohn kann es tun", erwiderte Sabancaya.

Aller Augen richteten sich auf Yawar, selbst der Blick des Alpakas. Yawar widerstand dem Bedürfnis, sein Gesicht in Yanakachis Gewand zu vergraben, sondern straffte sich, so gut er konnte. Obwohl er nicht sicher war, warum, brannten plötzlich Tränen in seinen Augen, aber er schluckte sie tapfer herunter.

„Er ist ein Kind", sagte Yanakachi leise.

„Was bedeutet, dass er lernen kann", versetzte Sabancaya sanft.

Yawar nahm all seinen Mut zusammen. Er schaute auf und schirmte sich mit der Hand die Augen ab, um nicht von Sabancayas Antlitz geblendet zu werden.

„Was muss ich tun?", fragte er. Er hatte sich gewünscht, dass seine Stimme fest und entschlossen klingen würde, stattdessen hörte sie sich wie das Krächzen einer Krähe an.

„Das ist ein Lebenswerk", sagte Sabancaya.

„Ich werde tun, was immer nötig ist. Ich möchte den Fluch lösen." Yawar senkte die Hand und blickte der Berggöttin direkt ins Gesicht, unmittelbar in die eisblauen Augen, und obwohl er das Gefühl hatte, dass seine eigenen vor Sabancayas Helligkeit zerflossen, hielt er dem Blick stand, bis die Göttin selbst lächelte, mit einer unendlich sanften Bewegung über seine Augen strich und seinen Kopf zur Seite drehte.

„Das ist gut, kleiner Junge." Eiskristalle schienen von ihrer Stimme direkt über seine Seele zu perlen.

„Ich heiße Yawar", sagte er.

„Yawar? Blut? Das ist ein großer Name. Ich hoffe, du wirst ihn zu tragen wissen. Hör mir gut zu, Yawar. Es ist keine kleine Aufgabe, die auf dich wartet, wenn du sie annehmen willst. Und sie ist langwierig. Du wirst Jahre und Jahre des Lernens brauchen, Jahre, in denen du die Geschichten zähmst, wo immer du ihnen begegnest. Sie sind scheu, diese Geschichten."

Yawar erinnerte sich an ihren Vergleich. „Wie Vicuñas."

Sabancaya nickte und lächelte. „Ich glaube, du bist jemand, der die Geschichten verstehen lernen kann, Yawar, der fähig ist, ihr Vertrauen zu gewinnen. Aber es ist mehr als nur das. Von deinen Händen muss das Spiegelbuch erschaffen werden."

Ratlos blickte Yawar auf seine Finger. Vor seinem inneren Auge sah er nicht nur das Spiegelbuch, das seine Mutter zerstört hatte, sondern auch die dicke Bibel, aus der Padre Valentín vorzulesen pflegte. Wie sollte er jemals ein vergleichbares Kunstwerk schaffen? Woher das Papier nehmen, das Leder, den Leim?

Sabancaya schien seine Gedanken lesen zu können. „Es gibt Menschen, die dieses Handwerk verstehen."

„Dann möchte ich zu ihnen", sagte Yawar fest entschlossen.

„*Yawarchay*." Seine Mutter kniete vor ihm nieder und hob eine Hand an sein Gesicht. „Sei vorsichtig mit dem, was du sagst. Du musst diese Aufgabe nicht erfüllen. Niemand kann dich dazu zwingen. Vielleicht können wir gemeinsam hier bleiben. Ich habe alles getan, um dich zu beschützen. Ich will nicht, dass dir widerfährt, was deinem Vater passiert ist."

Yawar schaute sie lange an und sah ihre Augen feucht glänzen. *Sie ist so schön*, dachte er, *und so müde, so traurig.* Er schloss seine Hand um ihre und zum allerersten Mal in seinem Leben fühlte er sich stärker als seine Mutter.

„Niemand zwingt mich, *mamay*", sagte er leise. „Es ist meine Entscheidung. Ich will es. Ich will lernen, wie ich das neue Spiegelbuch schaffen kann. Ich will die Geschichten suchen und ihr Hüter werden. Wenn die Zeichen sagen, dass ich der neue Yuyaq bin, dann will ich es sein."

„Wie überaus *rührend*."

Sie alle fuhren herum, selbst Sabancaya. Yawar wusste sofort, dass er die schnarrende Stimme an diesem Abend bereits einmal gehört hatte.

5.
Mallki – Götterbote

Yanaphuru machte einen Schritt nach vorne.
„Usphasonqo. Du verstößt gegen die Regeln",
zischte er.

„Tue ich das? Wir wissen ja, dass du sie besonders gut kennst. Und gegen welche Regeln
verstoße ich denn? Die der Gastfreundschaft?"
Der andere *mallki* lachte heiser und wandte sich
dann an die Berggöttin. „Meine Verehrung, Sabancaya. Mein Herr sendet Euch Grüße."
Sabancayas Gestalt wandelte sich. Die menschliche Silhouette schien zu zerfließen, bis sie all-
gegenwärtige Präsenz erreichte.

„Ich grüße dich, Usphasonqo", antwortete sie.
„Und ich erwidere den Gruß deines Herren.
Gewiss, jeder Bote eines *apus* ist mir jederzeit
willkommen. Dennoch frage ich mich, was dich
so unverhofft hierher führt."

„Ach, Sabancaya", Usphasonqo seufzte theatra-
lisch. „Herrin mit dem Charme eines hungrigen
Berglöwen. Wir wissen doch alle, was mich her-
führt, ist es nicht so?"

Er bleckte seine Zähne und sah zu der kleinen
Gruppe herüber. „Ein wahrhaft überraschendes
Zusammentreffen. Gleich drei Menschen im

Reich eines *apus*. Ich sehe, Ihr habt die Fluchträgerin zu heilen versucht."

„Ich habe den Fluch gelindert", versetzte Sabancaya.

„Mein Herr", sagte Usphasonqo spitz, „kann das gar nicht verstehen."

„Das ist nicht von Nöten", antwortete Sabancaya, und Yawar entdeckte, dass seine Augen nun wirklich die Gestalt eines gewaltigen Pumas wahrnahmen, mit silberweißem Fell und eisblauen Augen, und einem Schwanz, der wie endlose Schneewehen über den Kristallboden der Höhle peitschte. „Es ist meine Entscheidung, diese Menschenfrau zu schützen, so wie es die Entscheidung deines Herren war, sie zu verfluchen."

„Oh, ganz so einfach ist das nicht", entgegnete Usphasonqo und schlenderte einige Schritte in die Richtung, in der Yawar, seine Mutter und Padre Valentín standen. „Die Menschenfrau hat meinen Herren erzürnt. Sie hat seinen Willen durchkreuzt. Mein Herr ist es, der dem ersten Yuyaq sein Wissen und sein Können stiftete, das ist Euch gewiss bekannt, Sabancaya. Und es ist Mismi, bei dem der neue Yuyaq auf sein Amt eingeschworen wird. So ist es seit jeher gewesen, seit der erste von ihnen zum Hüter der alten Geschichten berufen wurde, vor langer Zeit."

Er rollte mit seinen leuchtend gelben Augen.

„Ja", stimmte Yanaphuru zu. „Es ist wahr. Denn zu Mismis Füßen entspringt der majestätische

Ucayali, der große Fluss, der sich wie eine Lebensader durch das Land zieht, der seinen Namen tausendfach wechselt wie auch die Geschichten. Geschichten mögen Flüsse. Sie sind einander sehr ähnlich. Und Mismi, der Hüter dieser Quelle, berief den ersten Yuyaq, der zu ihm gekommen war, über Küste, Hochland und Regenwald, und die Geschichten mit sich brachte, die ihm folgten wie eine Herde von Vicuñas, die Vertrauen gefasst hatten."

„Ich sehe, du beherrschst deinen Text, Bruder", sagte Usphasonqo trocken. „Wie dem auch sei. Mein Herr zürnt zu Recht, und es ist unverständlich, wenn Ihr euch in dieser Sache gegen ihn stellt. Warum die Frevlerin schützen und bei Euch aufnehmen wie einen herrenlosen Alpakabastard, das frage ich mich? Werte Sabancaya, Ihr tut das doch wohl nicht nur, weil Euer Goldjunge Yanaphuru ein Auge auf sie geworfen hat? Und wohl nicht nur ein Auge wurde da schon geworfen, wenn ich das so sagen darf."

„Schweig!", fauchte Yanaphuru.

Usphasonqo bleckte erneut die Zähne zu einem breiten Grinsen. „Aber Bruder, ich bitte dich. Die Liebe scheint dich ganz aufbrausend zu machen. Wie wäre es, wenn ihr mir stattdessen eine Antwort auf meine Frage gebt?"

„Sie hat nur versucht, ihren Sohn zu schützen", grollte Yanaphuru.

„Ah, ihren Sohn, das Goldkind. Ich sehe und verstehe. Der neue Yuyaq, nicht wahr? Ist es nicht tragisch, wenn die eigene Mutter einem bei der Erfüllung seines Schicksals im Wege steht?"

„Was willst du?", fragte Yawar und trat einen Schritt nach vorne. „Warum bist du hier?"

Der *mallki* musterte ihn amüsiert und näherte sich weiter, bis sie nur wenige Schritte voneinander entfernt standen.

„Warum ich hier bin?", wiederholte Usphasonqo. „Nun, in erster Linie, um die Grüße meines Herren zu übermitteln. In zweiter Linie, um herauszufinden, warum die werte Sabancaya den Regelverstoß ihres Dieners damit belohnt, dass sie eine frevlerische Menschenfrau unter ihren Schutz stellt. Wahrscheinlich bist du schuld daran, kleiner Yuyaq, obwohl es nicht dein Fehler ist, wenn alle um dich herum ein zu weiches Herz haben. Ich frage mich auch, wie du der neue Yuyaq sein willst, jetzt, da es kein Spiegelbuch mehr gibt. Ohne Spiegelbuch haben die Geschichten keine Heimat. Ohne Spiegelbuch gibt es nichts zu hüten."

„Ich werde eines schaffen", sagte Yawar entschlossen. „Das habe ich bereits versprochen. Ich werde lernen, was immer dafür nötig ist."

„Oho, sieh mir einer an, wir haben einen kleinen Helden unter uns!" Usphasonqo lachte spöttisch.

Yawar starrte ihn finster an. „Ich will, dass du den Fluch von meiner Mutter nimmst", sagte er leise. „Du kannst ihn auf mich laden, wenn du das willst. Ich bin der Yuyaq. Ich bin für das

Spiegelbuch verantwortlich. Also verdiene ich die Strafe, wenn es zerstört worden ist. Nicht meine Mutter."

Usphasonqo hob demonstrativ eine Augenbraue. „Wahrhaftig, deine Mutter hat dich mehr als gut erzogen", spöttelte er. „Was soll aus dir nur werden, ein strahlender Ritter? Werter Priester, Ihr als Spanier könnt mir bestimmt auf die Sprünge helfen, ich hörte von einem Romanhelden aus Eurem Land, einem gewissen Quijote?"

„Usphasonqo", knurrte Yanaphuru. „Der Junge hat dir einen Vorschlag gemacht."

„Den ich annehmen soll?" Usphasonqo schnalzte mit der Zunge. „Zugegeben, mein Herr hat mir gewisse *Handlungsvollmachten* gegeben. Ich könnte den Fluch schon auf dich legen, mein Junge, wenn ich das nur wollte. Dann hätten wir keinen Yuyaq mehr und auch kein Spiegelbuch. Ach, herrje! Das wäre wahrhaft tragisch, nicht wahr? Lass mich dir einen anderen Vorschlag machen, Knabe Quijote."

Yawar hatte keine Ahnung, was der Name Quijote bedeutete und warum es dem *mallki* so offensichtliches Vergnügen bereitete, ihn damit zu belegen.

„Ich kann den Fluch befreien", fuhr Usphasonqo fort. „Flüche sind hungrige Tiere, weißt du? Wenn Geschichten Vicuñas sind – ein drolliges Bild ist das, fürwahr, – dann sind Flüche streunende Hunde, kreisende Kondore auf der Suche nach Aas." Er warf einen vielsagenden Seitenblick auf Yanaphuru. „Ich kann ihn um dich herumstreichen lassen, wenn du das willst, Knabe Quijote, der so gerne ein Held sein möchte. Mit gebleckten Zähnen, immer auf der Suche nach … *Blut*. Dies ist doch dein Name, nicht wahr?"

Yawar hielt seinem Blick stand. Er würde sich nicht einschüchtern lassen. „Was würde das bedeuten?", flüsterte er.

„Was das bedeuten würde?" Usphasonqo hob in einer übertriebenen Geste die Schultern und lachte trocken. „Nun, das würdest du schnell genug bemerken. Deine Mutter wäre frei, aber du müsstest von ihr fortgehen, bevor der Fluch ihre Spur erneut wittert. Und du könntest dich am Spiegelbuch versuchen, solange du *dies* hier trägst."

Plötzlich hielt der *mallki* etwas in der Hand. Es war ein Andenkreuz, absolut identisch mit dem, das Sabancaya Yanakachi zum Schutz gegeben hatte, nur dass es aus schwarzem polierten Stein war.

„Was ist das?", fragte Yawar misstrauisch.

„Dies schickt mein Herr dir", entgegnete Usphasonqo trocken. „Schwarzer Stein aus seinem Inneren. Es gibt einen Brauch in diesem Tal. Vielleicht kennt sogar Ihr ihn, werter Priester? Denn Ihr werdet wohl nicht behaupten wollen, dass der beste Schutz für diesen Jungen Euer Gott mit dem Antlitz eines Holzkreuzes ist."

Padre Valentín räusperte sich. „Das würde ich nur zu gern tun", murmelte er. „Vor ein paar Stunden wäre dies vermutlich auch mein Rat gewesen. Aber das war, bevor ich Dämonen und Berggöttern begegnet bin."

„Das Vergnügen ist ganz auf meiner Seite", entgegnete Usphasonqo lakonisch. „Ihr habt also verstanden, worauf ich hinaus will?"

Der Priester nickte. „Mismi selbst soll Yawar beschützen."

Yanakachi sog scharf die Luft ein. „Aber warum … ?"

Padre Valentín wandte sich zu ihr um. „Ich denke an einen Brauch. Einen Brauch, den ich in diesem Tal kennengelernt habe. Jeder, der hier geboren ist, hat einen Paten unter den *apus*. Ich denke, es ist das, was du meinst, *mallki*."

„So ist es", erwiderte Usphasonqo grinsend. „Kein Mensch in diesem Tal bleibt ohne Schutz. Und die Götter sind treu, was ihre Schutzbefohlenen betrifft. Natürlich, der Knabe Quijote ist nicht hier geboren. Nichtsdestotrotz ist mein Herr bereit, ihn unter seinen Schutz zu nehmen, bis er der neue Yuyaq wird."

Yawar starrte den *mallki* misstrauisch an. „Wenn ich das Andenkreuz trage, wird Mismi mein Pate?", fragte er.

„So ist es. Und solange du sein Zeichen trägst, Menschenkind, wird sein Fluch nur an deinen Fersen schnuppern, aber nicht zubeißen."

Yawar holte tief Luft. „Was muss ich tun?", fragte er.

„Sag die ganze Wahrheit, Usphasonqo", sagte Yanaphuru. „Was ist der Preis? Was verlangst du?"

„Nur nicht so aufgeregt, meine Lieben", erwiderte der *mallki* lässig. „Es ist alles in Ordnung, oder etwa nicht? Natürlich gibt es einen Preis zu zahlen. Keine Gabe ohne Gegengabe. So funktioniert unsere Welt seit Göttergedenken. Ich stelle dich unter den Schutz meines Herrn, Knabe Quijote, und nehme den Fluch von deiner Mutter. Dies ist meine Gabe. Deine Gegengabe? Du verlässt das Tal. Du gehst auf die Reise und bringst ein neues Spiegelbuch und all die Geschichten, die heute im Feuer zerstoben sind. Du verleugnest sie nicht. Du verschweigst sie nicht. Und du lässt dich von nichts, weder in dieser Welt noch in einer anderen, von deinem Ziel abhalten."

„Ich muss fortgehen", hakte Yawar leise nach. „Und meine Mutter?"

Der *mallki* grinste. „Deine Mutter steht unter dem Schutz Sabancayas. Nicht mehr und nicht weniger. Und der Fluch wird dir folgen, nicht ihr. Also halte dich von ihr fern, solange du lebst."

Das war der Preis. Jetzt erst begriff Yawar. Er drehte sich zu seiner Mutter um und schluckte. *Du und ich*, sonqollay, *wir bleiben immer zusammen.*

Noch immer hatte er diese Worte im Ohr. Er hatte nie daran gezweifelt, dass sie die Wahrheit sagte. Dass sie immer da sein würde. Er hatte nie damit gerechnet, sich einmal auf diese Weise entscheiden zu müssen.

Yawar. Die Lippen seiner Mutter formten seinen Namen, stumm. Sie starrte ihn an. „Du musst das nicht tun."

Er grub die Vorderzähne in seine Unterlippe. Bis zum heutigen Tag hatte seine Mutter mit allem recht gehabt, was sie sagte.

Aber dies, dies hier stimmte nicht.

Er musste es tun, weil es keine andere Möglichkeit gab. Was für ein Leben würde sie führen, wenn er nicht aufbrach, um den Fluch für immer zu lösen? Sabancayas Andenkreuz hatte ihr Linderung gebracht, aber er spürte, dass seine Mutter nie wieder dieselbe sein würde, dass ihr altes Leben ohnehin unwiederbringlich verloren war. Ihm blieb keine Wahl, als das Angebot des *mallkis* anzunehmen. Ohne den Schutz Mismis hatte es keinen Sinn, sich auf diese riskante Mission zu begeben.

Und da war noch etwas. Yawar spürte es in sich und schämte sich dafür, und als er Usphasonqos durchdringenden Blick auf sich liegen fühlte, wusste er, dass der *mallki* ihn ganz genau durchschaute.

Er wollte die Welt sehen. Die Welt, die seine Mutter auf ewig vor ihm hatte verstecken wollen, um ihn zu beschützen. Die Welt, die jenseits ihres Tals lag. Und er würde diese Welt sehen, wenn er seine Bestimmung annahm.

An Yanakachis Blick sah er, dass sie schon ganz genau wusste, wie er sich entscheiden würde. Wie er sich entschieden hatte.

„*Mamay*", sagte er leise und stürzte in ihre Arme.

Für einen Moment war alles, wie es immer gewesen war. Ihre Arme, die ihn festhielten, ihre

Stimme, die ihm beruhigende Wörter ins Ohr flüsterte, auch wenn sie selbst von trockenem Schluchzen geschüttelt wurde, ihr Geruch und das Kitzeln ihrer Haare an seinem Hals. Yawar weinte in den Stoff ihres Gewandes und stellte sich vor, dass alles um sie herum verschwunden sein würde, wenn er den Kopf wieder hob, dass alles nur ein böser Traum gewesen war und ihr Leben weitergehen würde, wie es immer gewesen war. Mit einem Mal empfand er heftige Sehnsucht nach ihrer Hütte, nach dem Weg am Flussufer, nach Paqo und allem, was sein tägliches Leben ausmachte.

Langsam hob er den Kopf. Yanakachi schaute ihn an und strich ihm immer wieder mit der Hand über den Kopf.

„Ich habe alles falsch gemacht", murmelte sie. „Ich hätte das alles nicht tun dürfen. Ich wollte dich nicht verlieren, *Yawarchay*, nicht auch noch dich."

„Ich werde den Fluch von dir nehmen, *mamay*", sagte Yawar und versuchte, die Tränen in seiner Stimme herunterzuschlucken. „Ich werde ein neues Spiegelbuch fertigen und zurückkehren, als der neue Yuyaq. Ich werde Mismi beweisen, dass ich würdig bin." Er atmete tief ein.

„Soso." Usphasonqos Stimme drang in sein Bewusstsein. „Dann haben wir also einen Handel, Knabe Quijote?"

Yawar drehte sich zu ihm um. Es war, als ob unter dem gehässigen Blick des *mallkis* die letzten Tränen aus seinen Augen trockneten.

„Das ist das Einzige, was ich tun kann, nicht wahr?", erwiderte er möglichst ruhig. „Ich bin der Yuyaq. Ich werde alles tun, was ich tun muss."

Er atmete tief durch und streckte dann die Hand aus, betete, dass der *mallki* seine Finger nicht zittern sah. „Gib mir das Andenkreuz."

Der *mallki* lächelte kurz und streckte ihm dann den Anhänger entgegen. Hinter sich hörte Yawar seine Mutter erstickt wimmern.

„Yawar", sagte Yanaphuru sanft. „Du weißt, was du da tust."

Yawar nickte. Er nahm das Andenkreuz entgegen, spürte den schwarzen Stein glatt und kalt in seiner Hand liegen, und streifte sich dann das Band über den Kopf.

„Sieh her, *apu* Mismi, mein mächtiger Herr", intonierte Usphasonqo, und jede Spur von Sarkasmus war aus seiner Stimme verschwunden. „Dieser Junge ist von nun an dein Patenkind, dir anbefohlen zum Schutz. Und wie du ihm deinen Schutz gibst, so gibt er dir sein Leben. Wie du ihn schützt, so wird er dir dienen."

Yawar senkte den Kopf und ließ die Worte auf sich wirken. Dann sah er auf.

Usphasonqo vollführte eine beiläufige Handbewegung. „Der Fluch, Knabe Quijote", sagte er, nun wieder in seiner alten Stimme, scharrend und gehässig, „wird dir auf dem Fuße folgen, wohin du auch gehst. Lass dich nicht beirren, wenn er dir deine Sohlen kitzelt. Dir kann nichts geschehen, solange du deinen Paten nicht verrätst. Mismi weiß sein Wort zu halten." Mit einer ironischen Verbeugung lüpfte er kurz seinen Schlapphut in Richtung aller Anwesenden. "Ich darf mich verabschieden. Es war ein großes Vergnügen. Mein Herr wird sehr erfreut sein. Ach ja, ich vergaß. Vor Sonnenaufgang muss der Knabe Quijote zurück in der *Kay Pacha*, der Menschenwelt sein. Das ist schwer misszuverstehen, nicht wahr?"

Er glitt in die Schatten der Höhle davon, und Yawar spürte das Gewicht des Anhängers an seinem Hals. Außerdem hatte er das Gefühl, dass er die Präsenz des Fluchs spürte, dass er im Glitzern der Kristalle einen hellgrauen Schemen wahrnehmen konnte, lang und hager, der um ihn herumstrich.

Langsam drehte er sich zu den anderen um.

"Wo kann ich lernen, ein Spiegelbuch zu machen?", fragte er.

Seine Stimme erschreckte ihn. Sie klang fest, anders. Er fühlte sich erwachsen, obwohl er wusste, dass er noch immer im Körper eines achtjährigen Jungen steckte.

Padre Valentín räusperte sich. "Hier im Tal gibt es niemanden, der dich dies lehren könnte", sagte er. "Wir müssen irgendjemanden finden, der dieses Handwerk versteht."

"Nicht irgendjemanden", korrigierte Yanaphuru. "Einen Meister müsst ihr finden. Dazu müsst ihr, wenn mich nicht alles täuscht, in eine große Stadt gehen. Hier in den Dörfern gibt es keine Buchbinder."

Yanakachi blickte ihn angstvoll an. „Nicht nach Huamanga", sagte sie tonlos. „Er darf nicht zurück nach Huamanga."

Yanaphuru legte ihr beruhigend einen Arm um die Schultern. „Ich glaube nicht, dass Huamanga der Ort ist, an den Yawar gehen sollte."

„Ich weiß, wohin."

Wieder war es Padre Valentín, dessen Stimme mit großer Bestimmtheit ins Gespräch eingriff. „In eine große Stadt, und zwar größer als Huamanga. Ich weiß, wo der beste Buchbinder unseres Landes lebt. Schon jetzt ist er einer der größten seines Fachs, und ich bin sicher, dass er in einigen Jahren über die Landesgrenzen hinweg berühmt sein wird. Ich selbst habe mir ein Psalmenbuch von ihm anfertigen lassen. Etwas Schöneres habe ich nie in den Händen gehalten. Sein Name ist Elisendo Goyeneche, und er lebt in Arequipa."

„Arequipa!" Yawar schlug sich mit der flachen Hand auf den Mund. Er wusste, dass Arequipa nur wenige Tagesreisen entfernt lag, jenseits des Tales und eines hohen Passes. Es war viel näher als Huamanga oder als Lima, und trotzdem war es für ihn ein unwirklicher Ort, den er nur aus den Erzählungen kannte, die er von Padre Valentín oder von den Händlern auf dem Markt gehört hatte, die manchmal bis hinunter nach Arequipa kamen.

Die Weiße Stadt, so nannten sie den Ort. Zu Füßen schneebedeckter Vulkane sollte Arequipa liegen, und unter seinem ewig blauen Himmel sollten prächtige Kirchen und Häuser aus feinstem weißen *sillar*-Gestein leuchten. *Arí, qhepay* sollte der wahre Name der Stadt sein, so erzählten es jene, die besucht hatten: *Ja, bleibt.* Man sagte, der Inka Mayta Capac selbst habe diese Worte gesagt, als er im Tal von Arequipa gestanden hatte, am Ufer des Río Chili, und die Schönheit der ihn umgebenden Landschaft ihn so beeindruckt hatte, dass er beschloss, genau hier eine Stadt zu gründen. Obwohl Yawar bei Geschichten wie diesen Mund und Augen offen gestanden hatten, hatte er doch nie im Traum daran gedacht, dass er jemals in diese Stadt gehen würde. Und nun sollte dort der beste Buchbinder des ganzen Landes leben?

„Arequipa", murmelte auch Yanakachi und biss sich auf die Lippen.

Padre Valentín machte einen Schritt auf sie zu und nahm ihre Hand. „Yanakachi, wenn ich es richtig verstanden habe, so wirst du hier in der Obhut der Herrin Sabancaya bleiben."

Sie nickte erschöpft.

„Wenn es dir recht ist", sagte Padre Valentín ernst, „werde ich mich um Yawar kümmern. Ich werde mit ihm nach Arequipa gehen und Elisendo Goyeneche aufsuchen. Mit meiner Fürbitte wird er gewiss einwilligen, den Jungen in die Lehre zu nehmen, sobald es möglich ist."

„Ich weiß nicht, wie ich Euch jemals danken sollte, wenn Ihr das tun könntet, *tayta*", wisperte Yanakachi. „Wollt Ihr wirklich für ihn sorgen?"

106

„Ich verspreche dir: Solange ich lebe, wird Yawar kein Leid geschehen, weder durch einen *apu* noch durch Menschenhand."

Yanakachi schluckte. „Ich danke Euch, *tayta*."

„Ich wünsche dir alles Gute, Yanakachi", erwiderte Padre Valentín leise. „Wenn es Yawar gelingt, seine Aufgabe zu erfüllen, dann wird er auch sein Wort halten können. Ich werde dazu beitragen, was immer ich kann, dessen sei gewiss."

Yanaphuru trat neben sie und legte seinen Arm um ihre Schulter. „Ihr seid ein guter Mann, Valentín", sagte er. „Ich danke Euch."

Der Pater lächelte. „Noch vor wenigen Stunden hätte ich nicht glauben wollen, dass es euresgleichen gibt, dass die alten Geschichten so wahrhaftig sein können. Yanakachi, du hast nicht alles verloren, wenn Yanaphuru an deiner Seite bleibt."

Yanakachi lächelte, aber es war ein trauriges Lächeln, auch wenn sie sich Halt suchend an Yanaphuru lehnte.

„Ihr müsst fort." Sabancayas Gestalt war nirgends zu sehen, aber ihre Stimme hallte von allen Höhlenwänden wider. „Die Sonne wird bald aufgehen, und es wird nichts Angenehmes geschehen, wenn ihr dann noch immer hier seid. Lebt wohl, Priester."

„Herrin Sabancaya." Padre Valentín neigte den Kopf. „Ich werde Euch nicht vergessen. Es gibt keinen Krieg zwischen Euch und meinem Gott."

„Ich weiß Euren Respekt zu schätzen", sagte Sabancaya. „Yawar, Menschenjunge. Deine Mutter wird bei mir sicher sein. Du gib gut acht auf deinem Weg. Halte das Wort, das du deinem Paten gegeben hast. Solange du treu bist, solange wird sein Schutz dich begleiten."

Yawar nickte. „Danke", wisperte er.

Yanaphuru nahm seine Hand und schob etwas zwischen seine Finger. Yawar musste nicht nachsehen, was es war.

„Ich glaube, dir ist eine Feder verbrannt", sagte Yanaphuru und sah ihm in die Augen. „Bewahre diese hier auf. Sie wird dir helfen, wenn du einstmals beginnst, das neue Spiegelbuch zu schreiben. Du bist jung, Yawar. Du wirst Großes leisten."

Yawars Lippen formten das Wort *danke*. Seine Stimme selbst hatte sich plötzlich tief in ihm verkrochen und zusammengerollt wie ein verängstigtes Tier, als habe es die Stärke von eben niemals gegeben Padre Valentín nahm ihn bei der Hand. Yawar sah seine Mutter an. Am liebsten hätte er sich losgerissen und erneut in ihre Arme geworfen, hätte Mismis Andenkreuz auf den Boden der Höhle geschmettert und alles widerrufen, was er gerade auf sich geladen hatte. Aber es war unmöglich, das wusste er, und er wusste auch, dass sie ihren Abschied bereits genommen hatten. Der Schmerz schnürte ihm die Kehle zu, und gleichzeitig ahnte Yawar, dass dies noch nicht das Schlimmste war, dass er im Grunde noch gar nicht begriffen hatte, was gerade geschah. Ihm war, als würde er sich an die Zukunft erinnern, die vor ihm lag, an das Aufschrecken in unruhigen Nächten, wo ihm erst völlig bewusst werden würde, dass er allein war, dass er nach seinem Vater nun auch seine Mutter verloren hatte – und sie ihn, durch ihr Verschulden und durch seine freie Entscheidung.

Padre Valentín zog ihn sanft mit sich.

Die ersten Strahlen der Andensonne fielen auf den Weg, der zurück ins Dorf führte. Der Boden war feucht und weich von der vergangenen Nacht. Zwei Spatzen balgten sich auf einem kahlen Zweig, ehe sie innehielten und die beiden Gestalten beobachteten, die den Weg hinaufkamen, völlig übernächtigt, Hand in Hand: der Priester in der schlammigen Kutte und der Junge, blass und ernst, der einen goldgelben Kittel aus Vicuñawolle trug.

6. *Yuraq Llaqta –*
Die weiße Stadt

Schnee glitzerte auf dem majestätischen Vulkankegel des Misti, der wie ein aufmerksamer Wächter über die Stadt Arequipa blickte. In den schmalen gepflasterten Straßen klangen noch die Lieder der nächtlichen *Trova*-Sänger nach, die voller Inbrunst behauptet hatten, die weiße Stadt sei die Braut und der Misti ihr Bräutigam. Jetzt, da ein neuer Tag unter einem makellos blauen Himmel heraufdämmerte und der Misti sich gleichsam einen weißen Poncho übergeworfen hatte, schienen ihre Worte sich in greifbare Bilder übersetzt zu haben.

Arequipa war die Stadt aus *sillar*. Das Zentrum der Stadt prägten die herrschaftlichen Häuser, gefertigt aus dem weißen vulkanischen Tuffgestein, und ihr Herz schlug auf der Plaza de Armas, deren gesamte Stirnseite von der blendend weißen Kathedrale eingenommen wurde. Jeder in Arequipa kannte und erzählte die Geschichte von Mayta Capac, dem Inka, den die Schönheit des Tals zum Verweilen geladen hatte, und kein Arequipeño zögerte, den Wahlspruch des Inkas zu wiederholen, der der Stadt ihren Namen gegeben haben sollte: *Arí, qhepay* – ja, bleib.

Dabei hatte die weiße Stadt wenig zu schaffen mit den Erinnerungen an die Zeit der Inka oder den abgelegenen Andendörfern, die zwar der Verwaltung des Bistums Arequipa oblagen, der mondänen Stadt aber so fremd waren wie eine andere Welt. Hier, zu Füßen der drei schneebedeckten Vulkane – dem Misti mit seinem vollkommen geformten Kegel, dem Chachani, der die Stadt wie eine Wand aus Fels abschirmte, und dem Pichu Pichu, dem schlafenden Indio – lebten der spanische Adel und seine Nachkommen. Man war dem Himmel hier näher als in der Hauptstadt Lima, für dessen Bewohner die Arequipeños nur ein verächtliches Naserümpfen übrig hatten: Was für bedauernswerte Kreaturen, gefangen im ewig feuchten Nebel der Pazifikküste! Arequipa hingegen war ein Land der Sonne, und seine Bewohner sahen sich als freie und stolze Menschen. Mochte Lima die Stadt der Könige sein, so war Arequipa die Stadt der Helden.

Das Feuer der Vulkane pulsierte in den Adern seiner Kinder, die dem kargen Ödland eine Oase abgetrotzt hatten. Im Auftrag der Großgrundbesitzer bauten Bauern an den Ufern des stürmischen Río Chili rote Zwiebeln und Kartoffeln an, und von den fruchtbaren Flanken des Colca-Tals brachten Lamakarawanen Orangen, Erdnüsse und leuchtend gelbe Luzernen. Hinter den dicken Mauern aus weißem und bunt bemalten *sillar* trafen sich heitere Teegesellschaften und spielten Klavier und Cembalo. Das süße Gebäck nach spanischem Vorbild, das niemals fehlen durfte, stammte aus den Öfen der Klosterzitadelle von Santa Catalina, eine Stadt in der Stadt und ein verwinkeltes Labyrinth, dessen verborgener Alltag nach ganz eigenen Gesetzen funktionierte. Und in den weitläufigen Landgütern in den grünen Randbezirken Arequipas züchtete man voller Sorgfalt Dressurpferde, *caballos de paso*, und tanzte die feurige *Marinera* nach Art des Südens, den Städten der Nordküste zum Trotz, die beides erfunden haben wollten.

Elisendo Goyeneche war ein Kind Arequipas, und niemals hatte er es bereut, dass er nach seiner Ausbildung im spanischen Mutterland hierher zurückgekehrt war. Für einige Jahre hatte er sein Glück im feuchtkalten Küstenklima von Lima versucht, aber erstens war es schwerer gewesen, sich in der limeñischen Gesellschaft eine gute Position zu erarbeiten, und zweitens – diesen Grund gab Elisendo mit Vorliebe an, wenn jemand ihn fragte – war das Essen von Lima nicht im Entferntesten mit der würzigen Küche von Arequipa zu vergleichen. Einen köstlichen, mit Fleisch, Zwiebeln, Oliven, Ei und Rosinen gefüllten, paprikaähnlichen *rocoto* fand man eben nur in Arequipa, ebenso wie den herzhaften *adobo*, das sonntäglichen Schweinefleisch in einem Sud aus Maissaft und Pisco.

Bei seiner Rückkehr hatte Elisendo ein Haus im Zentrum der Stadt gekauft, nur wenige Blöcke von der Plaza und dem Kloster Santa Catalina entfernt und mit Blick auf die Stromschnellen des Río Chili. Obwohl Elisendo ein Leben in der urbanen Oberschicht Arequipas führte, zog es ihn auch immer wieder in die grüne Umgebung der Stadt, wo er zu Pferd die Landschaft erkunden konnte.

Er hatte das Handwerk eines Buchbinders gelernt, eine Arbeit, die ebenso viel Gewissenhaftigkeit wie Leidenschaft erforderte. Es gab in ganz Peru kaum jemanden, der sich auf dieses Handwerk verstand, und noch weniger so wie Elisendo Goyeneche. Die Leute der Oberschicht, die lasen, ließen sich die Bücher aus Europa kommen und gaben nicht viel auf ihre Qualität. Aber Elisendo war der Überzeugung, dass ein gutes Buch es allemal wert war, dass man ihm Zeit und präzise Handarbeit widmete. Er stellte Bücher aller Art her. Manchmal band er die fertig gedruckten Seiten zu einem Gesamtwerk, manchmal schuf er leere Bücher mit blütenweißem Papier, die darauf warteten, dass jemand sie mit Wörtern und Leben füllte. Und er prägte eigenhändig in goldenen Lettern Titel und Namen in die glatten Bücherrücken aus Leder und Pergament.

Am Anfang noch hatte die gesamte Oberschicht von Arequipa die Stirn gerunzelt. Nein, Elisendos Gewerbe konnte keine Zukunft haben, zumal seine Bücher nicht eben billig waren. Aber ihnen schien ein Zauber innezuwohnen, der noch über die Magie der guten Arbeit hinausging. Außerdem schwappte eine Welle des Wohlstands über die Stadt, aus den weit entfernten Silberminen von Potosí, aber auch aus dem Handel Arequipas selbst. Plötzlich musste jeder ein Buch aus den Händen Elisendos besitzen, mindestens eines. Innerhalb weniger Jahre hatte er sich nicht nur in Arequipa einen Namen ohnegleichen gemacht. Die Anfragen für Bücher kamen aus Lima, Cuzco, aus Cajamarca, Trujillo und Piura, hoch im Norden des Vizekönigreiches. Seine Tage waren mit Arbeit erfüllt, aber er musste sich nicht die geringsten Sorgen um sein Auskommen oder das seiner Familie machen.

Jetzt stand Elisendo auf der flachen Dachterrasse seines Hauses und betrachtete mit einem Lächeln den in der Morgensonne leuchtenden Misti.

„*papá*!"

Die kleine Gestalt in ihrem weißen Nachthemd schien aus dem Nichts neben Elisendo aufzutauchen und zupfte ihn energisch an seinem Mantel.

Elisendo zuckte kurz zusammen, konnte dann aber sein Lächeln nicht unterdrücken. „*Isabelita*, was suchst du denn hier oben? Solltest du nicht bei deiner Mutter am Frühstückstisch sein?"

Isabel Goyeneche zuckte verächtlich mit den Achseln. Für ihre sechseinhalb Jahre war sie noch sehr klein und zierlich, aber aus den goldbraunen Augen, die sie von ihrer Mutter geerbt hatte, leuchtete eine wache Auffassungsgabe. Das kastanienbraune krause Haar hatte sie eindeutig von ihm, wie Elisendo immer wieder mit großer Zufriedenheit feststellte. Weder Isabel noch ihre Mutter oder Marina, die indianische Kinderfrau, konnten diese seidenweiche Mähne wirklich auf Dauer bändigen, und auch jetzt flatterten die Haare im sachten Morgenwind, als führten sie ein Eigenleben.

„Lass uns ins *taller* gehen, in die Werkstatt", sagte Isabel und zog ihre Stupsnase kraus. „Ich brauche kein Frühstück. Concha geht nachher ins Kloster, dann bringt sie mir die Mürbeteigtörtchen mit *manjar dulce* mit!"

Elisendo biss sich auf die Lippen. Es war einer seiner vielen Versuche, seiner Tochter gegenüber ernst und grimmig auszusehen, doch Elisendo spürte ihn mit einem Kräuseln in den Mundwinkeln fehlschlagen.

„Isabel, Törtchen sind kein Ersatz für ein gutes Frühstück. Außerdem wird deine Mutter ärgerlich, wenn sie erfährt, dass du dich in diesem Aufzug mit mir herumtreibst."

„Ach!" Das Mädchen schaute mit einer wegwerfenden Handbewegung an ihrem weißen Leinennachthemd herunter. Elisendo folgte ihrem Blick und musste unwillkürlich über ihre bloßen Füße schmunzeln.

„Du musst ihr nur sagen, dass du es mir erlaubt hast. Komm schon, lass uns ins *taller* gehen!" Wieder zupfte sie zutraulich an seinem Ärmel. „Du hast selbst gesagt, dass du mit der

Chronik für den Stadtrat heute fertig werden möchtest!"

Sie strahlte ihn erwartungsvoll an, und Elisendo unterdrückte mühsam ein Seufzen. „*Isabelita*, es ist Sonntag. Wenn überhaupt, dann gehe ich erst am Nachmittag in die Werkstatt hinunter und schon gar nicht auf nüchternen Magen. Komm, wir gehen jetzt zu Marina. Sie soll dich baden und anziehen." Mit einer Hand fuhr er seiner Kleinen liebevoll durch die verwuschelten Haare. „Und am besten auch kämmen!"

Isabel verzog das Gesicht. „Das ziept doch nur", beklagte sie sich. „Marina hat keine Ahnung. Können wir nicht ganz kurz nach unten gehen? Du musst doch nur noch den Kleister anrühren und …"

„Nein, du hartnäckiges Luder!" Elisendo bückte sich und hob das Mädchen auf seine Arme. „Erst wird gefrühstückt, und dann sehen wir weiter! Deine Mutter zieht mir die Ohren lang, wenn ich dich so mit in die Werkstatt nehme."

Isabel kicherte und zog eigenhändig an seinem linken Ohr. „Noch länger, *papito*? Das schafft doch nicht mal Mama!"

„*Isabelita*, wenn du nicht sofort damit aufhörst, tunke ich dich in den Kleistereimer und stecke dich in den Ledereinband für die Chronik des Stadtrats, und dann stelle ich dich ins Regal und habe für immer meine Ruhe!"

Isabel kringelte sich vor Lachen, und er konnte sein Schmunzeln selbst nicht länger unterdrücken.

Elisendo hatte sich sehr lange einen Sohn gewünscht, einen rechtmäßigen Erben, auf den er stolz sein und an den er sein Handwerk weitergeben konnte. Nach mehreren Fehlgeburten seiner Frau und der Sache mit Santiago hatte Elisendo jedoch eingesehen, dass es wohl bei dieser einen Tochter bleiben würde und Gott nicht vorhatte, seine Gebete zu erhören. Aber für irgendetwas mussten die zahllosen Kerzen doch gut gewesen sein, die er sowohl in der Kathedrale als auch in der kleinen Jesuitenkirche La Compañía angezündet hatte: Der Herr hatte beschlossen, ihn mit diesem kleinen Wildfang zu segnen, der mehr Licht in seine Tage brachte als die allzeit strahlende Sonne von Arequipa. Von seiner Buchbindewerkstatt war Isabel faszinierter als jeder Lehrling, den er bislang in seine Dienste genommen hatte, und für ihr Alter so überraschend verständig, dass Elisendo manchmal vergaß, dass er es nur mit einem Dreikäsehoch zu tun hatte.

Mit Isabel auf den Armen ging Elisendo die Treppe hinunter und hoffte inständig, seine Frau möge noch nicht bemerkt haben, dass sich die Kleine zu ihm aufs Dach gestohlen hatte. María Isabel de los Ángeles Almagro Montesino de Goyeneche neigte zu hysterischen Attacken aus nichtigsten Anlässen, und das half weder ihrer ohnehin schwachen Gesundheit noch ihrer kriselnden Beziehung zu Elisendo, dessen Geduld sich langsam ihrem Ende zuneigte.

„Señor!"

Elisendo fuhr zusammen, aber es war nur Adelita, das Hausmädchen, das schüchtern in einer Ecke stand und ihn erwartungsvoll anschaute.

„Verzeiht, *señor*", sagte sie und schlug die Augen nieder. Offenbar war es ihr unangenehm, ihn in einem Moment zu sehen, in dem er seine Tochter in ihrem flatternden Nachthemd auf den Armen hielt und von ihr in einer nicht sehr respektvollen Geste kräftig am Ohr gezogen wurde.

Elisendo seufzte. Auch er hatte nicht erwartet, das Hausmädchen bereits um diese Uhrzeit im oberen Stockwerk zu sehen.

„Was gibt es, Adelita?"

„*Señor*, es sind … Gäste unten, die mit Euch sprechen wollen. Padre Valentín von den Jesuiten. Er sagt, Ihr kennt ihn."

Elisendo zögerte, dann nickte er. Sein Gedächtnis zeigte ihm das Bild eines hochgewachsenen Mannes, der vor etwas mehr als einem Jahr bei ihm aufgetaucht war und ihn gebeten hatte, ihm ein Psalmenbuch in blaues Leder zu binden. Der Pater war in der Provinz tätig gewesen, erinnerte sich Elisendo, in einem der ganz verlorenen und hochgelegenen Dörfer, dessen Name ihm entfallen war.

„Ja, ich erinnere mich an den Pater. Aber du sprachst von Gästen. Wer ist bei ihm?"

Adelita drehte nervös die Zipfel ihres Rockes zwischen den Fingern. „Ein Junge, *señor*."

Elisendo hob eine Augenbraue. „Ein Novize?"

„Nein, *señor*, ein kleiner Junge, vielleicht so alt

wie die *señorita* Isabel. Ein Indio", fügte Adelita erklärend hinzu.

Warum sollte ein Jesuitenpater ein Indiokind aus dem Hochland mit in die Stadt bringen und dann ausgerechnet zu ihm, Elisendo Goyeneche, kommen? Der Gedanke irritierte Elisendo, ebenso das unkonventionelle Auftauchen des Paters; immerhin war Sonntag. Aber das schien auch zu bedeuten, dass es um eine recht wichtige Sache ging, und Elisendo Goyeneche war ein neugieriger Mensch. Zudem hatte der Priester damals pünktlich und ohne zu Murren bezahlt, und er hatte das fertige Buch mit der behutsamen Bewunderung entgegen genommen, die nur jene Menschen an den Tag legten, die die Arbeit eines Buchbinders wahrhaft zu schätzen und zu respektieren wussten. Das waren Dinge, die Elisendo nicht zu vergessen pflegte.

„Gut", sagte er mit einem Seufzer. „Sei so gut, Adelita, und bring Isabel zu Marina. Sie muss fürs Frühstück fertig gemacht werden."

„Sehr wohl, *señor*." Adelita knickste und breitete die Arme aus, um das Kind entgegenzunehmen, doch Elisendo hatte die Rechnung wieder einmal ohne seine Tochter gemacht.

„Das ist doch Unsinn, Papa", sagte sie mit entschlossener Stimme und hielt sich mit beiden Händen an seinem Kragen fest. „Ich komme mit runter und schaue mir die Gäste auch an. Marinas Zimmer ist schließlich auch unten, und dann gehe ich alleine zu ihr. Das kann ich

nämlich, dazu brauche ich Adelita gar nicht!"
Elisendo öffnete den Mund und schloss ihn
wieder. Er atmete tief durch. Sicher, es mochte nicht sonderlich ratsam sein, sich vor den
Augen seiner Dienstboten von seiner sechsjäh-
rigen Tochter herumkommandieren zu lassen,
aber es war andererseits noch viel weniger ratsam, sich auf eine Diskussion einzulassen, die
er letztendlich verlieren würde – Isabel war für
ihr Alter erstaunlich schlagfertig.

„Adelita", sagte er gedehnt, „geh bitte zu Concha in die Küche und richte ihr aus, dass wir
Gäste haben. Sie soll *chicha* bringen und etwas
adobo, wenn noch etwas übrig ist."

„Ja, *señor*." Adelita huschte eilig davon, als be-
fürchte sie, dass sie erneut Zeugin von Isabels
Vorwitzigkeit werden könnte.

Elisendo trug seine Tochter die nächste Treppe hinunter und setzte das Mädchen dort zu
Boden.

„Also gut, du Naseweis", sagte er mit aller
Strenge, derer er fähig war. „Du gehst jetzt zu
Marina und sagst ihr, dass sie dich schnell baden und anziehen soll, und dann darfst du unsere Gäste begrüßen kommen. Was sollen sie
sonst von dir denken, wenn sie dich im Nachthemd herumhüpfen sehen?"

Isabel krauste die Stirn. Er konnte ihr ansehen,
dass ihr hundert mögliche Antworten auf diese
Frage einfielen.

„Aber du wirst sie nicht wegschicken, bevor ich
sie gesehen habe, oder?", fragte sie schließlich.

Er gab ihr einen liebevollen Klaps. „Natürlich nicht. Und jetzt beeil dich, bevor deine Mutter etwas bemerkt."

Isabel kicherte und huschte in Richtung des Mädchenzimmers davon. Elisendo sah ihr nach und spürte die Wärme des Lächelns in seinem Gesicht, dann wandte er sich zur Eingangshalle, wo die geheimnisvollen Besucher auf ihn warteten.

*

„Don Elisendo", sagte der Priester und erhob sich. „Zu gütig, dass Ihr Euch die Zeit nehmt. Verzeiht, dass wir dermaßen unangekündigt auftauchen, noch dazu an einem Sonntag."

„Ich gebe zu, dass ich heute nicht mit Besuch gerechnet habe", antwortete Elisendo und musterte seine Gäste. Der Priester trug eine schlammverschmierte Kutte und hatte Schatten unter den Augen, als habe er in den letzten Nächten nicht sonderlich gut geschlafen. Der Junge konnte in der Tat nicht viel älter sein als Isabel. Er war eindeutig ein Kind des rauen Hochlands mit pechschwarzem Haar und sonnenverbrannter Haut. Aus seinen großen dunklen Augen leuchtete Elisendo ein schwermütiger Ernst entgegen, den er bei einem Kind dieses Alters nicht erwartet hätte. Für einen Moment verlor er sich in dem aufmerksamen Blick des Jungen.

„Sein Name ist Yawar", beeilte sich der Priester zu sagen.

Elisendo hob eine Augenbraue. „Und sein Taufname?"

„Verzeiht?"

„Ich gehe doch davon aus, dass der Junge christlich getauft ist." Elisendo legte den Kopf schief.

„Das ist natürlich korrekt, Don Elisendo." Padre Valentín atmete tief ein. „Er ist auf den Namen Santiago getauft."

„Und er spricht Spanisch?", hakte Elisendo nach, während sein Herz einen schmerzhaften Sprung machte.

Elisendo Santiago, sagte eine Stimme in seinem Kopf. Für einen kurzen Moment rasten die Bilder vor seinem inneren Auge vorbei: wie er seinen Sohn das erste Mal in den Armen gehalten hatte, wie er zu lachen, zu sprechen, zu laufen begonnen hatte. Es war eine rasche Sequenz, wie ein zuckender Blitz, und sie endete mit dem zerschmetterten Körper auf dem Stein und dem noch scheuenden Pferd mit geblähten Nüstern. Nur acht Jahre.

Ausgerechnet Santiago musste der fremde Junge heißen!

„Einigermaßen", antwortete Padre Valentín. „In den Dörfern am Oberlauf des Río Colca wird wenig Spanisch gesprochen, Don Elisendo. Die Leute verständigen sich bis auf den heutigen Tag mit Quechua und Aymara, den alten Sprachen dieses Landes."

„Der Oberlauf des Río Colca, ich erinnere mich. Wie heißt das Dorf, in das es Euch verschlagen hatte? Und war es nicht Eure Aufgabe, den Hochlandindios auch angemessenes Spanisch beizubringen?" Elisendo biss sich auf die Lippen, kaum dass ihm dieser Satz entschlüpft war. Er wusste, dass er sich damit beinahe ungebührlich benahm, aber die dunklen Augen des Indiojungen, die ihn unablässig musterten, verunsicherten ihn. Und außerdem war er der Meinung, dass der Jesuitenpater ruhig mit der Sprache herausrücken konnte, warum er ausgerechnet an einem heiligen Sonntag in einem solchen Aufzug und mit einem kleinen Jungen hier auftauchte. Einen bedeutsamen Grund dafür musste es geben, verdammt, dachte Elisendo und erinnerte sich bedauernd daran, dass er sich das Fluchen hatte abgewöhnen wollen.

Padre Valentín räusperte sich. „Meine Aufgabe ist es, den Indios den christlichen Glauben nahezubringen. In welcher Sprache ich das tue, ist dabei unerheblich."

„*Señor*? Verzeiht." Adelita stand in der Tür, ein schüchterner Schatten. Sie trug ein Tablett mit einem Tonkrug und drei Bechern aus gutem venezianischen Glas.

Elisendo bedeutete ihr mit einer Handbewegung, das Tablett auf dem niedrigen Tisch abzustellen und die drei Gläser mit der *chicha* aus dem Krug zu füllen. Dann wandte er sich wieder Padre Valentín zu.

„Ihr habt Recht, *padre*. Bitte verzeiht meine Grobheit. Vermutlich bin ich so früh am Sonntag noch nicht auf Menschen eingestellt."

Padre Valentín lächelte müde. „Das kann Euch niemand verdenken, Don Elisendo."

„Bitte nehmt Platz, *padre*. Adelita wird Euch sogleich einen Teller mit *adobo* bringen." Er ließ sich selbst in einen der Sessel sinken und sah zu, wie der Pater sich vorsichtig in den anderen setzte und das Glas mit *chicha* entgegennahm. Der Junge beobachtete ihn aufmerksam und hockte sich schließlich auf die Kante des dritten Sessels, mit sichtlichem Unbehagen und in einer Haltung, die ständige Fluchtbereitschaft ausdrückte. Er nahm das Glas *chicha* mit beiden Händen entgegen und neigte den Kopf.

„*Añayki, sumaq imilla.*"

Für einen Moment schien es, als würde Adelita den Krug fallen lassen, den sie noch in ihrer anderen Hand hielt. Die Quechuaworte des Jungen hingen im Zimmer wie ein Hauch klarer Andenluft, vollkommen fehl am Platz und doch von einer gewissen Majestät.

Es musste eine Dankesformel gewesen sein, soviel konnte Elisendo erraten, auch wenn er selbst kein Quechua sprach.

In Adelitas Augen malte sich unzweifelhaftes Verstehen. Ihre Lippen formten eine lautlose Antwort, dann verließ sie das Zimmer um einiges hastiger, als es normalerweise schicklich gewesen wäre. Der Junge mit den traurigen Augen blickte ihr überrascht nach.

„Also", sagte Elisendo. „Was kann ich für Euch tun? Ihr seht müde aus, wenn ich mir diese Bemerkung erlauben darf, *padre*."

„Wir haben eine lange Reise hinter uns", erwiderte Padre Valentín und wirkte seltsam nervös. „Eine Gruppe von Händlern war so freundlich, uns von Yanque aus mitzunehmen, aber auch das ist noch ein weiter Weg. Wir sind erst im Morgengrauen in Arequipa angekommen."

„Yanque?", wiederholte Elisendo. „Das liegt am rechten Ufer des Río Colca, wenn ich mich nicht irre." Er machte eine wage Handbewegung.

„Oh, tatsächlich kommen wir nicht erst aus Yanque, sondern aus den Dörfern weiter oberhalb, aus K'itakachun", sagte der Priester. „Wir sind vor einer Woche aufgebrochen. Eigentlich hatte ich vor, direkt zu meinem Orden zu gehen und Euch nicht sofort zu belästigen, aber ..." Er unterbrach sich und lächelte entschuldigend. „Der Junge wollte Euch unbedingt sehen."

„Mich?"

Das erneute Eintreten Adelitas, diesmal mit zwei dampfenden Schüsseln voll *adobo*, gab Elisendo Zeit, über diese überraschende Ankündigung nachzudenken. Er wartete, bis sowohl Padre Valentín als auch der Indiojunge ihre Portion entgegen genommen hatten und Adelita sich aus dem Zimmer gestohlen hatte, ehe der Kleine ihr in seiner seltsamen Hochlandsprache danken konnte. Was konnte ein Indiojunge von ihm wollen?

„Verzeiht, *padre*, aber habt Ihr ernsthaft gesagt, dass dieser Junge ... ?"

Padre Valentín nickte.

„Ich fürchte, ich verstehe nicht, *padre*."

Der Junge ließ die Schüssel mit *adobo* sinken. Ein schmales Rinnsal orangebraunen Sudes lief über sein Kinn, und er wischte es sorgfältig mit einem Finger fort, ehe er tief durchatmete und langsam zu sprechen begann. Die Worte kamen mit einiger Mühe, er schien sie wie eckige Steine in seinem Mund zu bugsieren. „Ich möchte lernen, Bücher zu machen. Bücher, wie Ihr sie macht, Herr."

Nach einem Moment registrierte Elisendo, dass sein Mund offen stand. Das war keine Ankündigung, die er von einem Hochlandjungen erwartet hatte. Er starrte den Kleinen an, schluckte und fächelte sich mit der rechten Hand Luft zu.

„Bücher? Weißt du denn überhaupt, was das ist, Junge?"

Der Junge hob unmerklich die Augenbrauen. Elisendo konnte sehen, dass es ihn Mühe kostete, den raschen Fluss der spanischen Worte zu verarbeiten. Dann, als er ihren Sinn erfasst zu haben schien, malte sich ein kurzes, schüchternes Lächeln auf seine Lippen.

„Ich kenne Bücher, Herr. Die Bibel ist ein Buch."

Elisendo konnte ein kurzes, erleichtertes Lächeln nicht unterdrücken. „Die Bibel ist nicht *ein* Buch, Junge, sie ist das Buch der Bücher", erwiderte er mit gespielter Strenge und war sicher, dass diese Idee für den kleinen Indio zu schwer zu begreifen sein musste. „Aber gut. Warum willst du denn das Bücherbinden lernen?"

Diesmal zögerte der Junge länger, so lange, dass sich bereits Padre Valentín vorbeugte und an seiner Stelle zu einer Antwort ansetzte.

Elisendo machte eine entschiedene Handbewegung. „Wartet, *padre*. Das soll der Junge mir schon selber sagen. Ich kann keinen Gehilfen brauchen, der nicht für sich selbst sprechen kann."

Er sah aus den Augenwinkeln, wie der Priester sich wieder zurücklehnte und seine Blicke beinahe flehend auf den Kleinen heftete, der für einen kurzen Moment der Konzentration die Augen schloss.

Als er sie wieder öffnete, wurden seine Augen groß vor Überraschung, aber sein Blick war dabei nicht auf Elisendo gerichtet, sondern auf die Eingangstür.

Elisendo drehte den Kopf.

Isabel stand schräg hinter seinem Sessel und starrte den fremden Jungen mit der gleichen Überraschung und Faszination an, die der Buchbinder auch in dessen Blick sehen konnte. Mit ihrem dunkelblauen Seidenkleidchen und der gleichfarbigen Schleife in ihrem noch immer leicht widerspenstigen Haar musste sie dem Hochlandkind wie ein Wesen aus einer anderen Welt vorkommen. Für einen Moment überlegte Elisendo, ob er Isabel wieder wegschicken sollte, aber er hatte keine Zeit, den Gedanken weiter zu verfolgen, denn jetzt wandte sich der Indiojunge wieder ihm zu und sprach. Es kostete ihn weiterhin Mühe, die spanischen Wörter aus seinem Mund zu pressen, aber seine Stimme hatte an Stärke und Klarheit gewonnen.

„Bücher sind schön, Herr. Sie erzählen Geschichten. Sie sagen uns, wer wir sind. Sie sind gut, um nicht zu vergessen. Bücher sind unsere Seelen aus Papier. Aus Tinte. Darum ist Büchermachen gut, es ist Leben. Darum will ich Büchermachen lernen, Herr."

Elisendo starrte den Jungen an und rang nach Luft. Er sträubte sich, es zuzugeben, aber die unbeholfenen Worte waren in sein Innerstes gedrungen. Wie konnte dieser Hochlandjunge so viel Wahres über das Handwerk des Buchbindens sagen, wenn er nicht einmal die spanische Sprache richtig beherrschte?

Er nickte kurz. „Ich hoffe aber, du weißt, dass ein Buchbinder den Büchern nur ihre Form gibt. Wir erzählen keine Geschichten. Das ist den Dichtern vorbehalten, den Dichtern und Geschichtenerzählern, Junge." *Etwas, was du niemals sein wirst*, lag ihm noch auf der Zunge, aber er schluckte den Halbsatz hinunter, denn er hatte plötzlich heftige Zweifel, ob er sich nicht irrte.

„Ich weiß." Diesmal kam die Antwort des Jungen überraschend schnell. „Bücher sind das Haus für die Wörter, Herr. Ein Buch machen ist ein Haus für eine Geschichte bauen." Der Junge zögerte und dann, ohne jede Vorwarnung, wandte er sich an Isabel, die mittlerweile näher gekommen war und direkt neben der Armlehne ihres Vaters stand.

Elisendo zuckte zusammen. Dieser Indiojunge blickte seiner Tochter direkt ins Gesicht, lächelte sie schamlos an und sprach dann mit einer Ernsthaftigkeit zu ihr, als wären sie keine gleichaltrigen Kinder, sondern … Elisendo schob den Gedanken energisch beiseite.

„Arequipa hat schöne Häuser, große Häuser, Häuser aus *sillar*. In schönen Häusern können gute Menschen leben. Ich will Bücher machen wie diese Häuser. Bücher, die auf gute Wörter warten."

Elisendo ließ seinen Blick über Isabel streifen. Seine Tochter strahlte, als hätte jemand in ihrem Inneren eine flackernde Kerze entzündet. Er fühlte sich versucht, ihr einen tadelnden Klaps zu geben, aber er war zu verwirrt, um das zu tun. Außerdem nagte das unbestimmte Gefühl an ihm, dass er ihr nicht einmal hätte erklären können, warum er das tat.

Er schluckte heftig und wandte sich wieder an den Jungen. „Santiago ist dein Name?"

Die Augen des Jungen weiteten sich fragend.

„Ja." Diesmal schaltete sich Padre Valentín ein, mit beschwörender Stimme. „Sein Name ist Santiago. Santiago."

Der Junge blickte ihn kurz verwirrt an, schaute dann zu Elisendo zurück und nickte leicht.

„Wie alt bist du, Santiago?"

„Er ist acht." Padre Valentín hüstelte nervös. „Verzeiht, Don Elisendo. Aber die Hochlandkinder sind nicht sehr daran gewöhnt, ihre Lebensjahre zu zählen."

Elisendo nickte langsam und ließ den Jungen nicht aus den Augen, auch wenn die nächsten Worte an den Priester gerichtet waren. „Ich vermute, die Hochlandkinder sind dann auch nicht ans Lesen und Schreiben gewöhnt, *padre.*"

„Ich kann lesen", sagte der Junge scheu.

„So, kannst du das?" Elisendo musterte den Kleinen misstrauisch.

„Ich kann auch ein wenig schreiben", fuhr der Junge fort. „Ich lerne es."

Elisendo trommelte mit beiden Fingern auf die Armlehne seines Sessels.

„Padre Valentín", sagte er gedehnt. „Es ist mir eine Freude, Euch zu sehen, und ich muss gestehen, dass dieser Kleine sehr *drollig* ist. Aber was um alles in der Welt bringt Euch dazu, mir an einem heiligen Sonntag ein Indiokind ins Haus zu schleppen, das bei mir lernen will? Selbst, wenn ich ihn annähme … er ist noch ein Kind! Was soll er denn jetzt schon von Leder und Leim verstehen?"

„Ich bin auch ein Kind, Papa." Isabels Stimme klang trotzig neben ihm auf.

Elisendo biss sich auf die Lippen. „Ich habe dich nicht gefragt, *Isabelita.*"

„Musst du auch nicht." Goldbraune Augen sahen trotzig zu ihm hoch. „Es ist nicht richtig, was du sagst. Ich verstehe schon viel vom Büchermachen. Und ich bin erst sechs, Papa."

„Isabel." Elisendo beugte sich vor. Nervosität keimte in ihm auf. „Das ist etwas vollkommen anderes. Du bist klug und verständig, und …"

Sie wies mit einer knappen Kopfbewegung auf den Indiojungen, der ihren Wortwechsel aufmerksam verfolgte. „Er ist auch klug. Du hast gehört, was er übers Büchermachen gesagt hat, oder nicht? Das war doch die Wahrheit, Papa. Das hast du mir doch selber erklärt: Bücher zu binden, das ist, als ob man den Ackerboden bereitet für die Saat der Wörter, die ..."

„Ja, ja, Isabel, es ist schon richtig, das habe ich gesagt!", schnappte Elisendo eine Spur heftiger als beabsichtigt. Er fühlte sich seltsam ertappt und bloßgestellt vor seinen beiden Gästen. Zu gerne hätte er den Jesuitenpater mit den Worten fortgeschickt, dass es albern sei, wenn er sich von einem achtjährigen Indiojungen herumkommandieren ließ. Wie konnte er sich von einem Kind dazu überreden lassen, die Sonntagsruhe eines angesehenen arequipeñischen Bürgers zu stören?

Aber Isabels Auftritt unterwanderte seine geplante Argumentationslinie. Seine Tochter ließ ihn um keinen Deut besser dastehen als dieser Santiago den Priester. *Eher im Gegenteil*, dachte Elisendo bitter. Er holte Luft. „Was willst du denn eigentlich, du kleiner Racker?"

„Ich finde, wir sollten ihn behalten", sagte Isabel, als wäre es das Selbstverständlichste der Welt. „Er mag das Büchermachen, genau wie ich. Und Tomás ist nach Lima gegangen, du brauchst sowieso Hilfe in der Werkstatt."

„Ja, aber", Elisendo rang nach Luft, „doch nicht von einem Kind."

Sie schaute ihn verletzt an. „Ich helfe dir doch auch, Papa."

„Ja, aber ..."

„Hast du seine Hände gesehen? Er hat schöne Hände. Er kann gewiss gut damit arbeiten. Bitte, Papa. Jetzt ist er von so weit hergekommen, nur weil er unbedingt bei dir lernen möchte. Sagst du nicht auch immer, das Wichtigste im Leben ist, dass Gott uns ein Ziel gibt?"

„*Isabelita*", sagte Elisendo gequält, „ich glaube, du kannst nicht behaupten, dass Gott diesem Jungen das Ziel gegeben hat, ein großer Buchbinder zu werden." Er gestikulierte vage und sah aus dem Augenwinkel, wie der Junge Padre Valentín einen fragenden Blick zuwarf. Der Priester beugte sich nach vorne und schien dem Jungen etwas auf Quechua zuzuflüstern.

„Wieso nicht?", fragte Isabel währenddessen hartnäckig.

„Weil er ein Indio ist. Die Indios haben keine solchen Ziele. Sie sind tumber und weniger verständig als wir. Ihre Ziele sind eine gute Ernte oder ein gut gemästetes Lama. Aber niemals können sie mit ihren Händen so fein arbeiten wie wir das können."

„Marina ist auch India", hielt Isabel ihm ungerührt entgegen. „Sie macht bessere Zöpfe als Mama und schönere Stickereien. Concha ist auch India. Und ihre Mürbeteigtörtchen schmecken genauso gut wie die der Nonnen von Santa Catalina. Adelita ist auch India, und ..."

„Ja, aber das sind doch alles Frauenarbeiten!"

Isabel verschränkte die Arme und sah ihn herausfordernd an.

„Ihr habt gesagt", ließ sich die schüchterne Stimme des Jungen vernehmen, „Gott hat mir ein Ziel gegeben. Das ist wahr. Büchermachen ist mein Ziel. Bitte, Herr."

Elisendo stand auf und ging rastlos einige Schritte im Zimmer herum. Nein, so hatte er sich den Sonntagmorgen nicht vorgestellt. Das Problem war, dass ihm unter Isabels strengem Blick kein einziges Argument einfiel, das vor ihren Widerworten bestanden hätte.

Padre Valentín räusperte sich. „Wenn es Euch lieber ist, Don Elisendo, dann können wir auch an einem anderen Tag wiederkommen."

Elisendo blieb stehen und funkelte den Pater an. „Nein, nein, es ist alles in Ordnung! Wir werden das jetzt entscheiden." Er atmete tief durch und ballte kurz beide Fäuste. Dann schaute er erst auf Isabel und dann auf den Indiojungen.

Beide hatten erwartungsvolle Blicke auf ihn gerichtet, während Padre Valentín sichtlich nervös auf seinem Sessel herumrutschte.

„Also gut, Santiago. Du willst das Büchermachen also wirklich lernen?" Elisendo sprach eine Spur schneller als zuvor, aber dennoch schien der Junge ihn gut zu verstehen und nickte fast augenblicklich, kaum dass Elisendo den Satz vollendet hatte.

„Ja, Herr. Ich möchte es gern lernen."

Elisendo fixierte den Jungen und gab sich der unwahrscheinlichen Hoffnung hin, ihn damit einschüchtern zu können. „Es ist ein hartes Handwerk, das ist dir hoffentlich klar. Es wird viele Jahre dauern, bis du weißt, wie du ein richtig edles Buch binden musst."

„Es ist gut, Herr", sagte der Junge.

„Diese Arbeit braucht Zeit und unendliche Vorsicht. Dir werden Finger und Rücken schmerzen, weil du dich langsam bewegen musst. Du wirst die giftigen Kleisterdämpfe einatmen, und das wird nicht angenehm sein."

„Es ist gut, Herr."

Elisendo hob gequält eine Augenbraue. „Und wenn du schlecht arbeitest, lügst oder faul bist, oder gar etwas stehlen solltest, dann werde ich dir eigenhändig das Fell gerben."

Für einen Moment zögerte der Junge, dann lächelte er. „Nicht stehlen, nicht lügen, nicht faul sein. Es ist gut, Herr."

Elisendo seufzte. Er blickte zu Padre Valentín und dann zurück zu dem Indiojungen. Den Blickkontakt mit seiner Tochter vermied er.

„In Ordnung, Santiago. Ich nehme dich als Lehrjungen an." Er wandte sich an Padre Valentín. „Padre, ich bin überzeugt, dass diese Idee vollkommener Irrsinn ist, aber gut. Ich werde es versuchen mit Eurem drolligen kleinen Indioprinzen. Wie kommt das Kind übrigens zu solch einem edlen Kittel? Mir scheint, das ist Vicuñawolle?"

Padre Valentín hüstelte. „Ein … ein Geschenk der Gemeinde, Don Elisendo. Er war ein bedürftiges Kind."

„Was ist mit seinen Eltern?"

„Er ist *wajcha*, Don Elisendo. Ich meine natürlich: Er ist Waise." Der Pater gestikulierte hilflos, und Elisendo nickte verstehend.

„Nun, ich gehe nicht davon aus, dass der Junge bei Euch im Orden bleiben kann. Folgendes kann ich Euch anbieten: Er kann in einer Kammer bei den anderen Dienstboten schlafen. Auf ein hungriges Maul mehr oder weniger kommt es hier im Haus nicht an und er sieht nicht so aus, als würde er viel essen. Ich könnte Geld von Euch verlangen, Padre, aber vermutlich seid Ihr ärmer als Eure eigenen Kirchenmäuse. Der Junge wird mir selbst für die Kosten seiner Ausbildung aufkommen, mit jeder Arbeit, die er im Lauf der Zeit für mich anfertigt. Ich werde genauestens darüber Buch führen. Das erste halbe Jahr ist allerdings zur Probe, und wenn er mir in irgendeiner Form missfallen sollte, dann werde ich ihn eigenhändig am Kragen nehmen und auf den Stufen Eurer Kirche absetzen."

Padre Valentín nickte. „Ich danke Euch, Don Elisendo."

„Wollt Ihr ihn für heute noch einmal mitnehmen, oder lasst Ihr ihn lieber gleich hier? Ich frage, weil ich ihn dann Adelita gebe. Er scheint ein Bad dringend nötig zu haben."

Padre Valentín wechselte einen Blick mit dem Jungen. „Wenn Ihr mir nur einen Augenblick erlaubt, Don Elisendo."

„Gewiss."

Elisendo trat demonstrativ einen Schritt zurück und schaute zu, wie der Pater sich niederkniete und dem Indiojungen tief in die Augen sah. Leise begannen die beiden, sich auf Quechua zu unterhalten. Elisendo verstand kein Wort, aber er hörte sehr wohl, dass auch aus der gedämpften Stimme des Jungen große Entschlossenheit sprach. Und er musste ein Schmunzeln unterdrücken, als er sah, wie der Kleine kurz zu Isabel schielte und ein Lächeln in seinem Gesicht aufflammte.

Der Pater seufzte schließlich und stand wieder auf. „Yawar, ich meine, Santiago möchte gern sofort hier bleiben, wenn es möglich ist."

„Wie ich bereits sagte: Es ist möglich."

Der Priester neigte den Kopf. „Ich werde ihn ab und zu besuchen kommen."

„Auch damit habe ich kein Problem", sagte Elisendo ungerührt und wandte sich ab, um nach Adelita zu rufen.

Hinter ihm nahmen der Indiojunge und der Jesuitenpater schweigend voneinander Abschied, und am Rande der Szene stand Isabel. Sie beobachtete die beiden ganz genau, und sie strahlte übers ganze Gesicht.

7.
Inti Ñawi – Sonnenaugen

Später sollte Yawar das Gefühl haben, dass an jenem Morgen im Empfangszimmer von Don Elisendo Goyeneche seine Kindheit unwiderruflich zu Ende gegangen war. Eine Kindheit, zu der seine Mutter ebenso sehr gehörte wie die Landschaft, in der er aufgewachsen war, die Lehmstraßen seines Dorfes, die braunen Steinhäuser und die kleine Kirche, die wie ein Falthaus aus vergilbtem Papier direkt über der Flussböschung stand. Auch der Himmel gehörte dazu, der Himmel, der Yawar hier in Arequipa viel zu weit entfernt vorkam; die Umrisse der vertrauten Berge, hinter denen er die beruhigenden Präsenzen der *apus* wusste, und der mit unabänderlicher Ruhe dahin fließende Río Colca, breit und schlammig.

Yawar schloss all diese Sachen in seinem Herzen ein wie in einem kleinen Kästchen und drehte sorgfältig den Schlüssel um. Nachts kamen die Bilder manchmal zu ihm, schlichen auf leisen Pfoten um ihn herum und wisperten wie der Wind, wenn er über die Bergflanken strich. Tagsüber gestattete Yawar seinen Erinnerungen nicht, in seinem Bewusstsein aufzutauchen, und er hätte auch gar keine Zeit dazu gehabt.

Arequipa mit seinen gepflasterten Straßen und dem Eindruck eines ewig azurblauen Himmels war eine neue Welt, die ihn mit ihren Regeln und Geheimnissen vollkommen einnahm. Zwischen den Häusern aus weißem Vulkangestein zu spazieren war, als liefe man durch eine Schlucht. Alles war laut und quirlig, die Menschen auf den Straßen eilten aneinander vorbei, und die Unterschiede zwischen ihnen waren größer, als es innerhalb seines Dorfes der Fall gewesen war. Hochgewachsene, hellhäutige Menschen wie sein neuer Herr und dessen Familie durften mit hoch erhobenem Haupt durch die Straßen gehen. Die Leute aus dem Hochland hingegen drückten sich an den Steinmauern entlang und starrten zu Boden.

Das bronzene Dröhnen der Glocken in den Türmen der Kathedrale ging Yawar durch Mark und Bein. Es war, als habe der Donner eine neue Stimme erhalten. Außer der Kathedrale gab es noch zahlreiche kleinere Kirchen, die Yawar wie Taubenschläge erschienen, aus denen Männer mit weiten Kutten in die Straßen flatterten. Nicht alle waren wie Padre Valentín, das lernte Yawar schnell. Sie trugen andere Farben als der Pater und keinem von ihnen wäre es wohl je in den Sinn gekommen, den Indiokindern der Stadt Geschichten zu erzählen. Im Gegenteil hatte Yawar das Gefühl, dass die Gottesmänner den Hochlandmenschen ein wenig Unbehagen, wenn nicht gar Angst, einflößten. Und vielleicht war es umgekehrt ebenso.

Immer wieder drangen auch gemurmelte Gerüchte zu Yawar, die bis aus dem fernen Lima kommen sollten, wo es ein Heiliges Offizium gab, das über die Regeln von Padre Valentíns Gott wachte und jene bestrafte, die Fehler machten und darum Ketzer hießen. Eine Zeitlang machten diese Gerüchte Yawar soviel Angst, dass er beim Vaterunser durcheinanderkam und sich bei jedem Kuttenträger auf der Straße fragte, ob es vielleicht ein Abgesandter aus Lima wäre, der es auf ihn abgesehen hatte. Schließlich aber nahm der Pater Yawar beiseite und erklärte ihm, dass er sich nicht zu fürchten brauchte, weil die Männer des Offiziums, die Inquisitoren, sich nicht für die Indios interessierten. Das klang beruhigend, und schließlich verschwand der Gedanke an die unheimlichen Inquisitoren ganz aus Yawars Gedanken, und die Straßen Arequipas erschienen ihm wieder frei von bedrohlichen Schatten.

Noch faszinierender als das Leben auf den Straßen jedoch war jenes, das innerhalb des Hauses der Goyeneche verlief. Jeden Tag lernte Yawar neue Gegenstände kennen. Am Anfang war es noch faszinierend genug für ihn gewesen, dass Trinkgefäße nicht aus Ton, sondern aus einem kristallgleichen durchsichtigen Material sein konnten. Er starrte fasziniert auf die glänzenden Messer und die seltsamen kleinen Dinge mit den spitzen Zinken, die die Familie dazu benutzte, kleine Essenshäppchen aufzupieksen. Aber am meisten beeindruckten Yawar die Bücher, die im Arbeitszimmer Don Elisendos standen und auf die er ab und an einen flüchtigen Blick erhaschen konnte: eine verheißungsvolle Wand aus glatten Lederrücken.

Er hatte erwartet, dass er auch seinen alten Namen zu den Erinnerungen im Kästchen schließen würde, gemeinsam mit den farbigen, weichen Silben seines geliebten Quechua, aber ganz so war es nicht. Sicher, in Arequipa wurde Spanisch gesprochen, eine Sprache, die ihm abgehackt und sperrig vorkam. Wenn er sie sprach, war ihm, als feuere er die Wörter wie kleine Steingeschosse aus seinem Mund. Santiago war sein Name in dieser neuen Sprache.

Aber das Quechua wohnte auch im Haus der Goyeneche, obwohl es dort nur heimlich und furchtsam umging wie ein verwundetes Pumajunges. Er merkte das schnell, als Adelita auf den Ruf Don Elisendos ins Empfangszimmer kam und Yawar an der Hand nahm, die Augen furchtsam geweitet. In der Gegenwart ihres Herrn hatte Quechua nichts verloren – das war eine der ersten Sachen, die sie Yawar erklärte.

Von der Familie Goyeneche wusste er, dass sie nicht nur aus seinem neuen Herrn und dessen Tochter mit den faszinierenden Sonnenaugen bestand, sondern dass es auch eine Frau gab, Isabels Mutter. Aber diese lebte in der weitläufigen Casona wie ein Gespenst, über das nur hinter vorgehaltener Hand gewispert wurde und dessen Wehklagen ab und an durch die Korridore drang, das aber fast nie zu sehen war.

Adelita erklärte Yawar, dass die *Señora* ihre Zeit mit Gebeten zubrachte und fast nicht mehr von dieser Welt war, und so wurde die geheimnisvolle *Señora* für ihn eine der geflüsterten Geschichten, die ein wenig Gänsehaut und kalten Hauch mit sich trugen.

Yawar schlief in einer Kammer mit Adelita und Concha, der Köchin des Hauses, einer rundlichen kleinen Frau mit flinken Händen und großen blitzenden Augen. Zu seiner Überraschung stellte er fest, dass das Haus der Familie Goyeneche mit Menschen bevölkert war, die wie er aus dem Hochland kamen und sich zwischen den lackierten Möbeln doch mit scheinbar angeborener Gewandtheit bewegten: Adelita war an den Ufern des Río Colca geboren, aber schon als kleines Kind mit ihrer Familie hinunter nach Arequipa gekommen. Concha stammte aus Cuzco, der alten Hauptstadt der Inka, aber auch sie stand schon seit vielen Jahren im Dienste der Familie Goyeneche. Marina, die Kinderfrau, kam aus Socabaya, einem der grünen Außenbezirke der weißen Stadt. Jerónimo, der Kutscher, war in Arequipa geboren und sein Vater ein spanischsprachiger Händler gewesen, aber von seiner Mutter hatte er das seidenglatte schwarze Haar geerbt und ein unerschöpfliches Repertoire an Quechua-Liedern, die er sang, wenn die Dienstboten abends in der Küche zusammen saßen.

Jerónimo besaß ein Charango, ein Instrument mit klingenden Saiten, das Yawar wie ein kleiner Bruder der spanischen Gitarre vorkam. Im flackernden Licht des niederbrennenden Feuers beschwor Jerónimo mit seiner klagenden Stimme die raue Welt des Andenhochlands, die jeder von ihnen aus anderen Gründen zurückgelassen hatte, die sie aber alle nach wie vor im Herzen trugen. Er sang leise, denn sie alle wussten, dass Don Elisendo kein großer Freund davon war, wenn sie gemeinsam ihrer Vergangenheit nachhingen. Ziemlich schnell bemerkte Jerónimo Yawars faszinierten Blick auf sein Instrument, und von da an winkte er den Jungen regelmäßig zu sich und zeigte ihm jeden Tag einige Handgriffe auf dem Charango, der Mandoline der Anden.

Letztendlich trat Yawar im Haus Don Elisendos in zwei neue Leben ein, die parallel zueinander verliefen: einmal die Welt der Dienstboten, die untereinander Quechua sprachen und gewisperte Erinnerungen an die Höhe miteinander teilten, und dann die Welt des Bücherbinders Don Elisendo Goyeneche, fremdartig und herausfordernd.

Am Anfang hatten Yawars Aufgaben noch sehr wenig mit dem Bücherbinden an sich zu tun. Ihm kam es zu, die Werkstatt zu fegen und die Arbeitsabfälle wegzuräumen oder auch Gäste zu bedienen, die wegen eines neuen Auftrags zu Don Elisendo kamen. Später durfte Yawar Don Elisendo dabei zusehen, wie er arbeitete. Nicht selten leistete ihnen dabei Isabel Gesellschaft, die Tochter seines Herrn.

Yawar vergaß nie, dass sie es war, der er letztendlich die Aufnahme im Hause Goyeneche zu
verdanken hatte. Das Mädchen mit den wilden
Haaren und den Augen wie dunklem Sonnenlicht faszinierte ihn. Ihr Spanisch war anfangs
noch zu schnell und quirlig für ihn, aber er
merkte, dass er die besten Fortschritte machte,
wenn Isabel bei ihnen in der Werkstatt saß und
er ihrem Redefluss zuhören konnte. Sie mochte
ihn, das begriff er ziemlich schnell, weil sie beide die Liebe zu der Arbeit ihres Vaters teilten.
Auch sie war fasziniert von der Schönheit eines
gebundenen Buches, obwohl ihr Leben wahrscheinlich niemals von der Fertigkeit abhängen
würde, eines herstellen zu können.

Manchmal hatte Yawar das Gefühl, dass Isabel die wahre Herrin im Haus Goyeneche war,
auch wenn sie einen halben Kopf kleiner war
als er. Aber mit ihrer flinken Zunge und ihren
strahlenden Augen konnte sie bei ihrem Vater
beinahe alles durchsetzen, was sie wollte. Dazu
gehörte schließlich auch, dass Yawar an ihren
Unterrichtsstunden mit Schwester Angélica
teilnehmen durfte, einer Nonne aus Santa Catalina, die jeden Tag für zwei Stunden ins Haus
kam, um Isabel Lesen, Schreiben, Mathematik,
Latein und den Katechismus zu lehren. Einmal
hörte Yawar, wie ein Kunde Don Elisendos eine
Bemerkung darüber machte, dass soviel Bil-
dung an einem Mädchen verschwendet sei.

„Ich möchte eine gebildete Tochter haben,
die ihrem Ehemann einstmals keine Schan-

de macht, sondern Ehre", hatte Don Elisendo scharf geantwortet. „Außerdem ist es keine Verschwendung, wenn man die Blumen dorthin sät, wo ein schöner Garten entstehen kann, weil die Erde gut und fruchtbar ist. Isabel ist verständig. Warum sollte sie nicht lernen?"

Die verständige Isabel stand hinter der halb geöffneten Tür, während ihr Vater das sagte, und zu seinem Leidwesen zögerte sie später nicht, genau diese Worte gegen ihn ins Feld zu führen, als sie ihn von der Notwendigkeit eines gebildeten Lehrjungen überzeugte. Und so kam es, dass Yawar und Isabel schließlich gemeinsam unter dem strengen Blick Schwester Angélicas in der lichtdurchfluteten Bibliothek Don Elisendos nebeneinander an dem Tisch saßen, der viel zu groß und hoch für Kinder wie sie war, und mit zusammengebissenen Lippen die Buchstaben des Alphabets auf kleine Schiefertafeln malten. Yawar konnte darauf zurückgreifen, was Padre Valentín ihm bereits beigebracht hatte, und mit jeder Unterrichtsstunde spürte er, wie die Magie der Wörter stärker von ihm Besitz ergriff. Manchmal stützte sich Isabel schräg auf der Tischplatte auf, um über seine Schulter auf seine Schiefertafel zu spähen oder auch auf die Papierseiten, auf denen sie bald mit echter Tinte üben durften, und es machte ihn seltsam nervös, ihre Nähe zu spüren.

Padre Valentín sah regelmäßig im Haus der Familie Goyeneche vorbei. Er hatte nach langen

Diskussionen mit seinem Orden durchgesetzt, dass er in Arequipa bleiben durfte, anstatt nach K'itakachun zurückzugehen.

„Ich muss schließlich ein Auge auf dich haben, so, wie ich es versprochen habe", sagte er einmal zu Yawar. Dass er es Yanakachi versprochen hatte, sagte er nicht dazu. Sie sprachen niemals über sie oder über das Dorf, auch nicht über die *apus* oder über den Fluch, der noch immer um Yawar herumstrich. Manchmal hätte Yawar gern erzählt, dass er ihn wahrnehmen konnte, selbst wenn er im Kreise der anderen Dienstboten in der Küche saß und Jerónimos Liedern lauschte. Dann konnte er den unsichtbaren Schatten an seinen Haaren schnuppern spüren. Meistens nahm Yawar dann das Andenkreuz um seinen Hals in die Hand und drückte es, bis seine Handflächen schmerzten. Es gab gleichwohl Momente, in denen der Fluch zu verblassen schien: Im Licht der arequipeñischen Sonne, die durch die Fenster von Don Elisendos Bibliothek fiel und sich in den goldbraunen Augen von Isabel Goyeneche spiegelte, konnte er nicht bestehen.

Die Zeit begann auf eine Weise zu vergehen, die Yawar früher fremd gewesen war, mit Namen für die einzelnen Tage, die aufeinander folgten wie in einer endlosen Litanei. Weder der Regen noch der Mond spielten eine Rolle, und es war auch unerheblich, was gerade gesät wurde und ob es an der Zeit war, die Lamas von den oberen Weiden herunter zu holen.

Er war überrascht, als die Runde der Dienstboten ihn eines Abends mit verschmitzten Mienen erwartete.

„Alles Gute zum Namenstag!", verkündete Concha und zauberte einen Teller hinter ihrem Rücken hervor, auf dem ein Berg frischer duftender *alfajores* lag, herrlich weiche Küchlein, die mit *manjar dulce* gefüllt waren, einer himmlisch süßen Creme aus Milch und karamellisiertem Zucker. Yawar stand nur da und starrte alle an. Jerónimo lachte schließlich.

„Es ist der 25. Juli, mein Kleiner! Der Tag des Heiligen Santiago. Außerdem haben wir überlegt, dass du jetzt schon fast ein Jahr bei uns sein müsstest. Und das muss doch gefeiert werden, nicht wahr?"

Langsam schmolzen Yawars Gesichtszüge zu einem Lächeln. Er ließ sich umarmen und schob sich einen *alfajor* nach dem anderen in den Mund, während Jerónimo sich auf seinen Lieblingsplatz neben dem Feuer zurückzog und schelmische kleine Quechua-Lieder zu singen begann, die Concha zum Kichern brachten und Adelita verschämt erröten ließen. Yawar wischte sich *manjar* aus dem Mundwinkel und dachte plötzlich, dass die süße Creme genau die Farbe von Isabels Augen hatte.

Als Jerónimo fertig gespielt hatte, winkte er Yawar zu sich. „Ich habe auch etwas für dich", sagte er. „Du musst mir nur versprechen, gut darauf achtzugeben." Er zog etwas aus dem Schatten unter sich, und Yawars Augen wurden groß.

„Das ist der kleine Bruder von meinem Charango", sagte Jerónimo und zwinkerte ihm zu. „Ich kann dir schließlich nicht immer meines zum Üben geben, meinst du nicht auch?"

„Aber woher hast du ..." Yawar starrte das Instrument aus offenem Mund an und wagte kaum, es aus Jerónimos Händen entgegen zu nehmen.

Der Kutscher lachte verschmitzt. „Oh, ich kenne genug Leute, und es gibt immer Mittel und Wege. Du musst aber jeden Tag üben, mein Kleiner! Die Finger müssen geschmeidig bleiben."

An diesem Abend begriff Yawar, dass er hier in Arequipa so etwas wie eine zweite Familie gefunden hatte. Noch bis tief in die Nacht hielt er seinen neuen Schatz in den Armen und fuhr liebevoll mit dem Finger über die Saiten.

„*Q'enti*", flüsterte er dem neuen Charango zu, „Kolibri. So wirst du heißen."

Don Elisendo behandelte ihn nicht unfreundlich, aber streng. Yawar hatte das Gefühl, dass sein Herr mehr als bereit war, ihm den kleinsten Fehler anzukreiden. Dass er nicht nur seiner Tochter viel zu viel Wissenswertes beibrachte, sondern auch einem kleinen Habenichts aus dem Andenhochland, musste er nach außen hin immer wieder rechtfertigen, und was Yawar betraf, tat er es anfangs nur zähneknirschend. Mit der Zeit wandelte sich das.

Es gab für Yawar keinen Moment, in dem er nicht daran dachte, dass er alles lernen musste, um ein Buch binden zu können, das des perfekten Spiegelbuchs würdig war, und lange Zeit war er davon überzeugt, dass dieses Ziel reichte, um zu erklären, warum ihn die Bücher so sehr faszinierten. Aber es war nicht so, und eines Tages begriff er das.

Er liebte das Gefühl der ledernen Buchdeckel unter seinen Fingerkuppen, den Geruch des frischen Papiers, das Don Elisendo aus Italien kommen ließ, und den konzentrierten Prozess, in dem sie das Papier hin und wieder selber schöpften, über eine Wanne aus Zink gebeugt, in der die Papierpulpe und klares Wasser suppten. Das selbstgeschöpfte Papier bedeutete mehr Arbeit, war aber in der Summe billiger als die blütenweißen Importe aus Übersee. Und dann gab es auch das Papier, das schon bedruckt oder beschrieben zu ihnen kam, raschelnde gelbliche Seiten, auf denen sich die Wörter aneinander drängten wie die Lamas einer Herde.

Yawar liebte auch den Geruch des Kleisters, den sie gemeinsam anrührten. Jeder Handgriff auf dem Weg zum fertigen Buch hatte etwas Rituelles, und wenn sie das fertige Produkt ihrer Arbeit vor sich sahen, fühlte er einen prickelnden Stolz in sich, der mit nichts zu vergleichen war, was er jemals zuvor empfunden hatte.

Wie ein Schwamm sog er alles in sich auf, was Don Elisendo ihm beibrachte, und dem Buchbinder blieb die Begeisterung seines Lehrjungen nicht verborgen. Das Zähneknirschen wandelte sich in einen gewissen trotzigen Stolz.

„Dieser Indio kann mit seinen Fingern mehr als nur auf seiner Gürteltiermandoline zu klimpern", pflegte Don Elisendo zu sagen. „Seine Finger sprechen mit dem Papier, mit dem Leim, mit dem Leder. Ich habe noch nie jemanden gesehen, der die Bücher auf diese Weise versteht." Und mit diesen Worten funkelte er jeden an, der es wagte, die Qualitäten seines Lehrjungen in Frage zu stellen.

Yawar bemerkte am eigenen Körper das Vergehen der Zeit. Er wurde länger und schlaksiger, und den Vicuñakittel konnte er eines Tages nur noch als edle Hülle für *Q'enti* verwenden. Ihm selbst war das Kleidungsstück schon lange zu klein. Adelita nähte ihm neue Kittel, auf seinen Wunsch immer mit einer kleinen Brusttasche, denn die schwarze Feder, die Yanaphuru ihm zum Abschied geschenkt hatte, trug er nach wie vor immer bei sich.

Schließlich zog er aus der Kammer, die er mit den anderen teilte, auf die Dachterrasse, wo es eine kleine Kammer aus Stein gab, gerade groß genug für eine Pritsche und einen einfachen Spind, aber mit einem atemberaubenden Blick über das weiße Häusermeer Arequipas und direkt auf die schneebedeckten Gipfel des Misti und des Chachani. Don Elisendo hatte bemerkt, wie gern sein Lehrjunge auf die Dachterrasse ging und die Vulkane im schwindenden Tageslicht betrachtete, und darum ließ er eines Tages die staubige und unbenutzte Kammer ausfegen und für Yawar herrichten. Eine größere Freude hätte er ihm kaum bereiten können. Wann immer er Zeit fand, kletterte Yawar mit *Q'enti* über der Schulter auf das sonnengewärmte Dach seiner kleinen Kammer, um mit Blick auf die Vulkane die Charangosaiten zu spielen. Isabel kam mehr als einmal, um ihm Gesellschaft zu leisten: Das Flachdach des Hauses hatten sie schon vor Jahren als den perfekten Ort für Treffen entdeckt, bei denen niemand sie stören durfte. Damals waren sie mit Schreibzeug und Lesebüchern hier heraufgekommen, und Isabel hatte fast jedes Mal eine Handvoll süßer Milchbonbons aus Santa Catalina zutage gefördert, die sie miteinander geteilt hatten. Nun saßen sie oft einträchtig nebeneinander auf dem Kammerdach, und Isabel hörte zu, wie Yawar seinem Charango die melancholischen Melodien entlockte, die er von Jerónimo gelernt hatte und die er gleichzeitig selbst im Herzen trug.

Der Blick aus Isabels *manjar*-farbenen Augen brachte verdrängte Bilder ans Tageslicht seiner Gedanken, und aus irgendeinem Grund hatte er das Bedürfnis, ihr die Geschichten des Hochlands zu erzählen, Geschichten, mit denen er aufgewachsen war und die bittersüß nach seiner verlorenen Kindheit schmeckten. Er sprach vom Fuchs und vom Kondor, vom listigen Kolibri der Anden, vom ewigen Schnee und den Heldentaten der Inka. Manchmal wechselte er mitten im Satz ins Quechua, und nicht immer unterbrach Isabel ihn, sondern lauschte aufmerksam dem bergbachgleichen Geplätscher der fremden Worte. Unter ihrem Blick wurde Yawar klar, dass er bereits ein großes Bündel an Geschichten besaß, die ins Spiegelbuch gehörten. Etwas undeutlicher wusste er, dass er mit Isabel längst nicht nur die Liebe zu den Büchern teilte.

Dann kam der Tag, an dem Padre Valentín ihn das allerletzte Mal besuchte. Es war ein Dienstag, und eigentlich rechnete Yawar nicht mit dem Besuch des Priesters, bis Adelita an die Werkstatttür klopfte.

„Santiago", vor Don Elisendo nannte sie ihn immer bei seinem spanischen Namen, „da ist Padre Valentín für dich."

Yawar ließ überrascht die Hände sinken, an denen noch der frische Kleister klebte, und wechselte einen Blick mit seinem Herrn. Mittlerweile überragte er diesen um einen halben Kopf, was ihm immer wieder unangenehm auffiel – ziemte es sich denn für einen Lehrjungen, auf seinen Herrn hinab zu blicken?

Don Elisendos Blick war ernst.

„Das scheint wichtig zu sein", knurrte er. „Wasch dir die Hände, Santiago, und geh zu deinem Besuch. Ich mache hier alleine weiter."

„Danke, Herr", sagte Yawar.

Nur wenig stand er im Empfangszimmer Don Elisendos. Padre Valentín hatte nicht Platz genommen. Er wartete in der Mitte des Raumes und sah Yawar entgegen. Seit jenem Sonntagmorgen in Don Elisendos Arbeitszimmer waren zehn ereignisreiche Jahre vergangen, das wurde Yawar klar, als er seinen Blick über die Züge des Priesters schweifen ließ. Padre Valentín wirkte erschöpft und seltsam zerbrechlich. An seinem Blick bemerkte Yawar, dass es dem Pater ähnlich gehen musste: Er schaute ihn an und sah offenbar den kleinen Jungen, den er zehn Jahre zuvor an der Hand in dieses Zimmer geführt hatte, schüchtern und verängstigt. Nun stand da ein junger Mann, schlaksig und fast eine Spur zu hochgewachsen für jemanden aus dem Hochland, der sich gerade den Leim von den Fingern gewaschen hatte und die spanische Sprache so gut beherrschte wie das Quechua. Sie redeten jetzt auch fast nur noch auf Spanisch miteinander – alles andere hätte Don Elisendo als eine Beleidigung empfunden, selbst, wenn er bei ihren Treffen nicht anwesend war.

Yawar brach das Schweigen. „Was ist los, *padre*? Ihr seht besorgt aus."

„Besorgt ist nicht das richtige Wort, Yawar."

Er zuckte zusammen. Es war lange her, dass der Priester ihn das letzte Mal bei seinem echten Namen genannt hatte.

„Ich bin gekommen, um mich zu verabschieden. Hast du denn nichts von dem königlichen Dekret gehört?" Er bemerkte Yawars fragenden Blick und seufzte. „Wir müssen die Neue Welt verlassen. Mein Orden ist hier nicht länger erwünscht."

„Was sagt Ihr da?", fragte Yawar fassungslos. „Aber … Im ganzen Vizekönigreich sind die Jesuiten tätig! Und Ihr habt mir doch selbst von den *reducciones* in der Provinz Paraguay erzählt. Es ist doch bestimmt ein Irrtum, nicht wahr?"

„Nein, Yawar", antwortete Padre Valentín müde, „es ist weiß Gott kein Irrtum. Und ehrlich gesagt macht mich die Aussicht froh, dass ich nach Hause zurückkehren kann." Er machte eine kurze Pause. „Alcalá de los Reyes, auf der staubigen Erde der Extremadura. Ich schwöre dir, all die Jahre habe ich Spanien nie vermisst, aber es wird mir gut tun, in jener staubigen Erde begraben zu werden."

Yawar sah ihn verletzt an. Für ihn war immer klar gewesen, dass Padre Valentín zu K'itakachun gehörte, ebenso wie das Dorf für ihn seine Heimat war, selbst, wenn er in der Provinz von Huamanga geboren war. „Und Ihr könnt nicht hier bleiben?"

Padre Valentín schüttelte den Kopf. „Es ist königlicher Erlass, Yawar. Und wenn ich versuchte, dagegen zu handeln …" Er biss sich auf die Lippen. „Ich war in Huamanga, ich bin kein unbeschriebenes Blatt. Mein Kampf bei den Kondorkindern, Yawar … Es gibt Dinge, die lässt man besser ruhen. Wenn König und Vizekönig zu genau über meine Akten schauen, würden sie Dinge bemerken, die ihnen nicht gefallen, und mich um die Ruhe bringen, nach der ich mich sehne."

„Ihr geht also fort." Die Schwere dieser Worte schnürte Yawar die Kehle zu, und er schluckte. Padre Valentín nickte. „Noch heute reise ich nach Lima. Yawar, *Yawarchay*", er wechselte ohne jede Vorwarnung ins Quechua, „von allen Dingen der Neuen Welt werde ich dich am meisten vermissen. Glaub mir, ich werde für dich beten, für dich und deine Mutter, in jedem Augenblick, die mir noch auf dieser Erde gegeben ist." Er senkte die Stimme und sagte wieder auf Spanisch: „Ich weiß, dass du deine Aufgabe erfüllen wirst, Junge. Du wirst die *apus* nicht vergessen, nicht wahr?" Er lächelte traurig. „*Jinachu manachu*. Ist es so oder nicht?"

Wie lange hatte Yawar diese Formel nicht mehr gehört!

„Niemals", antwortete er ebenso leise, aber auf Spanisch. „Der Fluch ist noch immer bei mir, *padre*. Ich spüre ihn an meinen Fersen, ganz so, wie der *mallki* es damals gesagt hat. Noch bin ich nicht soweit, das neue Spiegelbuch zu schaffen, aber ich werde es tun. Ich wünschte", er schluckte erneut, „Ihr wäret noch hier, wenn ich es beende."

Sie sahen einander an. Schließlich breitete der Padre die Arme aus.

„Wenn du deine Mutter jemals wiedersiehst", flüsterte er, „dann sag ihr, dass sie eine vortreffliche Frau ist."

„Das werde ich, *padre*", murmelte Yawar und drückte den Priester an sich. Padre Valentín war ihm immer so stark erschienen, aber jetzt kam es Yawar so vor, als sei diese Kraft einer großen Müdigkeit gewichen. Es war wie damals, als er seine Mutter angesehen und sich trotz seiner acht Jahre stärker als sie gefühlt hatte.

„Leb wohl, *Yawarchay*", sagte Padre Valentín mit belegter Stimme, als er sich von ihm löste. „Bestell deinem Herrn meine Grüße."

„Lebt wohl, *padre*", antwortete Yawar und suchte den Blick des Priesters. „*Tupananchiskama.*"

Sie lächelten beide, denn sie wussten, dass die sanften Silben des Quechuagrußes für dieses Mal eine Lüge umhüllten. *Tupananchiskama* – Bis wir uns wiedersehen.

Mit hängenden Armen stand Yawar da, noch eine ganze Weile, nachdem der Priester das Haus verlassen hatte, und hatte das Gefühl, dass eine längst vergessene Wunde in seinem Inneren aufplatzte. Padre Valentín war die letzte Verbindung zu Yawars Heimat gewesen, und mit diesem Abschied stand ihm plötzlich alles wieder vor Augen, was er so gut in seinem Herzen verschlossen hatte. Er spürte den Blick seiner Mutter auf sich und ihr schmerzerfülltes Lächeln.

Wajcha Yawarchay, sonqollay. Ama waqaychu. Mein armer Yawar, mein Herz, weine nicht.

Konnte er sie wirklich wispern hören?

„Santiago!"

Er fuhr herum, obwohl es nicht die scharfe Stimme Don Elisendos gewesen war.

Isabel stand in der geöffneten Tür der Eingangshalle, eine Hand auf dem Türrahmen, und schaute Yawar an. Er hatte sie nicht kommen hören und fragte sich plötzlich, seit wann sie dort stand. Für einen Moment blickten sie einander einfach schweigend in die Augen. Sie bewegte sich nicht, nur der Finger ihrer linken Hand trommelte nervös auf den Türrahmen. Sie trug einen dünnen goldenen Ring. Don Elisendo hatte vor kurzem einen Auftrag für den Marqués von Lurigancho angefertigt, einen jungen Edelmann aus Lima, bei dessen Besuchen schnell deutlich geworden war, dass ihm die Tochter des Buchbinders gut gefiel. Die formelle Verlobung hatte vor zwei Monaten stattgefunden.

„Verzeih mir, Santiago", sagte Isabel schließlich und straffte sich. „Ich weiß, es gehört sich nicht, andere Gespräche anzuhören." Sie holte tief Luft und platzte dann heraus: „Aber was meinte er mit einer Aufgabe? Und was ... was für ein Fluch?" Sie machte eine kurze Pause und setzte dann hinzu: „Und warum nennt er dich *Yawar*?"

*

Sie saßen nebeneinander auf ihrem Lieblingsplatz, dem Dach von Yawars Kammer. Die warmen Strahlen der Nachmittagssonne erwärmten den weißen Stein und tauchten die Flanke des Misti bereits jetzt in rötlich schimmerndes Licht.

Isabel spielte scheinbar gedankenverloren an den Ärmeln ihres tiefblauen Kleides herum. Einzelne Haarsträhnen tanzten in einem kaum wahrnehmbaren Windhauch. Noch immer war niemand in der Lage, Isabels vorwitzige Mähne wirklich zu bändigen. Yawar betrachtete sie aus dem Augenwinkel und dachte an das kleine Mädchen, das vor zehn Jahren seinen Vater dazu gebracht hatte, einen des Spanischen kaum mächtigen Hochlandjungen in seinem Haus aufzunehmen. Yawar liebte und bewunderte Isabel wie eine Schwester für ihre unerschrockene Wortgewandtheit, die sie so oft als Waffe zu seinen Gunsten eingesetzt hatte. Zugleich fühlte er sich auch leicht unbehaglich, denn er ahnte, dass sie eben diese Waffe heute auch gegen ihn richten konnte.

„Also?", fragte Isabel schließlich.

Yawar ließ die Füße baumeln und starrte nach unten. „Welche deiner Fragen soll ich zuerst beantworten?", schoss er zurück.

Sie lächelte und beugte sich nach vorne, fixierte ihn. „Yawar heißt doch Blut", sagte sie behutsam.

Er nickte. „Richtig. Aber das ist mein Name."

„Aber du heißt doch Santiago."

„Auch. Es …" Yawar seufzte. „In K'itakachun war es so, dass Padre Valentín alle Kinder christlich getauft hat und ihnen spanische Namen gegeben hat. Wahrscheinlich gibt es ein königliches Gesetz, dass das so zu sein hat." Er unterbrach sich.

Isabel schien genau zu spüren, dass er an die Ausweisung der Jesuiten dachte. Behutsam legte sie ihre Hand auf seinen Arm.

Yawar fasste sich. „Aber wichtig waren diese Namen eigentlich nie. Wir hatten alle Namen in unserer eigenen Sprache. Meine Mutter zum Beispiel …"

Der Schmerz, der ihn bei dem Gedanken an seine Mutter durchfuhr, kam so heftig und unerwartet, dass er zusammenzuckte.

Isabels Hand verharrte tröstend auf seinem Unterarm.

Dankbar nahm Yawar die Wärme zur Kenntnis.

„Ja?", fragte Isabel, und ihr Tonfall machte deutlich, dass sie keine weiteren Unterbrechungen in Kauf nehmen würde. „Wie heißt sie?"

„Yanakachi", sagte Yawar. Er konnte sich nicht erinnern, wann er diesen Namen zuletzt gehört hatte. Jetzt schwebten die Silben vor ihm in der Luft, aber seine Kehle schmerzte, als hätte er metallene Klingen nach draußen gepresst.

„Schwarzes Salz." Isabel schien kein Lob für ihre Quechua-Fortschritte zu erwarten. „Was ist mit ihr passiert? Du hast nie von ihr gesprochen."

„Das", murmelte Yawar, „hat viel mit deinen anderen Fragen zu tun." Er hob den Kopf und starrte den Misti an. „Ich weiß nicht, ob ich darüber reden kann." Es erschreckte ihn selbst, wie rau seine Stimme klang.

Entschlossen rückte Isabel näher an ihn heran und schob ihren Arm unter seinen. „Und ob du das kannst! Mir kannst du das erzählen. Ich bin quasi deine Schwester!"

Yawar nickte beklommen. Da hatte sie recht, andererseits … Er spürte plötzlich die ganze Wärme ihres Körpers an seiner Seite, und etwas in ihm fühlte sich schwindlig von dieser Nähe. Er drehte leicht den Kopf, obwohl er wusste, dass ihre Augen ihn nur weiter verunsichern würden. Wie oft hatte Isabel schon so neben ihm gesessen? So durcheinandergebracht hatte es ihn aber noch nie.

„Erzähl", forderte sie, und ihr Atem kitzelte seinen Hals. „Vorher kommst du mir hier nicht weg." Sie lächelte, als sie das sagte, aber ihr Blick glühte entschlossen. Yawar kannte sie gut genug, um zu wissen, dass jeder Widerstand zwecklos war. Wenn Isabel etwas wissen wollte, dann erfuhr sie es.

Er holte tief Luft.

„Ist sie …?", fragte Isabel, und die vielsagende Pause am Ende der Frage machte ihn traurig.

Er schüttelte den Kopf. „Nein. Das heißt, ich hoffe, nein. Ich habe sie nicht mehr gesehen, seit ich hergekommen bin. Und ich werde sie wahrscheinlich niemals wiedersehen."

„Aber warum bist du fortgegangen? Nur wegen der Bücher?"

Yawar seufzte, und ohne weiter darüber nachzudenken, nahm er ihre Hand. Sofort schlossen sich ihre Finger um seine, und die Berührung schien eine Pforte in seinem Inneren aufzustoßen. Er begann zu reden.

Nie zuvor hatte er die Geschichte jemandem erzählt.

Nie zuvor war es nötig gewesen.

Er begann mit der Geschichte seiner Eltern, die, wie er beim Sprechen feststellte, noch nicht einmal ihm selbst ganz genau erzählt worden war. Aber er wusste, dass sie Rebellen gewesen waren, weit fort im Hochland von Huamanga, dass sein Vater zu Tode gekommen war und ein Teil seiner Mutter mit ihm, ein Teil ihrer Seele, der nie wieder geleuchtet hatte. Yawar erklärte Isabel, dass sie von Huamanga nach K'itakachun gekommen waren, eine gefahrvolle Reise für eine junge Frau mit einem Kind in ihrer *llijlla*, ihrem bunt bestickten Wickeltuch.

Dann erzählte er von K'itakachun. Er hatte Isabel zwar viele Geschichten aus seinem alten Dorf erzählt, aber es war immer nur Schauplatz gewesen, Hintergrund. Jetzt sprach er von K'itakachun selbst, beschrieb die schmalen Straßen, die Steinhäuser, den Fluss. Seine Worte malten die Bilder in die Luft. Er spürte Isabels Kopf auf seiner Schulter und ihre Finger in seinen, und das beflügelte ihn, weiter zu sprechen.

Er erzählte ihr von jener denkwürdigen Gewitternacht, in der sie den Kondor gefunden hatten, und von allem, was sich danach ereignet hatte. Zwischendurch hob Isabel leicht ihren Kopf und starrte ihn an, er spürte dann das Kitzeln ihrer losen Haarsträhnen am Hals, aber sie unterbrach ihn kein einziges Mal.

Als Yawar geendet hatte, stellte er fest, dass er weinte. Die Tränen strömten einfach so über sein Gesicht. Er schluchzte nicht, er hatte ganz normal bis zu Ende erzählen können, aber er weinte, weil die Worte sich durch die Dämme seiner Erinnerung ins Freie gegraben hatten.

Isabel schob ihn leicht von sich weg, sodass sie mit der linken Hand nach seiner Schulter greifen und ihn in ihre Richtung drehen konnte. Er versuchte, den Kopf wegzudrehen. Es war ihm unangenehm, dass sie ihm mitten ins Gesicht sehen konnte, wenn er weinte. Aber ihre Hand wanderte zu seinem Kopf, und mit der größten Selbstverständlichkeit wischten ihre Finger die Tränenspuren von seiner rechten Wange, bevor ihre Handfläche sich zögernd, aber bestimmt darauf legte und sein Gesicht wieder zu ihr drehte.

„*Ama waqaychu, Yawar*", sagte sie. Das Abendlicht brachte ihr Haar zum Leuchten.

Er starrte sie an. Sie hatte sich noch nie auf Quechua an ihn gewandt, und erst sein überraschter Blick schien ihr klarzumachen, was sie da gesagt hatte. Sie lächelte leicht verschämt, zog aber ihre Hand nicht von seinem Gesicht zurück.

„Das sagt man doch so, oder?", fragte sie vorsichtig.

Yawar nickte, ganz leicht, denn etwas in ihm befürchtete, dass ansonsten ihre Hand von seiner Wange verschwinden konnte, und das gleiche Etwas stellte sich vor, dass es im Moment kein schlimmeres Ereignis auf der Welt geben konnte.

Isabel lächelte. Und dann, ohne Vorwarnung, beugte sie sich vor und küsste ihn auf den Mund.

Yawar war nur überrascht, dass er nicht überrascht war. Es war das einzig Logische gewesen, dass sie ihn auf Quechua bat, nicht zu weinen. Es war ebenso logisch, dass sie ihn jetzt küsste. Keiner von ihnen hätte etwas anderes tun können, das wusste er mit großer Bestimmtheit.

Er lehnte sich gegen sie und zog sie mit dem freien Arm enger an sich, und die Berührung ihrer Lippen fühlte sich so richtig an, als gehöre sie eigentlich zu ihm, als sei das ein Teil von ihm, der ihm immer gefehlt hatte.

Sie lösten sich voneinander, gerade genug, um sich in die Augen sehen zu können.

„Das dürfen wir nicht", sagte Yawar, und erst in dem Moment, als er das sagte, wurde ihm klar, dass es stimmte.

„Das ist mir egal", flüsterte Isabel zurück und lehnte sich gegen ihn.

Er schlang beide Arme um sie. „Dein Vater bringt mich um."

„Wir sagen ihm nichts", antwortete Isabel voller Überzeugung, den Kopf an Yawars Brust gelehnt.

„Nichts wovon?"

Sie seufzte, richtete sich wieder auf und schaute ihm in die Augen. „Nichts davon, dass wir nicht nur Bruder und Schwester sein wollen?"

Sie lächelte schelmisch, wurde aber schnell wieder ernst, und ihre Finger umklammerten seine. „Deine Geschichte macht mir Angst. Yawar, ist er jetzt da? Der Fluch?"

164

Lächelnd schüttelte Yawar den Kopf. „Er traut sich nicht heran, wenn du da bist."

„Du musst dein Spiegelbuch machen. Es ist höchste Zeit."

Er seufzte. „Aber ich fühle mich nicht vorbereitet. Ich weiß noch längst nicht alles. Und Don Elisendo wird mir nie die Materialien geben, die ich für ein wirklich gutes Spiegelbuch benötige."

Don Elisendo hatte vor zehn Jahren versprochen, dass Yawar ihm mit seiner Arbeit alles zurückzahlen würde, was er für den Jungen ausgegeben hatte, und bei aller Zuneigung, die der Buchbinder für seinen Lehrling mittlerweile empfand, war klar, dass er dies nicht vergessen hatte. Yawar wusste, dass Don Elisendo in einem schmalen schwarzen Heft alles notierte, was er ihn im Laufe der Jahre gekostet hatte, und was seine Arbeit nun langsam einzubringen begann. Bücher waren ein teures Luxusgut. Wie sollte Yawar als Lehrling ein Buch schaffen, das er selbst behalten wollte? Mit billigem Leder und minderwertigem Papier, gewiss, aber er war sicher, dass das Spiegelbuch ganz anderen Anforderungen gerecht werden musste.

„Ich werde dir helfen", sagte Isabel entschlossen. „Ich weiß, wo er das gute Leder aufbewahrt."

„Wo er das tut, weiß ich auch, aber ..."

Ihre Augen blitzten. „Und ich weiß sogar, wo der Schlüssel dazu ist."

Yawar drückte sacht ihre Finger. „Nein. Ich werde nichts stehlen. Das habe ich versprochen, und so habe ich es mein Leben lang gelernt. *Ama suwa, ama llulla, ama qella*: nicht stehlen, nicht lügen, nicht faul sein. Die Inka haben mit diesem Gesetz ihr Land regiert. Wir haben es bis auf den heutigen Tag nicht vergessen."

„Ich kann ihn um die Sachen bitten. Mir wird er das nicht abschlagen."

„Und was willst du ihm sagen, wozu du sie benutzen willst? Er findet jetzt schon, dass du viel zu viel Zeit in der Werkstatt verbringst, auch wenn er sich freut. Aber du solltest jetzt über deine Heirat …" Yawar verstummte, und Isabel sah zu Boden.

Yawar wusste, dass sie sich bislang kaum Gedanken um diese Heirat gemacht hatte, selbst jetzt nicht, da sie den Ring des Marqués von Lurigancho bereits am Finger trug und ein Termin für die Hochzeit angesetzt war. Das alles lag für Isabel noch viel zu weit entfernt, um darüber zu grübeln, auch wenn sie einmal beiläufig erwähnt hatte, dass sie die Sonne Arequipas nur ungern gegen das trübe Klima der zentralen Küste eintauschte.

Bislang hatte es keinen Grund für sie gegeben, sich wegen der Heirat Sorgen zu machen. Und auch Yawar hatte bisher nur mit leichter Wehmut darüber nachgedacht, dass sie wohl bald fortgehen würde. Jetzt war das anders. Jetzt ging es nicht nur darum, dass Isabel fortgehen würde, so wie Padre Valentín fortgegangen war und wie Yawar seine Mutter verlassen hatte. Jetzt ging es auch darum, dass sie an der Seite eines anderen Mannes leben würde, der vielleicht gar nicht wusste, dass sie seine fehlende Hälfte war. Yawar fühlte sich elend.

„Würdest du mich heiraten?", fragte sie plötzlich herausfordernd und straffte sich.

„Dein Vater würde das nie erlauben!"

„Das war nicht meine Frage." Sie sah ihn strafend an. „Wenn du es könntest, würdest du?"

„Natürlich", stammelte Yawar. Er konnte ihrem Blick nicht standhalten, fasste dann aber Mut, schaute auf und berührte sacht mit den Fingerspitzen ihr Kinn. „Ich würde dich sofort heiraten, wenn ich es könnte. Ich möchte bei dir sein. Du bist meine *yana*."

Isabel blinzelte verwirrt. „Schwarz?"

„Nein, es meint noch etwas anderes. Jeder Mensch hat ein *yana*. Einen anderen Teil, der zu ihm dazu gehört und ein Ganzes macht. Wie Licht und Schatten, weißt du? Wie der Himmel und das Meer."

Isabel lächelte. „Lass uns das Buch machen, Yawar. Dann zeigen wir es meinem Vater. Es muss außerordentlich werden, atemberaubend. Wenn er sieht, dass du der beste Buchbinder des Landes bist, dann wird er sicher einwilligen, dass wir heiraten."

„Isabel, das wird so nicht funktionieren. Wenn er sieht, dass ich seine Materialien gestohlen und daraus ein Buch gemacht habe, wird er mich eigenhändig umbringen. Und wenn er dann noch erfährt, dass ich seine Tochter heiraten will, wird er … das wäre noch schlimmer.

Für ihn ist es wichtig, dass du den Marqués heiratest. Du wirst eine Marquesa werden, vergiss das nicht."

Isabel zog die Nase kraus. „Ach, limeñischer Adel. Yawar, für meinen Vater ist nur wichtig, dass ich gut versorgt bin, und du kannst mich versorgen. Wir könnten sogar gemeinsam in der Werkstatt arbeiten!" Ihre Augen leuchteten. „Ich kann ihn ganz bestimmt davon überzeugen, dass du der bessere Mann für mich bist. Er kennt und schätzt dich ..."

„Isabel, *sonqollay*", unterbrach Yawar sie sanft. „Nicht als Schwiegersohn. Ich bin ein Indio."

Sie hob die Augenbrauen. „Das kümmert doch keinen!"

„Das kümmert alle", widersprach Yawar. „Und das weißt du sehr genau. Es ist nicht selbstverständlich, dass ich hier lernen darf. Ich könnte niemals wagen, ihn um deine Hand zu bitten."

Sie schaute weg, rutschte ein Stück von ihm ab und zwirbelte trotzig eine Haarsträhne um ihren Zeigefinger. Yawar konnte sehen, dass sie im Grunde schon wusste, wie recht er hatte. Aber Isabel war es nicht gewohnt, den Kürzeren zu ziehen.

„Und was möchtest du sonst tun?", fragte sie schließlich.

Die Sonne war hinter den fernen Bergflanken im Westen verschwunden, die ersten Sterne warfen ihr metallisches Licht auf die Stadt, und Yawar rückte an Isabel heran, um einen Arm um sie zu legen. Er spürte ihr Frösteln. Auch in Arequipa wurde es schnell kühl, wenn die Sonne einmal verschwunden war.

„Ich weiß es nicht", sagte er wahrheitsgemäß.

Sie wandte ihm wieder ihr Gesicht zu. „Deine Mutter wartet auf dich, oder? Darauf, dass du dein Schicksal erfüllst?"

„Ja, das hoffe ich."

„Das tut sie bestimmt." Isabel atmete tief durch. „Yawar, du hast keine Wahl. Du musst dieses Buch machen und anfangen, die Verlorenen Geschichten einzusammeln. Was sonst? Und wenn du nicht stehlen willst, um es zu machen, nun, ich werde es tun. Mir wird mein Vater verzeihen. Er wird verstehen, warum ich es getan habe, und er wird verstummen, wenn er dein Buch sieht. Ich werde dir helfen. Wir werden ein Wunderwerk schaffen. Und dann werden wir heiraten und den Fluch von deiner Mutter nehmen." Sie nickte grimmig. „Wage es nur, mir zu widersprechen!"

Yawar zögerte, dann lächelte er widerwillig, beugte sich vor und küsste sie. „Niemand würde das wagen", versicherte er ihr. „Lass uns gehen, Isabel. Es wird kalt, und sie suchen bestimmt schon nach dir. *Sonqo suwa*", fügte er grinsend hinzu.

„Herzensdiebin? Na, dir werd ich helfen. Du bist hier der Dieb!", neckte sie ihn mit gespielter Empörung.

Er half ihr beim Abstieg vom Dach, und in seinem Inneren pochte die Erkenntnis, dass er nicht nur im Begriff war, ein Dieb zu werden, sondern auch ein Lügner. Und er fragte sich, welcher Diebstahl schwerer wiegen würde: die Materialien für das neue Spiegelbuch oder Isabels Herz.

8.
Tuta – Nacht

Isabel wachte auf, als die Berggötter grollten.
Es war kein Vulkanausbruch zu befürchten,
aber es kam immer wieder vor, dass ein *temblor*
die Stadt zum Zittern brachte, ein Erdstoß, der
wie eine unsichtbare Welle unter ihnen hinweg-
rollte. Isabel hatte seit ihrer frühesten Kindheit
das Bild eines Tieres vor Augen gehabt, ein
mächtiges Wesen mit schweren Pranken, das
mit wuchtigen Schritten durch ihr Haus rannte und das alte Mauerwerk in Schwingungen
versetzte. Es kam vom Haupteingang, dann
die Hintertreppe hinauf, lief donnernd durch
die Bibliothek und die Halle und galoppierte
dann mitten durch ihr Zimmer, um mit einem
Sprung vom Rand der Dachterrasse wieder zu
entschwinden.
Isabel schlug die Augen auf und blickte in die
Dunkelheit, dann richtete sie sich vorsichtig
auf. Mondlicht fiel in einem fahlen Streifen
durch das Fenster ihres Zimmers. Es würden
noch einige Stunden bis zum Sonnenaufgang
vergehen. Sie griff nach dem Morgenmantel
aus blassblauer Seide, der an ihrem Bettpfosten
hing. Leise glitt sie zur Tür hinaus.

Sie hatte nicht den geringsten Zweifel daran, dass auch Yawar – es war erstaunlich, wie schnell sie sich daran gewöhnt hatte, unter diesem Namen an ihn zu denken – von dem *temblor* geweckt worden war, und ebenso sicher war sie, dass ihre Eltern unbewegt weiterschliefen. Bei diesem Gedanken musste sie unwillkürlich lächeln. Fast die gesamte Stadt schlief, und wer von einem *temblor* geweckt wurde, drehte sich für gewöhnlich mit einem schläfrigen Murmeln auf die andere Seite und schlief ebenfalls weiter. Die Erdstöße gehörten zu Arequipa und dem Rhythmus des Stadtlebens, wirklich Angst jagten sie schon seit langem niemandem mehr ein.

Die Tür, die hinaus auf die schmale Steintreppe zur Dachterrasse führte, knarrte, und Isabel zuckte zusammen. Für einen Moment blieb sie unbeweglich stehen, hielt die Tür mit einer Hand halboffen und lauschte aufmerksam ins Dunkel. Aber alles blieb still, kein Türenschlagen, keine Schritte auf dem Marmorboden, also drückte sie sich durch den Spalt, schob die Tür behutsam wieder zu und eilte die Treppe hinauf.

Schon von weitem sah sie, dass sich Yawars Silhouette undeutlich gegen das Mondlicht abzeichnete. Er saß auf dem Dach seiner Kammer und blickte dorthin, wo bei Tag die Vulkane zu sehen waren. Jetzt gähnte dort nur eine sternlose Wand aus Dunkelheit.

Hinter dem Misti, dachte Isabel, *liegt irgendwo das Tal, aus dem Yawar kommt.* Der Gedanke versetzte ihr einen Stich, und sie verspürte das Bedürfnis, Yawar in die Arme zu nehmen.

Sie kam näher und klopfte mit der geschlossenen Faust auf die Steinwand. „Hat dich der *temblor* geweckt?"

Einen Moment herrschte Stille, dann hörte sie Yawar vom Dach heruntergleiten und seine bloßen Füße auf dem Steinboden aufschlagen. Nur ein paar Herzschläge später stand er vor ihr und strahlte sie an.

„Nein, ich war schon wach. Aber ich hatte gehofft, dass du kommst."

Sie schmunzelte. „Gib es zu. Du hast deinen *apus* gesagt, dass sie einen *temblor* schicken sollen, um mich zu wecken."

Yawar musste grinsen. „So ist es, *sonqollay*. Ich habe ihnen gesagt, dass sie dich ganz vorsichtig aus dem Bett schubsen sollen!"

Isabel trat einen Schritt nach vorne und ließ sich in seine Arme sinken. Es war unglaublich, wie sehr ihr die Wärme und die Sicherheit dieser Berührung fehlen konnten. In Yawars Gegenwart bemerkte sie, wie sich eine Unruhe in ihr legte, von der sie ansonsten gar nicht bemerkte, dass sie da war.

Schließlich schob er Isabel soweit von sich weg, dass er ihr in die Augen sehen konnte.

„Wir sollten arbeiten, nicht wahr?", flüsterte sie.

Yawar lächelte. „Ich möchte dir etwas zeigen, *sonqollay*. Komm mit." Er nahm ihre Hand und zog Isabel hinter sich her in Richtung der Treppe.

Sie hatten schnell festgestellt, dass Yawars Kammer für die Arbeit am Spiegelbuch denkbar ungeeignet war. Er besaß keine richtige Arbeitsfläche, und es gab auch kaum Möglichkeiten, wo sie genügend Kerzen hätten befestigen können, um ihre Arbeit angemessen zu beleuchten. Darüber hinaus gab es schlichtweg nicht genug Platz, weder für eine noch für zwei Personen.

Die Werkstatt Don Elisendos war ihnen aber ebenso ungeeignet vorgekommen. Zwar mussten sie auch an jedem anderen Ort fürchten, jederzeit ertappt werden zu können, aber Isabel hätte sich in der Werkstatt am wenigsten wohl gefühlt, obwohl dieser Ort die besten Rahmenbedingungen bot. Yawar wäre ohnehin durch nichts dazu zu bewegen gewesen, das Spiegelbuch dort anzufertigen. Sie sah Yawar an, dass ihm die Umstände des Arbeitsprozesses bereits jetzt genug Kopfzerbrechen bescherten. Zwar hatten sie das Leder nicht von Don Elisendo nehmen müssen, dafür aber einen Stapel Papier – eine Mischung aus dem blütenweißen italienischen und dem eigenen, handgeschöpften.

„Fremdes und Eigenes zusammen", hatte Yawar gesagt. „So muss dieses Buch sein, sonst ergibt es kein Ganzes."

Da die Werkstatt als Arbeitsplatz tabu war, hatten sie sich für die alte Kapelle entschieden. Sie befand sich im *patio*, im gepflasterten Innenhof des Hauses, und war von der Grundfläche etwa anderthalbmal so groß wie Yawars Kammer. Aber der Platz in ihr war wesentlich besser ausgenutzt als dort oben, und an den steinernen Wänden befanden sich mehrere Kerzenhalter. Zwei schmale Bänke aus dunkel lackiertem Holz standen an den Wänden, und der mittlerweile nackte, steinerne Altar bot eine gute Arbeitsfläche. Eine Handvoll Stufen führte in die Kapelle hinunter, und weder vom Schlafzimmer von Isabels Eltern noch aus der väterlichen Werkstatt konnte man den Lichtschimmer sehen, der nach außen drang. Obwohl Yawar und Isabel leise sein mussten, wenn sie über den Hof in die Kapelle schlüpften, waren sie in ihrem Inneren relativ frei, denn die dicken Mauern ließen kaum einen Laut nach außen.

Die Werkzeuge, die sie für jeden einzelnen Arbeitsschritt benötigten, brachte Isabel am Ende jeder Nachtschicht wieder in die Werkstatt ihres Vaters.

Jetzt führte Yawar sie in die Kapelle und ließ sie für einen Augenblick in der Mitte des Gewölbes stehen, während er sich scheinbar ohne Mühe in der Finsternis bewegte und die Kerzen an den Wänden entzündete. Im flackernden Licht konnte Isabel das Leuchten seiner Augen sehen.

„Es wird fertig sein, *sonqollay!*", sagte er und bückte sich. Unter dem Altar gab es eine lose Steinplatte, unter der sich ein trockener Hohlraum befand, groß genug, um ihre Arbeit darin zu verbergen. „Schau noch nicht hin!"

„Fertig?" Isabel runzelte die Stirn. „Aber wir wollten doch noch nach einer Art von Leder suchen, die …"

Yawars schelmisches Lächeln unterbrach sie.

Nach langen Gesprächen – meist im schwindenden Licht der Nachmittagssonne auf Yawars Dach – hatten sie herausgefunden, dass ihnen beiden die gleiche Farbe für den Einband des Spiegelbuchs vorschwebte, eine Farbe allerdings, von der Yawar nicht geglaubt hatte, dass er sie unter den Lederproben Don Elisendos finden würde. Ihm und Isabel war klar, dass das Buch, das sie zu schaffen vorhatten, auf keinen Fall in einem nüchternen Braun oder gar Schwarz gebunden werden konnte. Nein. Das Spiegelbuch sollte in der Farbe eines Bergsees leuchten, einem Türkisblau von solcher Strahlkraft, dass man darin versinken könnte.

Isabel hatte es genau vor sich gesehen, seitdem Yawar ihr das erste Mal von seiner Aufgabe erzählt hatte, und als sie ihm schließlich ihre Vorstellung anvertraut hatte, hatte er sie verblüfft angesehen. „Genau so sehe ich es auch vor mir, *sonqollay*. Aber es gibt kein Leder in dieser Farbe."

Don Elisendo besaß in der Tat kein Leder, das auch nur im Entferntesten an einen Bergsee erinnert hätte. Isabel hatte Adelita zwei ihrer seidenen Haarschleifen zugesteckt, als das Hausmädchen auf den Markt ging, und trug ihr auf, unter allen Umständen in der Stadt nach dem Leder zu suchen, das ihr und Yawar vorschwebte, aber selbst die findige Adelita kam mit leeren Händen zurück.

Sollte Yawar nun doch an einen Einband in den Farben eines leuchtenden Bergsees gekommen sein?

Sie sah, wie er etwas aus dem Hohlraum holte, das in den weichen Vicuñakittel eingeschlagen war, in dem er sonst Q'enti aufbewahrte. Behutsam legte er das Bündel auf den Altar.

„Vor ein paar Tagen", sagte er, „war ich wieder am Puente Viejo."

Sie nickte. Der Puente Viejo war eine massive Steinbrücke, die sich über die sprudelnden Wasser des Río Chili spannte, und sie wusste, dass Yawar gern dort hinging, um hinüber zu den majestätischen Vulkanen zu blicken, zwischen den Fingern die schwarze Feder, die er immer bei sich trug. Der Anblick der schneebedeckten Kuppen, das wusste Isabel, gab ihm immer wieder Kraft, und sie ahnte, dass Yawar nicht wirklich auf die felsigen Flanken des Chachani und den staubigen Kegel des Misti starrte, sondern durch sie hindurch, weiter und weiter, bis er im Geiste am Oberlauf des Río Colca ankam, dicht unter dem Himmel, und sein Herz durch die schmalen Gassen von K'itakachun streifen ließ. Oder er folgte dem Fluss in Gedanken wieder bergab, bis er zu Füßen Sabancayas stand, und je deutlicher er im Inneren die Umrisse des stolzen Vulkans vor sich sah, desto näher fühlte er sich seiner Mutter. Diese Gewissheit blitzte zumindest zwischen seinen Worten auf, wenn er Isabel von seinen Ausflügen auf die Brücke erzählte.

„An jenem Tag bin ich dort jemandem begegnet", fuhr Yawar fort. „Zuerst sah ich nur eine Gestalt in einem langen, schwarzen Gewand, mit einem weißen Seidenschal und einem breitkrempigen Hut. Instinktiv wollte ich einen Schritt zur Seite treten, schließlich konnte es sich bei dem Fremden nur um einen arequipeñischen Edelmann handeln, der die Aussicht von der Brücke bewundern wollte. Aber dann schob der Mann seinen Hut zurück ..."

Isabel hatte sich auf eine der Holzbänke sinken lassen und hörte gespannt zu.

„Wer war es?", fragte sie.

„Es war Yanaphuru, der Bote Sabancayas", antwortete Yawar, und in seiner Stimme schwang eine unbestimmte Sehnsucht mit, die Isabel ins Herz schnitt. „Er brachte mir Grüße von meiner Mutter ..." Yawar brach ab, schluckte, dann lächelte er und fuhr fort: „Aber vor allem sagte er mir, dass Sabancaya uns zu helfen gewillt sei." Er schaute kurz zu Boden. „Bei den *apus*, für einen Moment dachte ich, er würde mir einen Ausweg für uns vorschlagen, weißt du? Ich dachte, er würde mir einen Weg zeigen, wie wir heiraten können. Aber dann sagte er: ‚Du wirst nun das Spiegelbuch anfertigen, ist es nicht so?' Und ich fühlte mich schuldig, denn immerhin ist dies meine oberste Verpflichtung."

Isabel nickte langsam.

„Yanaphuru sagte mir dann, dass er und Sabancaya von dir wissen." Yawars Stimme gewann an Lebhaftigkeit, als er weitersprach. „Es sei gut, dass ich dich an meiner Seite hätte. Ich berichtete ihm von unserer Suche nach dem richtigen Einband. ‚Die Farbe des Himmels, der sich in den klaren Andenseen spiegelt, nicht wahr? Das ist es, wonach ihr sucht‘, sagte Yanaphuru. Und mit diesen Worten holte er aus den Weiten seines Gewandes eine Phiole, gefüllt mit klarem Wasser. Er sagte mir, dies sei das Wasser von Llanganuco, einem See, der hoch im Norden direkt unter dem Himmel träumt. Wir sollten ein gewöhnliches Leder für den Einband wählen, Leder von guter Qualität und beliebiger Farbe, das Buch fertigstellen und dann seinen Einband mit diesem Wasser tränken.“

„Und dann?“ Fragend zog Isabel die Stirn kraus.

„Das werden wir nun sehen“, sagte Yawar leise. „Jetzt ist der Moment gekommen, das Ergebnis anzusehen. Komm her, *sonqollay*. Das müssen wir zusammen anschauen.“

Zögernd stand sie auf und stellte sich neben ihn vor den Altar, auf dem das verhüllte Bündel lag.

„Ich frage mich, was geschehen sein soll“, murmelte Isabel zweifelnd. „Ich meine, es ist doch am Ende nur Wasser.“

„Vertrau den *apus*“, sagte Yawar. Er beugte sich vor und nahm einen Zipfel des Vicuñakittels in die Hand. „Nimm die andere Seite, *sonqollay*, und wir ziehen ihn gemeinsam fort.“

Isabel seufzte. Über mehrere Wochen hinweg hatten sie nun auf die Fertigstellung des Spiegelbuches hingearbeitet, hatten das Material zusammengesucht, Proben angefertigt und jeden einzelnen Handgriff immer wieder geübt, bis Yawar ihn vollendet beherrschte.

Sie hatte diesem Moment ebenso entgegen gefiebert wie Yawar es tat, das wusste sie. Ihr war klar, dass dieses Buch nicht weniger als seine Lebensaufgabe darstellte. Doch jetzt, da der Augenblick beinah gekommen war, fühlte sie sich schwindlig. Sie hatten ein Teilziel erreicht und würden handeln müssen.

Und das hieß, dass sie ihrem Vater entgegen treten und ihn mit ihrer Entscheidung konfrontieren musste. Unwillkürlich nickte Isabel grimmig. Es war eine Entscheidung und nicht nur ein Wunsch. Ihr Vater würde sie nicht davon abbringen können, Yawar zu heiraten. Obwohl ihr der Gedanke an die Auseinandersetzung Unbehagen bereitete, war sie sicher, dass sie Don Elisendo würde überzeugen können. Sie hatte ihn bislang von allem überzeugen können, was ihr wichtig gewesen war; sie wusste, dass ihr Glück ihm wichtiger war als alles andere auf der Welt, und dass er im Laufe der Jahre auch Yawar auf seine Art lieb gewonnen hatte. Dennoch. Ihr war bewusst, dass das, was sie von ihm zu fordern im Begriff war, weit über alles hinausging, das sie jemals verlangt hatte, und dass es kein angenehmes Gespräch sein würde.

Yawars dunkle Augen suchten erwartungsvoll ihren Blick.

Sie griff nach einem anderen Zipfel und zusammen lüfteten sie die Hülle, die das fertige Spiegelbuch verdeckte.

Mit einem Mal hatten die Gedanken an ihren Vater keinen Platz mehr in ihrem Kopf, waren wie weggeblasen von einer heftigen Windböe aus dem Hochland. Isabel hatte die ganze Zeit gewusst, dass das Buch außergewöhnlich werden würde, sie hatte es wachsen sehen, wie man ein Kind wachsen sieht. Aber was jetzt in seiner endgültigen Form vor ihr lag, raubte ihr schier den Atem.

Für einen Moment standen sie schweigend da, Hand in Hand, und starrten auf das Buch im matten Kerzenschein, unwirklich und überwältigend.

Isabel schluckte schwer. „Yawar, aber wie …"

„Die *apus*", murmelte er, und sie spürte förmlich die Erleichterung in Wellen durch seinen Körper laufen, seichtes Wasser im Sonnenlicht. „Die *apus* haben uns geholfen, Isabel."

Das Spiegelbuch lag vor ihnen in einem Einband aus feinstem, glattem Leder; schöner, als es die Sattler auf dem Weg zum Puente Viejo bearbeiten konnten. Als Isabel sich nah darüber beugte, roch sie das Aroma, und in dem sanften Geruch wilden Leders nahm sie den Wind des Hochlands wahr.

Aber das eigentliche Wunder war die Farbe. Ohne dass Isabel diese Gewissheit in Worte fassen konnte, wusste sie – und ihr war klar, dass Yawar es ebenfalls wusste –, dass das glasklare

Wasser in Yanaphurus Phiole die Erinnerung an die Farbe Llanganucos in sich getragen hatte, wie Yawar die Erinnerung an seine Heimat in sich trug, nach außen hin unsichtbar und doch präsent. Die Erinnerung des Wassers war sichtbar geworden. Das Stück Leder schillerte wie die Oberfläche eines Bergsees, in einem Türkisblau, so kräftig und leuchtend, dass es Isabel die Tränen in die Augen trieb, weil sie meinte, das Glitzern der Sonnenstrahlen auf der Wasseroberfläche zu sehen. Es war eine Farbe, in der man versinken konnte, eine Farbe von Wärme und Wildheit.

Niemals zuvor hatte sie ein so schönes Buch gesehen.

„Sumaq", flüsterte sie und merkte erst an Yawars Lächeln, dass sie ein Quechua-Wort augesprochen hatte. Es war das erste, was ihr in den Sinn gekommen war. Sie lächelte zurück und rang nach Luft. „Es ist wunderschön", flüsterte sie und spürte, wie sich das Lächeln auf ihrem Gesicht zu einem Strahlen auswuchs. „Mehr als das. Es ist ganz genau so, wie es sein sollte."

Yawar nickte. Er nahm ihre Hände und sah ihr in die Augen, ehe er zurück auf das Buch blickte.

„Ja. Es ist ganz genau so. Ohne die *apus* hätten wir es nicht geschafft, und ohne dich hätte ich es nicht leisten können."

„Yawar, mein Vater wird begeistert sein. Sieh es dir an. Es ist nicht nur die Farbe des Einbands. Noch nie habe ich ein so perfekt gearbeitetes Buch gesehen. Du bist ein Meister deines Fachs, und das wird er anerkennen. Er wird gar nicht anders können, als in unsere Heirat einzuwilligen!"

Während sie das sagte, wurde ihr die ganze Tragweite ihrer Worte bewusst, und sie hatte das Gefühl, auf und ab springen zu müssen, unbeschwert wie das kleine Mädchen, das schon damals seinem Vater erfolgreich Paroli geboten hatte. Schließlich tat sie es einfach: Sie sprang und riss Yawar mit, glucksend und kichernd.

„Wir haben es geschafft, Yawar! Wir werden heiraten und alles wird gut werden!"

Er lachte, fasste sie um die Taille und wirbelte Isabel mehrmals um sich herum. Sie kicherte und kam in seinen Armen wieder zum Stehen, als er sie behutsam absetzte.

„Meinst du wirklich?", fragte er leise.

Sie lächelte. Wenn sie in seine Augen blickte, war da noch immer der kleine Junge, der aus einem weit entfernten Andendorf gekommen war und in Arequipa eine fremde Welt mit einer fremden Sprache vorgefunden hatte. Er hatte diese Welt zu seiner eigenen gemacht, aber ganz hinter sich gelassen hatte er den kleinen Yawar nie. Sanft strich Isabel mit der Hand über seine Wange.

„Ich bin ganz sicher", flüsterte sie. „Wann sprechen wir mit meinem Vater?"

Die Vollkommenheit des Buches hatte ihr jeden Zweifel genommen. Sie spürte ihre Wangen vor Aufregung brennen und fuhr sich mit den Fingern durch ihr gelöstes Haar. Am liebsten wäre sie jetzt sofort zu ihrem Vater gelaufen, hätte ihn übermütig aus dem Bett gezerrt und ihm das Spiegelbuch gezeigt. Wovor hatte sie Angst gehabt? Es war schlichtweg unmöglich, dass ihr Vater auf den Marqués de Lurigancho als seinem Schwiegersohn bestand, das wusste sie.

Yawar streichelte ihren Handrücken. „Das sollten wir uns später überlegen. Weißt du, was jetzt noch fehlt? Das Haus ist fertig, aber die Wörter müssen einziehen."

„Du willst in das Spiegelbuch schreiben?", fragte sie mit aufleuchtenden Augen.

„Dafür ist es gemacht worden", antwortete Yawar. „Die Verlorenen Geschichten wollen nach Hause zurückkehren. Aber nicht hier. Hier haben wir das Buch gemacht, und für die Geschichten gibt es einen anderen Platz. Komm!"

Er barg das Buch sorgfältig unter seinem Kittel, nahm ihre Hand und zog Isabel aus der Kapelle. Isabel wusste, welches der richtige Ort für die Verlorenen Geschichten war, und sie musste bei dem Gedanken kichern, dass sie nun zum dritten Mal in dieser Nacht das schreckliche Knarren der Tür zur Treppe hören würde. Wenn ihr Vater gewusst hätte, was nachts in seinem Haus für eine Bewegung herrschte…

Es war eine sternenklare Nacht. Unzählige silberne Augen blickten aus dem schwarzen Himmel auf die weiße Stadt nieder. Es war fast immer so, wenn es einen *temblor* gegeben hatte. *Vielleicht*, dachte Isabel, als sie bereits auf dem

Dach von Yawars Kammer saß, *wollten die Sterne das Spektakel sehen, wenn die Erde unter ihnen wie in einem Fiebertraum erzitterte.*

„Vielleicht ist der *temblor* nichts weiter als ein vom Himmel gefallener Stern, der über die Erde galoppiert", sagte sie laut.

Yawar steckte gerade seinen Kopf über die Dachkante. Er hatte Q'enti aus der Kammer geholt, das er mittlerweile in einem schlichten Leinensack aufbewahrte.

„Das kann schon sein. Oder es ist ein Feuerkind aus den Tiefen der Vulkane, das unbedingt ein Stern sein möchte."

Isabel lachte, und er setzte sich mit Q'enti in den Armen neben sie und begann die Seiten anzuschlagen. Die Noten schwirrten wie Kolibris in die Nacht hinaus. Mit leiser, aber fester Stimme sang Yawar ein Lied, nein, kein Lied, sondern eine Geschichte. Isabel zog die Beine an, schlang ihre Arme darum und bettete den Kopf auf die Knie. In dieser Stellung betrachtete sie Yawar und lauschte auf das, was er sang. Im Lauf der Jahre hatte sie genug Quechua gelernt, um seinen Worten jetzt folgen zu können, und sie musste lächeln.

Yawar sang von der Sternschnuppe, die sich in einen *apu* verliebt hatte, der in einem mächtigen Vulkan lebte. Jede Nacht kam sie zur Erde, um ihren Geliebten zu küssen, und kehrte danach in den Himmel zu ihrer Familie zurück. Eines Nachts ließ sie Feuerkind zurück: den Körper silbern wie ein Stern, die Mähne golden wie das

Feuer der Vulkane. Danach kehrte sie nie wieder zur Erde zurück. Der *apu* hüllte sein Haupt für immer in graue Wolken. Auch Feuerkind machte sich einen Poncho aus grauen Wolken, um sein Leuchten zu verbergen, und lief los, machte sich auf die Suche, um den Weg zurück in den Himmel zu finden. Aber es war an die Erde gebunden, und seitdem jagt es rastlos durch die Welt, und wo seine schweren Pranken den Boden berühren, da erbebt die Erde: *temblor*.

Yawar ließ die letzte Note in die Nacht entschwinden und Q'enti dann auf seinen Schoß sinken.

Isabel richtete sich auf. „Das hast du dir gerade ausgedacht!"

„Nein", sagte er mit einem bescheidenen Lächeln. „Das ist einfach zu mir gekommen. Geschichten sind so, weißt du. Wenn sie dich mögen, dann nähern sie sich, und du kannst sie kraulen, als ob es zahme Kätzchen wären. Und sie aufschreiben. Isabel, ich möchte dich um etwas sehr Wichtiges bitten."

Sie hob erwartungsvoll die Augenbrauen. Yawar nahm das Spiegelbuch, das während des Liedes zwischen ihnen gelegen hatte, und reichte es ihr mit feierlichem Ernst. Sie zögerte kurz, bevor sie es entgegennahm. Das Leder des Einbands war glatt und weich, und selbst in der Dunkelheit konnte Isabel noch das Leuchten des Türkisblau ausmachen.

Yawars Finger fuhren sacht über ihre, nachdem sie das Buch gefasst hatte.

„Ich möchte, dass du die Verlorenen Ge-schichten hineinschreibst", sagte er.

„Ich? Aber ... es ist dein Buch, Yawar." Sie spür-te Verwirrung in sich aufsteigen.

„Es ist unser Buch."

„Aber es sind deine Geschichten. Ich meine ... Ich bin doch ... Ich bin nicht von dort, von wo-her du kommst. Kann ich deine Geschichten aufschreiben? Es fühlt sich seltsam an. Als wür-de ich etwas nehmen, was mir nicht gehört." Sie machte eine hilflose Handbewegung.

„Es ist unser Buch", wiederholte Yawar sanft. „Und ich möchte, dass du diese Geschichten kennenlernst, dass sie zu dir genauso kommen wie zu mir. Ich werde sie erzählen, und du wirst schreiben. Du wirst meiner Erde dadurch ver-traut werden, verstehst du?"

Zögernd nickte Isabel.

„Außerdem", setzte Yawar mit einem schel-mischen Lächeln hinzu, „hast du die schönere Schrift von uns beiden."

„Ich werde mir Mühe geben", antwortete sie. „Warte ... Ich müsste Feder und Tinte holen. In meinem Zimmer ..."

„Nein", sagte Yawar. „Es ist alles hier."

Er griff in seine Brusttasche und überreichte ihr vorsichtig eine schwarze Feder.

Isabel nahm sie entgegen und drehte sie be-hutsam zwischen ihren Fingern. „Ist das eine Kondorfeder?"

„Das ist die Feder, die mir Yanaphuru geschenkt hat. Zum Abschied, damals. Ich kann mir nicht vorstellen, mit etwas anderem in das Spiegelbuch zu schreiben."

Isabel nickte. „Und die Tinte?"

„Die habe ich hier." Er zog ein Gefäß hervor und hielt es gegen das Mondlicht. Isabel sah ein rotes Schimmern.

Es war kein Tintenfass, sondern die gläserne Phiole, in der Yawar das Wasser von Llanganuco erhalten hatte, und sie war nun bis zum Rand mit tiefroter Tinte gefüllt. „Ich habe sie vorbereitet", erklärte Yawar mit einem Augenzwinkern. „Als ich damals bei Padre Valentín das Spiegelbuch sah, hatte auch er rote Tinte. Ich meine, dass es so sein muss. Rot ist die Farbe des Lebens."

„Rot ist die Farbe des Blutes. *Puka yawarpa llinp'in*", sagte sie lächelnd. Jedes Mal, wenn sie ein Wort auf Quechua aussprach, sah sie ein Aufleuchten in Yawars Augen. *Feuerkind erinnert sich an den Himmel*, dachte sie.

Sie atmete tief durch, öffnete die Phiole und tunkte die schwarze Feder sacht in die rote Tinte, während Yawar das Buch auf ihrem Schoß aufschlug. Isabel hatte befürchtet, dass es hier oben auf dem Dach zu dunkel sein würde, zumal kein Vollmond herrschte, aber die Seiten leuchteten weiß im Sternlicht. Sie würde jedes Wort erkennen können, das sie schrieb. Ihr Herz pochte aufgeregt. „Gehört die Geschichte von Feuerkind auch in das Spiegelbuch?", fragte sie hoffnungsvoll.

Yawar nickte. „Selbstverständlich."

Und er griff nach Q'enti und ließ dessen Saiten schwirren, während Isabel ganz behutsam die Feder aufs Papier setzte. Sie hatte Angst, dass sie mit einem großen Klecks die allererste Seite verschandeln würde; aber die Tinte floss langsam und gleichmäßig aus dem Federkiel aufs Papier, und die Feder lag zwischen ihren Fingern, als sei sie mit diesen verwachsen, als führe sie Isabels Hand über das Papier und nicht umgekehrt.

Isabel begann, in jenen geschwungenen Buchstaben zu schreiben, die Yawar so sehr liebte. Ihre Hand glitt über das Papier, die Buchstaben flossen synchron zur Musik dahin. Worte, Klang, Licht, alles um Isabel herum wurde auf wundersame Weise eins. Sie saß nicht mehr auf einem steinernen Dach hoch über Arequipa. Sie tauchte ein in eine Geschichte, deren Vertrauen sie gewonnen hatte, die zu ihr kam und sich aufschreiben ließ. Sie spürte das vollkommene Glück.

Als Yawar zu spielen aufhörte, war es Isabel, als kehre sie aus einem Traum zurück. Die kühle Nachtluft um sie her gewann langsam wieder an Wirklichkeit. Erstaunt betrachtete Isabel ihre Hand, die die Feder bereits abgesetzt hatte, und blickte auf die Wörter, die ihr in tiefem Rot von den ersten Seiten des Spiegelbuchs entgegen leuchteten, und erst, als sie ihren Blick über die Zeilen gleiten ließ, wurde ihr bewusst, dass sie die ganze Geschichte auf Quechua geschrieben hatte.

Sie sah auf und blickte in Yawars Augen. Sein Blick strahlte heller als die Sterne, und sie begriff, dass sie niemals wieder jemanden finden würde, der sie auf diese Weise ansah. Er war mehr als nur glücklich: Er war stolz auf sie. Ihr Herz raste vor Glück.

„Gut", sagte Yawar schließlich leise. „Machen wir weiter."

Sie schrieben die ganze restliche Nacht über. Zuerst sang Yawar ihr die Geschichten vor, und dann brachte er Q'enti einfach zum Klingen und überließ Isabel der Musik und der Geschichte selbst. Sie fühlte sich wie berauscht. Sicher, schon als kleines Mädchen hatte sie es geliebt, den Geschichten ihres Vaters zu lauschen, und später war Yawar in ihrem Leben aufgetaucht und hatte sie mit den Erzählungen von *apus* und sprechenden Kondoren, von Lamas und listigen Füchsen verzaubert.

Aber noch nie hatte sie Geschichten als lebendige Wesen empfunden, deren Vertrauen man gewinnen konnte, und noch viel weniger hätte sie geglaubt, dass ein derartiges Glück darin liegen konnte, Geschichten zu Papier zu bringen, sie sichtbar zu machen für all jene, denen sie sich sonst nicht gezeigt hätten.

Als der Morgen heraufdämmerte, schmerzte Isabels Handgelenk, aber die Erschöpfung, die sie umfing, war eine wohlige und samtige Erschöpfung, ein gutes Gefühl, wie man es nur nach getaner Arbeit und dem Erfüllen einer großen Aufgabe verspürt.

„Es ist gut für heute, *sonqollay*", sagte Yawar liebevoll und streckte ihr die Hand entgegen, um
ihr vom Dach zu helfen.

„Machen wir heute Nacht weiter?", fragte sie.

Er lächelte, und das war Antwort genug.

*

Es folgten sieben Nächte. Sieben Nächte, an die
Isabel sich als die glücklichsten ihres gesamten
Lebens erinnern sollte. Nächte, erfüllt mit dem
Licht der Sterne, dem magischen Klang von
Q'entis Saiten und dem Fluss der roten Tinte.

Eine nach der anderen kamen die Verlorenen
Geschichten zu ihnen, strichen um sie herum
wie misstrauische Tiere und fanden schließlich doch ihren Platz auf den Seiten des
Spiegelbuches.

Isabel und Yawar trafen sich bald nach Sonnen-
untergang und arbeiteten bis nach Mitternacht.
In der ersten dieser sieben Nächte legte Yawar
schließlich Q'enti beiseite.

„Wir sollten aufhören, *sonqollay*. Du hast in der
letzten Nacht kaum geschlafen, und dein Vater
wird sich wundern, wenn du so übernächtigt
aussiehst."

Isabel nickte gehorsam. Sie wusste, dass er recht
hatte, aber sie wusste auch, dass sie keinerlei
Lust hatte, sich jetzt schon von ihm zu trennen
und in ihr einsames Bett zurückzukehren. Das
Erlebnis des Schreibens hatte sie elektrisiert.
Die rote Tinte schien heiß pulsierend in ihren

eigenen Adern zu fließen. Sie lehnte sich gegen Yawar und küsste ihn auf eine Weise, von der sie selbst nicht gewusst hatte, dass es sie gab: ungeduldig und fordernd.

Er zog sie in seine Arme, und seine Hände wanderten über ihren Rücken, unruhig.

„*Sonqollay*", flüsterte er unsicher, aber sie legte den Finger auf die Lippen, schüttelte leicht den Kopf und drängte sich an ihn. Mit einer Hand legte er Q'enti hinter sich, zitternd, und ihr wurde klar, dass sein eigener Körper auf die gleiche überraschende Weise reagierte wie ihrer.

Die Verlorenen Geschichten hatten etwas in ihnen gelöst, Dämme fortgerissen, und das Verlangen brach sich Bahn wie Flüsse, die dem Meer entgegenstrebten. Isabel und Yawar taumelten vom Dach herunter und in die Kammer hinein.

Niemals würde Isabel das seidige Rascheln ihres Morgenmantels vergessen, als sie ihn von ihren Schultern streifte und zu Boden gleiten ließ. Niemals das Gefühl der harten, kühlen Pritsche unter ihrem Rücken, als sie sich darauf sinken ließ. Feuerkind galoppierte durch ihren Körper, auf der Suche nach dem Himmel, und Isabel bebte. Sie zog Yawar auf sich, einen Körper wie Zimt, wie *manjar dulce*. Als ob die Farbe ihrer Augen auf seine Haut geflossen wäre. Sie erinnerte sich daran, was er ihr über die Idee des *yana* erzählt hatte, des anderen Teils, den jeder Mensch hat und zum Vollständigsein braucht. Und dann erinnerte sie sich an nichts mehr.

Wieder tauchte sie ein in die Vollkommenheit, aber diesmal ohne Musik und Sternenlicht. Nur sie und Yawar.

„Wenn dein Vater das erfährt …", murmelte Yawar, als sie danach dalagen, verschwitzt und atemlos. Die schwere Lamawolldecke hatten sie auf den Boden gleiten lassen. Ihnen war warm genug. Isabel kuschelte sich an Yawars Schulter, zeichnete mit den Fingerspitzen Hals und Brust nach.

„Was soll er sagen", murmelte sie schläfrig. „Und außerdem heiraten wir sowieso."

Yawar drückte sie an sich, und ein Gefühl stieg in Isabel auf, das sie in diesem Moment nicht benennen konnte. Erst viele Jahre später sollte sie ein Wort dafür finden: Sie hatte sich in diesem Augenblick wie in keinem anderen zuhause gefühlt.

„Was, wenn er nicht einwilligt?", flüsterte Yawar. „Was tun wir dann?"

„Aber warum sollte er sich weigern?" Sie stützte sich auf ihrem Ellbogen auf und drehte sich auf den Bauch, sodass sie Yawar ansehen konnte. Ihre offenen Haare fielen ihm ins Gesicht. Er krauste die Nase, schob eine Strähne beiseite und ließ seine Hand über Isabels Hals gleiten, behutsam wie der Flügelschlag eines Kolibris.

„Stell dir vor, er sagt Nein", beharrte er mit leiser Stimme. „Was tun wir dann?"

Isabel seufzte. Für dieses Szenario gab es in ihrer Vorstellung keinen Platz. Es würde nicht eintreffen. Warum sich darum Gedanken machen?

„Er wird einwilligen", sagte sie entschieden. Ihr Herz sagte ihr, dass sie recht hatte.

9.
Phiña – Zorn

Isabel erwachte mit dem Gefühl von Taubheit in ihrem rechten Handgelenk. Sie hob ihren Arm und betrachtete es. Es war leicht geschwollen, aber es tat nicht weh, und bei der Erinnerung an die vergangene Nacht lief ein wohliges Kribbeln durch ihren Körper. Sie hatten sich entschieden, heute vor ihren Vater zu treten. Die Zeit drängte. In anderthalb Wochen würde der Marqués de Lurigancho sie besuchen kommen. Die Hochzeit war noch innerhalb von Jahresfrist vereinbart, und es gab eine ganze Reihe von Dingen, die mit ihrem Vater besprochen werden mussten. Isabel stellte sich das Gesicht des Marqués' vor, wenn sie vor ihn hintreten und ihm seinen dummen Goldring zurückgeben würde. Und dann würde sie vor seinen Augen nach Yawars Hand greifen. Wortlos. Die Geste würde für sich sprechen. Die Vorstellung gefiel Isabel.

Aber noch war es nicht soweit – als erstes würde sie ihrem Vater sagen müssen, was sie tun wollte. Obwohl sie nach wie vor sicher war, dass sie es schaffen würde, ihn zu überzeugen, bereitete der Gedanke ihr doch Herzklopfen.

Sie wählte eines ihrer einfacheren Kleider aus einem weichen, cremefarbenen Stoff und bürstete ihr Haar mit besonderer Sorgfalt, ehe sie es mit einem dunkelblauen Seidenband zu bändigen versuchte.

Sie hatte Lust, es sich nach Art der Hochlandmädchen zu einem langen dicken Zopf zu flechten, aber sie wusste, dass ihre Hände für eine solche Aufgabe momentan nicht geduldig genug waren – und auch nicht geschickt genug.

Sie sah Yawar im Hof stehen, als sie die Treppe hinunter kam. Er grüßte sie mit einem Handzeichen, und sie nickte ihm zu. Für alle Außenstehenden musste es so aussehen, als sei es ein ganz normaler Begrüßungsritus, der sich da zwischen ihnen abspielte.

Zumindest hoffte Isabel, dass niemand ihr ansah, wie sehr ihr Herz klopfte. Immer wieder wischte sie ihre schwitzenden Handflächen an ihrem Kleid ab, während sie hinunter ins Speisezimmer ging, wo Concha ihr das Frühstück servierte. Erst kurz vor Mittag wollten sie mit ihrem Vater sprechen. Dann würde er mit Yawar bereits mehrere Stunden in der Werkstatt gearbeitet haben, und sie schätzte, dass er dann zufrieden von der geleisteten Arbeit sein würde – ein günstiger Gemütszustand, um ihre Ziele zu erreichen.

„Herrje, *señorita*! Was ist mit Euch? Hab ich Euch am Ende Salz in die Milch geschüttet?" Conchas besorgte Stimme brachte Isabel zurück in die Realität.

Die Köchin lehnte in der geöffneten Küchentür und starrte sie fragend an. Isabels Schale mit süßer Milch stand noch immer beinahe unberührt vor ihr.

„Und ganz blass seid Ihr auch", fuhr Concha beunruhigt fort. „Fühlt Ihr Euch nicht gut?"

Isabel probierte ein Lächeln. „Es ist alles in Ordnung, Concha. Ich danke dir. Ich bin nur etwas müde. Ich habe nicht gut geschlafen."

Concha nickte verständnisvoll. „Wahrscheinlich wird es *temblor* geben!", verkündete sie voller Überzeugung. „Soll ich Euch lieber etwas *mate de muña* bringen, *señorita*? Ich habe frische *muña* vom Markt bekommen. Das wird Eure Lebensgeister wecken. Ich werde gleich Wasser aufsetzen. Wartet kurz, *señorita*."

Sie watschelte zurück in die Küche, und Isabel musste unwillkürlich lächeln. Concha war rührend. Es gab niemanden im Haus, den sie nicht bemuttert hätte, aber Isabel war von jeher ihr Liebling gewesen.

Ich muss mich zusammenreißen, dachte Isabel und starrte durch das Fenster des Speisezimmers auf den sonnenüberfluteten Innenhof. Auch das war keine gute Idee; von hier aus konnte sie die Rückwand der Kapelle sehen, und sofort standen ihr sämtliche Bilder ihrer nächtlichen Arbeit wieder vor Augen: wie sie das Papier für das Spiegelbuch geglättet und gefalzt, den Einband gespannt und geleimt hatten.

Sie musste dringend etwas Sinnvolles zu tun finden, ansonsten würde sie vor lauter Aufregung verrückt werden. Entschlossen stand sie auf und ging zu Concha in die Küche. Die Köchin war bereits auf dem Rückweg zu ihr und balancierte eine dampfende Tasse in beiden Händen, die sie vor Schreck beinahe fallen ließ, als Isabel plötzlich vor ihr stand.

Früher, als sie klein gewesen war, erinnerte sich Isabel, waren ihre gelegentlichen Ausflüge in die Küche große Abenteuer gewesen, die den Hauch des Verbotenen atmeten. Jetzt war es etwas anderes. Sie verspürte das dringende Bedürfnis, sich irgendjemandem mitzuteilen, und die Küche war der beste Zufluchtsort, den sie sich gerade vorstellen konnte.

„*señorita*!" Conchas Stimme war ein einziges Flehen. „Ihr seid ja blass wie die Wand! Ganz gewiss habt Ihr Euch den Magen verdorben. Ich sollte Euch ins Bett stecken. Einen tüchtigen Schrecken habt Ihr mir eingejagt."

Die ehrliche Besorgnis in Conchas Stimme brachte etwas in Isabel zum Schwingen, und sie spürte, wie ihre Augen feucht wurden. Es war, als ob sie sich unter Conchas Blick in das kleine Mädchen zurückverwandelte, das die frischen *alfajores* vom Backblech stibitzte. Sie sehnte sich nach der bärenstarken Umarmung der Köchin.

„Conchita", murmelte sie in einem Tonfall, den sie früher nur verwendet hatte, wenn sie etwas Schreckliches ausgefressen hatte und es nun den Menschen beichten musste, die in ihrem Leben die größte Autorität besaßen: ihrem Vater und Concha.

„Conchita, hast du etwas Zeit für mich? Ich möchte nur hier sitzen und mit dir reden."

Sie schniefte und fuhr sich verärgert mit dem Handrücken übers Gesicht. Sie konnte doch jetzt nicht weinen. Schließlich sollte es doch ein glücklicher Tag werden!

„*señorita*", stammelte Concha und stellte behutsam die Tasse beiseite. „Für Euch habe ich doch immer Zeit. Du meine Güte, was ist nur mit Euch los? Kommt her, setzt Euch. Ich werde gleich etwas Besseres suchen als diesen Schemel."

„Nein, bitte", murmelte Isabel und zog energisch den kleinen, rußgeschwärzten Holzschemel zu sich heran, auf dem sie auch als Kind gerne gesessen hatte – ab und an, noch bevor Yawar zu ihnen ins Haus gekommen war. Sie ließ sich darauf nieder und schaute hilfesuchend zu Concha hoch.

„Vielleicht sollte ich den Herrn Doktor rufen", sagte Concha mit einer hilflosen Handbewegung.

Isabel schüttelte den Kopf. Sie fühlte sich endgültig wieder zum kleinen Mädchen geworden.

„Conchita, ich werde Yawar heiraten."

„Ihr meint den Marqués?" Concha wirkte verwirrt, und Isabel fiel ein, dass die Dienstboten Yawar wohl nur bei seinem spanischen Namen kannten.

„Nein", sagte sie. „Ich meine Santiago."

Offenbar war Concha auf jede Eröffnung ihrer jungen Herrin vorbereitet gewesen, aber nicht auf diese. Sie starrte Isabel aus weit aufgerissenen Augen an.

„Im Ernst, Conchita", sagte Isabel sanft. „Ich liebe ihn." Und dann, ohne wirklich nachzudenken, setzte sie auf Quechua hinzu: „Er ist mein *yana*."

„*señorita!*" Concha schlug sich mit der flachen Hand vor den Mund. „Wenn dein Vater das hört ..."

Unwillkürlich war auch sie ins Quechua gefallen, und Isabel fiel erst jetzt auf, dass es in dieser Sprache nur eine Art der Anrede gab.

Concha zog einen zweiten Schemel zu sich heran und setzte sich. „Ist das dein Ernst?", fragte sie forschend. Ihr Blick war noch immer verwirrt, aber voll liebevoller Neugier.

Isabel nickte. Und dann begann sie, mit leiser Stimme und auf Quechua, Concha ihre Geschichte zu erzählen. Nicht alles; das Spiegelbuch und die Geschichte von Yawars Fluch waren Dinge, die sie nicht einfach so weitergeben konnte.

Aber über ihre Gefühle durfte sie sprechen, und das Wundervolle daran war, dass weder ihr Vater noch ihre Mutter sie in diesem Moment belauschen konnten. Die verspielt schillernden Worte des Quechua wurden zu einer Zuflucht, hinter der Isabel sich verbergen konnte. Mit jedem Satz fiel mehr Beklommenheit von ihr ab, und ihre Aufregung legte sich.

„Ach, *señorita*, *sumaq sipas*, was ist denn das!" Concha beugte sich vor und nahm ihre Hand.

Immer wieder schüttelte sie den Kopf. „Niemals, *Isabelchay*, niemals wird dein Vater das erlauben!"

„Doch, das wird er!", widersprach Isabel. „Er liebt mich, und er will, dass ich glücklich bin. Und Yawar ist ein Meister der Buchbindekunst geworden. Er kann mich ernähren und hat ein gutes Herz. Mehr wird mein Vater nicht wünschen."

„*Isabelchay*, ich wünsche mir so sehr, dass du recht hast." Die Köchin drückte liebevoll ihre Hand. „Wer weiß! Sie sagen, dass die Welt sich immer wieder verändern kann. Santiago … Yawar hat ein gutes Herz, daran gibt es keinen Zweifel. Herrje! Wenn dein Vater dich aber so rußverschmiert und verstaubt sieht, wird er dir höchstens den Hintern versohlen!"

Isabel musste lachen. Sie fühlte sich bereits um einiges besser. „Nein, das wird er nicht. Außerdem bin ich kaum rußig. Du hältst deine Küche schließlich gut sauber, Conchita."

„Ich werde für dich beten, *señorita*, *sumaq sipas*." Concha seufzte.

„Alles wird gut", versicherte Isabel ihr. Sie stand auf und strich ihr Kleid glatt. Tatsächlich hatte die Sitzfläche des Hockers ein wenig auf dem hellen Stoff abgefärbt, aber das war ihr gleichgültig. „Wo ist mein *mate de muña*? Du hast gesagt, der weckt meine Lebensgeister."

„Die sind, fürchte ich, ohnehin viel zu aufgeweckt", murmelte Concha und reichte Isabel die Tasse. „Aber er ist schon ganz kalt."

„Das macht nichts." Isabel setzte die Tasse an und trank in tiefen Zügen. Sie mochte den Geschmack der *muña*, der an süße Minze erinnerte. Mit diesem Geschmack im Mund wollte sie vor ihren Vater treten. Sie lächelte Concha zu, als sie ihr die Tasse zurückgab. „Danke, dass du mir zugehört hast, Conchita."

Ohne es zu merken, war sie wieder ins Spanische geglitten.

„Ich danke Euch, *señorita*", sagte die Köchin nachdrücklich, ebenfalls auf Spanisch, und umklammerte die leere Tasse mit beiden Händen. „Viel Glück, *Isabelchay*."

Isabel ging hinaus auf den Hof, prallte gegen die Sonnenwärme wie gegen eine unsichtbare Wand. Mit geschlossenen Augen ließ Isabel das Licht durch ihre Lider dringen und die Wärme durch ihren Körper fluten. Dann huschte sie die Treppe hinauf. Sie hatte mit Yawar vereinbart, dass sie das Spiegelbuch aus seiner Kammer holen und damit in die Werkstatt ihres Vaters kommen würde. Nun fühlte sie sich zwar ruhig, aber ihre Hände schwitzten erneut. Kurz darauf stand sie mit dem Spiegelbuch vor der Werkstatttür.

Sie bekreuzigte sich – es konnte nichts schaden, sich göttlicher Hilfe zu versichern –, dann hob sie die Faust, um an die Tür zu klopfen, ließ sie aber wieder sinken. Nun, sie konnte *jede* Art von göttlicher Hilfe gebrauchen. Sie hob den Kopf und blickte in die Richtung, in der die schneebedeckten Kuppen von Misti und Chachani in den blauen Himmel ragen mussten, irgendwo hinter dem Dach des Hauses.

Isabel schluckte. „*Jatun apukuna*, große Berggötter", flüsterte sie. „Bitte helft mir."

Es fühlte sich richtig an, das zu sagen.

Isabel klopfte mit den Fingerknöcheln an die Tür und schob sie auf. Sie hatte gehofft, dass sie als erstes Yawars Blick begegnen würde, aber es war ihr Vater, der erstaunt den Kopf hob.

„*Isabelita*, das ist aber eine Überraschung." Er unterbrach sich und musterte sie. „Ist etwas passiert?"

Isabel zwang sich zu einem Lächeln. „Nein, *papá*, das heißt, ja. Wir wollen mit dir sprechen."

Ihr Vater runzelte die Stirn. „Ihr?"

Isabel nickte. Ihr Atem ging in tiefen, gleichmäßigen Zügen. Nun, da alles auf dem Spiel stand, herrschte in ihr vollkommene Ruhe.

Yawar legte den Leimpinsel, mit dem er gerade gearbeitet hatte, auf den Tisch, und stellte sich neben Isabel.

Die Miene ihres Vaters war ratlos, er schaute abwechselnd auf sie und auf Yawar. „Was soll das werden?", fragte er.

„*papá*." Isabel holte ein weiteres Mal tief Luft. „Ich … wir müssen dir etwas sagen. Ich werde nicht den Marqués de Lurigancho heiraten. Ich werde Yawar … ich meine: Ich werde Santiago heiraten."

Sie schob ihre Hand in die Yawars und hielt dem Blick ihres Vaters stand. Seine Miene drückte pure Ungläubigkeit aus.

„Ich weiß, dass das für dich überraschend kommt", sagte sie und reckte das Kinn, „aber ich weiß auch, dass dies die richtige Entscheidung ist. Du kennst Yawar. Santiago. Du hast ihn alles gelehrt, und er ist heute im Stande, etwas zu schaffen … etwas wie dies hier."

Sie hielt ihm das Spiegelbuch entgegen, aber ihr Vater nahm es nicht an. Er starrte sie weiter wortlos an, dann wanderte sein Blick endlich hinab auf das Spiegelbuch, auf das türkisblaue Schillern des Einbands, und er schüttelte den Kopf.

„Sein Name ist also Yawar, nicht Santiago", fuhr Isabel schließlich fort. „Er beherrscht das Handwerk, das du liebst, *papá*. Er ist ein würdiger Schwiegersohn, und ich werde keinem anderen Mann angehören als ihm. Du hast mir immer gesagt, dass mein Glück dir über alles geht, *papá*. Ich weiß, dass du auch diesmal so entscheiden wirst, und ich weiß, dass es nicht nur mein Glück ist, über das du entscheidest, sondern auch das deine. Wir werden dir Ehre machen, dessen kannst du gewiss sein. Vater, ich bitte dich um deinen Segen für unseren Bund."

Ihr Vater starrte sie nach wie vor nur an, aber es gab nichts mehr, was Isabel ihm zu sagen gehabt hätte. Sie umklammerte Yawars Hand und spürte den beruhigenden Druck seiner Finger. Mit der anderen Hand drückte sie das Spiegelbuch schützend gegen ihre Brust, da ihr Vater keine Anstalten machte, es zu nehmen.

Sie hatte nicht mit diesem Blick vollkommenen Entsetzens gerechnet, den er auf sie richtete. Jeden Moment musste doch die Wahrheit ihrer Worte in sein Bewusstsein vordringen, jeden Moment musste seine Maske aufbrechen und das Lächeln darunter hervorkommen, das er so oft hinter gespielter Strenge niederzukämpfen versuchte, das aber letztendlich immer siegte. Sie lächelte ihn aufmunternd an. Ihr Vater trat einen Schritt auf sie zu. *Nun wird er sagen, dass alles gut ist*, dachte Isabel.

Der Schlag traf sie vollkommen unvorbereitet. Sie strauchelte zur Seite und wäre gestürzt, wenn Yawar sie nicht gehalten hätte. Das Spiegelbuch fiel zu Boden. Ungläubig hob sie eine Hand zu ihrer Wange und starrte ihren Vater an. Nie, niemals hatte er sie geschlagen, egal, was sie getan hatte. „*papá* …"

„Schweig!"

Er hatte seine Stimme wiedergefunden. Sein Gesicht war jetzt rot angelaufen. „Ich weiß nicht, was ich falsch gemacht habe, dass dir derartige Flausen in den Kopf kommen, Isabel María, aber es muss ein sehr schwerwiegender Fehler sein! Und du", er funkelte Yawar an, „nimm auf der Stelle die Finger von meiner Tochter! Sie ist kein Hochlandlama, das du nach Belieben bespringen kannst!"

Unangenehm berührt ließ Yawar Isabels Hand los.

„Herr", setzte er erklärend an, aber Don Elisendo brachte ihn mit einer wütenden Handbewegung zum Schweigen. Er fuchtelte mit den Armen in der Luft, als könne er so besser Worte finden. Dann stampfte er mit dem Fuß auf. „Was soll das? Es ist nicht euer Ernst, oder? Du bist erwachsen, Isabel!"

„Eben darum!", erwiderte sie trotzig, während auf ihrer Wange der Abdruck seiner Finger zu brennen begann. *„papá,* mein Entschluss steht fest. Ich werde Yawar heiraten!"

„Du wirst mir lediglich gehorchen, wie es sich für eine gute Tochter gehört!", schrie ihr Vater sie an.

Isabel spürte, dass Yawar neben ihr gleichermaßen zusammenzuckte.

„Einen Indio heiraten, was geht nur in deinem Kopf vor? Ja, er mag Bücher binden können, aber er ist und bleibt eine andere Sorte Mensch. Sieh ihn dir doch an!"

„Ich liebe ihn, *papá*", sagte Isabel und versuchte, die Tränen niederzukämpfen.

„Hör auf mit diesem Unsinn. Liebe ist etwas für Kantinensänger. Du hast einen Ruf zu wahren. Bei Gott, Isabel María, ich hoffe für dich, dass ihr nicht ... dass dieser Indio nicht ..."

Isabel spürte Zorn in sich aufsteigen. Sie hatte ihren *yana* gefunden. Gemeinsam hatten sie ein Buch geschaffen, das so schön war, dass es die Menschen zu Tränen zu rühren vermochte; gemeinsam waren sie auf Wegen aus Licht und Musik in das Reich der Verlorenen Geschichten gereist. Es lag auf der Hand, dass Yawar der bessere Mann für sie war. Und alles, was ihrem

Vater Sorgen machte, war ein Ruf, den sie vielleicht zu verlieren hatte?

Sie straffte sich und ballte die Fäuste.

„Wir werden heiraten, und er ist mein *yana*, mein rechtmäßiger Mann", sagte sie.

Ihr Vater hob die Hand, erstarrte aber mitten in der Bewegung und sah Isabel schwer atmend an.

„Ich fasse es nicht", murmelte er. „Ich fasse es einfach nicht!"

Und dann schlug er doch zu, aber der Schlag traf nicht sie, sondern Yawar. Isabel schrie auf, als er zurücktaumelte, und sprang auf ihren Vater zu. Sie klammerte sich an seinen rechten Arm, aber sie schaffte es nicht, ihn zu stoppen. Immer wieder und wieder schlug er zu, und Yawar wehrte sich nicht. Mit zusammengebissenen Zähnen ließ er die Schläge auf sich niederprasseln.

Schließlich richtete ihr Vater sich auf und packte sie am Arm.

„Meine Tochter, eine elende Indiohure! Ich glaube es nicht!"

Er schüttelte sie, und jetzt liefen ihr die Tränen unkontrolliert übers Gesicht. Auch seine Stimme zitterte. „Isabel, *Isabelita*, wie konntest du mir das antun? Ein Leben lang habe ich gearbeitet. Für dich. Für unseren Namen. Begreifst du denn nicht, was du getan hast? Etwas Kostbareres als deine Ehre hast du nicht!"

Er rang nach Luft und wandte sich wieder an Yawar, der gegen die Wand gesunken da saß und zu ihm empor sah. Blut lief aus seiner Nase.

„Und du, Santiago", murmelte Don Elisendo mit gebrochener Stimme. „Ich will nicht sagen, dass du wie ein Sohn für mich warst, denn das wäre doch etwas viel. Aber ich habe dich geschätzt und dir vertraut. Ich habe dir Möglichkeiten eingeräumt, die deinesgleichen nicht offenstehen. Wieder und wieder habe ich dich gegen alle verteidigt, die meine Entscheidung in Frage gestellt haben. Ich habe ihnen gesagt: Dieser Indio ist nicht wie die anderen, oh nein! Er hat Talent, mehr noch, er hat Charakter, er hat … Anstand. Ich habe mich getäuscht, und du, Junge, hast mich enttäuscht."

Er senkte die Stimme, aber das machte sie weitaus bedrohlicher, als wenn er sie erneut erhoben hätte. Sein Tonfall war jetzt das Zittern eines anschwellenden Sturmes.

„Ich habe es dir versprochen, damals, als du mir das erste Mal unter die Augen gekommen bist: Wenn du mich je betrügen solltest, wenn du dich je an meinem Eigentum vergreifen solltest, dann würdest du es mir bezahlen. Du hast dich an dem vergangen, was mir auf dieser Welt am allerheiligsten ist: an der Ehre meiner Tochter. Du Schurke!" Mühsam rang Don Elisendo ein Schluchzen nieder. „Ich sollte dir dafür eigenhändig das Herz aus der Brust reißen. Aber ich werde sehen, was ich mit dir tue."

Isabel spürte seinen Blick durch einen salzigen Tränenschleier.

„Auch mit dir. Es ist noch nicht zu spät, deine Ehre zu retten. Wir müssen nur sehen, dass nichts nach außen dringt. Ay, Isabel, was hast du getan?" Für einen Moment lockerte er seinen Griff, aber als sie versuchte, ihren Arm wegzuziehen, drückte er wieder zu.

Isabel schluchzte auf.

„Heul nur", flüsterte ihr Vater. „Heul du nur für all den Kummer, den du mir bereitest mit deiner unglaublichen Dummheit. Habe ich dich nicht lesen und schreiben lernen lassen? Ich war ein Narr. Ich habe geglaubt, ein Indio könne Anstand und ein Weib Verstand haben. Was habe ich mich getäuscht!"

Er straffte sich und zog mit einer Hand den Werkstattschlüssel aus der Tasche. Energisch zerrte er Isabel hinter sich aus dem Raum. Sie stemmte sich in den Boden, aber vergeblich. Mit ihrer freien Hand wischte sie sich die Tränen aus den Augen, aber es flossen so schnell neue nach. Sie konnte Yawar nicht mehr sehen.

Ihr Vater stieß sie nach draußen, sie spürte die Sonne auf ihrem nassen Gesicht und hörte, wie er die Werkstatttür von außen abschloss. Dann stieß er sie vor sich her in Richtung der Treppe, die zu ihrem Zimmer hinauf führte.

„Ein Narr", hörte sie ihn hinter sich murmeln, immer und immer wieder. „Ein Narr bin ich gewesen!"

10.
Kacharpari – Abschied

Yawar lag auf seiner Pritsche, die Hände hinter dem Kopf verschränkt. Die Tür zu seiner Kammer war nicht verschlossen. Nachdem Don Elisendo ihn für einige Stunden in der Werkstatt eingesperrt hatte, hatte er seinen Lehrjungen schließlich mit grimmiger Miene hinauf in seine Kammer geschickt.

Womöglich wäre es Don Elisendo nur recht gewesen, wenn Yawar einfach gegangen wäre.

Letztendlich wäre das vielleicht die beste Möglichkeit. Das Spiegelbuch war fertig gestellt, und was Yawar jetzt noch blieb, war, auf die Reise zu gehen und nach jenen Verlorenen Geschichten zu suchen, die nicht von selbst bereit waren, zu ihm zu kommen, sondern sich in den abgelegenen Winkeln des Landes verbargen.

Es war seine Aufgabe, sie zu finden und zu erzählen. Und es war seine Aufgabe, seine Pflicht, vor Mismi zu treten und den Fluch zu lösen. Alles das hatte Yawar sehr deutlich vor Augen. Aber es gab noch immer Isabels Sonnenaugen, das Kitzeln ihrer Haare, das Gewicht ihres Kopfes, den sie an seine Schulter lehnte. Er hatte sich von ihrer Überzeugung mitreißen lassen, dass ihr Vater einer Heirat zustimmen würde. Eine absurde Hoffnung, das war ihm nun klar geworden, und jetzt war es zu spät.

Concha, die Köchin, hatte wenige Stunden nach dem Vorfall an seine Tür geklopft. Sie war mit einem Teller Suppe und einem Laib Brot zu ihm aufs Dach gekommen. „Yawar, mein Junge! Wie hat er dich zugerichtet!"

Er empfand nicht einmal Verwunderung, dass Concha seinen wahren Namen kannte. Trotz seines Protests hatte sie seine Nase verarztet und immer wieder über den Anblick seines verschwollenen Gesichts den Kopf geschüttelt.

„Woher wusstest du, was passiert ist?", hatte Yawar endlich gefragt, während er seine Suppe löffelte.

„Isabel, das arme Herzchen, hat mir erzählt, dass ihr heiraten wollt. Ach, es war ja nur zu klar, dass Don Elisendo das nicht gutheißen wird. Aber dass er so zornig wird? Ich habe die arme *señorita* weinen hören und eins und eins zusammengezählt. Was soll jetzt nur werden?"

„Was ist mit Isabel? Was wird er tun?"

Concha hatte nur abwehrend die Hände gehoben. „In ihrem Zimmer hat er sie eingeschlossen. Das arme Mädchen! Bete, mein Junge, dass sie kein Kind von dir unterm Herzen trägt, denn dann wird sie erst richtig unglücklich."

„Ich hätte nicht zulassen dürfen, dass sie mit ihrem Vater darüber spricht." Yawar hatte auf den Boden gestarrt und seinen halbleeren Teller beiseite geschoben. „Vielleicht hätte ich einfach mit ihr fortgehen sollen. Aber auch das wäre nicht richtig gewesen. Ach, Concha, was soll ich nur tun?"

Die Köchin strich ihm sacht übers Haar.

„Wenn du kannst, Junge", murmelte sie, „dann geh fort. Don Elisendo ist zornig, so zornig, wie ich ihn noch nie erlebt habe. Man sieht es ihm an, auch wenn er nichts sagt, aber dass etwas geschehen ist, wissen alle im Haus und wispern es einander zu. Gut, die *señora* mag nichts bemerkt haben, aber sie bemerkt ja auch sonst nichts, wie sie den ganzen Tag betend in ihrem Zimmer sitzt. Nimm deine Habseligkeiten, *Yawarchay*, und verschwinde von hier. Wer weiß, was Don Elisendo sonst mit dir anstellt."

„Und Isabel?"

„Ich habe ein Auge auf sie, das verspreche ich dir."

„Ich weiß, Concha. Aber ich weiß nicht, ob ich einfach ohne sie gehen kann."

„Es gibt keine andere Lösung, mein Junge."

Yawar wusste, dass sie recht hatte, dennoch dauerte es noch einmal volle vierundzwanzig Stunden, bis er eine Entscheidung traf.

Und auch daran war Concha beteiligt.

Er lag auf seiner Pritsche, als es hektisch an seiner Tür klopfte. Benommen richtete Yawar sich auf; sein geschwollenes Gesicht schmerzte bei jeder Bewegung.

„Concha?"

Sie musste die Treppe heraufgehetzt sein; sie war völlig außer Atem, als sie die Tür öffnete.

„Yawar", brachte sie mühsam hervor, „es ist ernst. Tu, was ich dir gesagt habe. Nimm deine Sachen und geh fort."

Er schaute sie alarmiert an. „Was ist los?"

„Don Elisendo hat einen Gast empfangen. Don Justino Vásquez."

Sie musterte ihn aufmerksam und hob die Augenbrauen, als sie bemerkte, dass der Name ihm nichts zu sagen schien.

„Du weißt nicht, wer das ist?"

Yawar schüttelte den Kopf. Er kannte die meisten von Don Elisendos Kunden und Bekannten, zumindest vom Sehen; aber nicht alle Namen waren ihm geläufig, und er fragte sich, wer Don Justino wohl sein mochte, wenn seine bloße Anwesenheit für Concha Anlass war, derartig Alarm zu schlagen.

„Ay, *Yawarchay*, lebst du denn in Arequipa oder noch hinter den Bergen?" Die Köchin schüttelte den Kopf. „Er ist ein alter Freund von Don Elisendo, das zum einen. Und zum anderen ist er der Schwager des Generalinquisitors." Sie benutzte das spanische Wort. Es gab keinen vergleichbaren Begriff im Quechua.

„Des Generalinquisitors?", fragte Yawar langsam.

„Ist dir klar, was das heißt?"

Er schüttelte ratlos den Kopf.

Concha seufzte und ließ sich auf der Pritsche neben ihm nieder. „Yawar, ich habe die beiden belauscht, nur eine kurze Weile, aber was ich da gehört habe, gefällt mir überhaupt nicht. Es scheint, Don Justino schuldet unserem Herrn noch einen Gefallen. Und Don Elisendo hat ihm von dir erzählt."

„Von mir und Isabel?"

„Nicht doch, *sonqollay*, er wird sich hüten, das zu tun, dazu ist ihm sein guter Name zu heilig! Nein. Er hat Don Justino erzählt, dass du ein Verschwörer bist, dass du gemeinsam mit anderen Umstürzlern den Vizekönig stürzen willst."

Die Ungeheuerlichkeit dieser Vermutung erschlug Yawar förmlich. „Was? Aber das stimmt doch überhaupt nicht!"

Concha seufzte. „Selbstverständlich stimmt das nicht. Aber er braucht einen guten Grund, um dich ans Messer zu liefern. Don Justino hat ihm geglaubt, jedes Wort, darauf verwette ich meinen Kopf. ‚Es gibt Mittel und Wege, mein Freund', habe ich ihn sagen gehört. ‚Mittel und Wege, die Angelegenheit unauffällig zu bereinigen. Dein Indio wird verschwinden, niemand wird etwas bemerken; kein Skandal, kein Gerede, sei unbesorgt.'"

Yawar schüttelte hilflos den Kopf. Die Dinge gingen ihm zu schnell.

Die Inquisition, das Heilige Offizium, hatte schon seit vielen Jahren ihr Grauen für ihn verloren. Sie war nicht mehr als ein Schauerwesen ohne Zähne, das Kinder zu erschrecken vermochte, aber doch sonst keine Macht besaß.

„Aber das geht doch nicht", murmelte er verwirrt. „Padre Valentín meinte einst, sie können den Indios nichts tun."

„Du bist getauft und lebst in der Stadt", entgegnete Concha. „Sie werden sagen, dass du ein Mestize bist, und dann haben sie auch Macht über dich. Die Inquisition wird dich holen, *Yawarchay*, wenn du nicht schnellstmöglich verschwindest!"

„Aber ich habe doch nichts getan", protestierte Yawar. „Du hast doch recht, ich bin getauft, ich gehe mit euch allen zur Sonntagsmesse, ich …"

„Darum geht es hier nicht, mein Kleiner. Natürlich sind es Männer der Kirche, und sie werden dir etwas vorwerfen und anhängen, was nach Ketzerei riecht; aber unter der Hand werden sie dich als Verschwörer verschwinden lassen. Das wird unangenehm, *Yawarchay*. Noch hast du Zeit, und ich meine, es ist ein Gefallen, den Don Elisendo dir tut, weil er deine Tür offen stehen lässt. Verschwinde von hier, Yawar. Geh, wohin auch immer deine Schritte dich tragen, nur weit fort von hier soll es sein! Pack deine Sachen zusammen, und ich werde dir in der Küche etwas vorbereiten. Wir haben keine Zeit zu verlieren!"

Yawar starrte sie an. „Isabel", sagte er.

Concha schüttelte entschieden den Kopf. „Schlag dir das aus dem Sinn. Wenn Don Elisendo dich noch ein einziges Mal in ihrer Nähe erwischt, dann dreht er dir eigenhändig den Hals um, dafür braucht er dann weder Don Justino noch sonst jemanden. Nein, das ist viel zu gefährlich – für euch beide. Du musst sofort gehen. Unwiderruflich."

Er nickte ergeben.

Concha erhob sich und watschelte zur Tür, wo sie sich noch einmal kurz umdrehte. „Gleich bin ich wieder hier", sagte sie, „und dann bist du abmarschbereit!"

Yawar brauchte nicht lange, um das zusammen zu suchen, was er mitnehmen würde. Es dauerte länger, die Sachen auf einen Haufen zu legen, die er zurücklassen wollte. Aber über die Entscheidung, welche das waren, musste er nicht lange nachdenken. Er hatte weder Papier noch Tinte in seiner Kammer – die Phiole mit der roten Tinte bewahrte Isabel in ihrem Zimmer auf – und er wusste, er hatte keine Zeit, Concha darum zu bitten.

Außerdem war ein Brief zu riskant.

Er setzte sich auf den Rand seiner Pritsche und wartete. Concha erschien mit einem in weiches Leinen gewickelten Bündel und überreichte es ihm.

„*Tamales*, *ch'uño* und getrocknetes Fleisch", sagte sie, indem sie es ihm überreichte. „Ich hoffe, das reicht eine Weile, *Yawarchay*. Bist du soweit?"

Yawar nickte. „Ich möchte dich noch um einen Gefallen bitten. Ich habe hier einige Dinge für Isabel."

Concha runzelte die Stirn.

„Es ist nicht viel", sagte Yawar beruhigend. „Ich möchte nur, dass du sie ihr gibst und ihr noch etwas sagst."

Concha seufzte, nickte aber.

Yawar griff nach dem Spiegelbuch. Er hatte es unter seiner Kleidung verborgen, nachdem Don Elisendo ihn in der Werkstatt eingeschlossen hatte. „Isabel weiß, was das ist. Sag ihr bitte: *Es ist zu gefährlich, dies mitzunehmen. Du bist diejenige, die den Verlorenen Geschichten ein neues Zuhause geben wird. Du bist diejenige, die nach ihnen suchen wird. Sie vertrauen dir.*"

Concha murmelte vor sich hin, wie um sich die Sätze einzuprägen, dann nickte sie, und Yawar reichte ihr sein Charango.

„Sag ihr: *Q'enti wird dich begleiten. Vielleicht*", er lächelte traurig, „*werde ich es hören können, wenn du darauf spielst.*"

Er zögerte und nahm dann den Anhänger von seinem Hals, den Usphasonqo ihm gegeben hatte.

„Und zu diesem sagst du ihr bitte ..." Er holte tief Luft. „*Dies ist das Versprechen, das der* apu *mir gegeben hat. Solange du es trägst, wird er seine Hand schützend über dich halten. Sein Fluch kann dich nicht treffen. Und wenn du vor dem* apu *stehst, wird er dich als die neue Yuyaq erkennen können.*"

„Die Yuyaq!", entfuhr es Concha. „Bei den *apus*! Yawar, sieh mich an! Das hast du nicht wirklich gesagt!"

„Doch", erwiderte Yawar und sah sie überrascht an. „Du ... du weißt vom Yuyaq?"

Concha trat auf ihn zu. Ihre Augen waren geweitet, und sie nickte ernsthaft. „Wer wüsste nicht davon? Hoch in den Bergen kämpfen die Kondorkinder für unser Recht. Kondorkinder, so nennen sie ihre Bewegung, so wie die Kinder der Götterboten heißen. Denn es ist keines Menschen Werk, das sie verrichten wollen. *Yawarchay*, hast du denn nie zugehört, wenn Jerónimo gesungen hat? Hast du denn nie gemerkt, wie viele Lieder von dieser Bewegung sprechen und der Hoffnung, die wir in sie haben?"

Yawar schluckte.

„Du bist einer von ihnen?", drängte Concha.

„Meine Eltern gehörten zu ihnen", sagte er gedehnt. „Ich sollte der neue Yuyaq werden. Es gab klare Zeichen."

„Grundgütiger!", stöhnte Concha auf Spanisch und sank in die Knie. „Und das erfahre ich erst jetzt. *Yawarchay*, mein Junge! Warum hast du nie etwas gesagt? Und ist dies … Man erzählt sich von einem Buch aus den Händen der *apus*."

„Ja, es ist das Spiegelbuch. Das neue Spiegelbuch. Isabel kann dir diese Geschichte erzählen, Concha, ich habe keine Zeit dafür."

„Du solltest das Buch mitnehmen, Yawar. Es ist deine Pflicht als Yuyaq."

Er schüttelte den Kopf. „Wenn sie nach mir suchen, und wenn ich gefasst werde, ist das zu gefährlich. Dann wäre alles verloren. Das Buch ist sicherer hier bei Isabel, denn dort wird es niemand vermuten. Und wenn ich entkomme … Wer weiß? Ich kann eines Tages zurückkehren, zu ihr und dem Buch. Aber ich glaube, dass sie der neue Yuyaq sein sollte."

„Du glaubst!" Concha zog die Augenbrauen hoch. „Wer Yuyaq wird oder nicht, ist die Entscheidung der *apus*, *Yawarchay*, nicht der Menschen! Du wirst sie damit erzürnen. Wer wollte den *apus* ins Handwerk pfuschen?"

„Es gibt keine bessere Yuyaq als Isabel", beharrte Yawar. „Ich habe mit ihr gemeinsam ins Spiegelbuch geschrieben. Du hast das nicht gesehen, Concha. Sie vermag in die Geschichten einzutauchen, in ihre Seele, mitten hinein. Die *apus* werden verstehen, dass dies die richtige Entscheidung ist."

„*Yawarchay*, ich wünschte, du hättest recht", sagte Concha mit Schmerz in der Stimme. „Allerdings … Isabel ist kein Kind der Anden."

„Das Spiegelbuch ist mehr als das. Und sie trägt die Liebe zu meiner Erde in sich. Sei unbesorgt. Sie wird eine gute Yuyaq sein, und die *apus* werden es anerkennen und respektieren."

Concha musterte ihn zweifelnd, dann seufzte sie. „Vermutlich hast du recht, mein Junge, und es gibt keine andere Möglichkeit. Ich werde ihr die Sachen geben und ein Auge auf sie haben. Jetzt aber geh! Ich bringe dich zur Hintertür."

Sie verließen Yawars Kammer.

Er nahm nichts mit außer dem kleinen Proviantbündel und seinem roten Poncho aus Alpakawolle, der ihn gegen die nächtliche Kälte schützen sollte.

Für einen kurzen Moment blieb Yawar stehen und blickte noch einmal über die Dachterrasse zu den Silhouetten der Vulkane hinüber. Zum zweiten Mal in seinem Leben würde er einen Ort verlassen, der ihm zur Heimat geworden war.

Nein.

Er korrigierte sich. Im Grunde war es das dritte Mal. Auch, wenn er sich kaum mehr daran erinnern konnte, wie seine Mutter mit ihm aus Huamanga nach K'itakachun geflohen war, aber damals war das erste Mal gewesen, dass er sein Zuhause gegen eine ungewisse Zukunft an einem neuen Ort hatte tauschen müssen. Er seufzte.

„Ich glaube, die *apus* wollen einfach nicht, dass ich an einem Ort zur Ruhe komme."

„Sie haben dir lange deine Ruhe gelassen, mein Junge." Concha knuffte ihn liebevoll in die Seite. „Nun komm. Wir müssen uns beeilen."

Auf dem Weg nach unten fragte sich Yawar, was wohl geschehen würde, wenn er jetzt Don Elisendo begegnete. Würde dieser ihn aufhalten? Wortlos die Augenbrauen hochziehen und beiseite schauen?

Er wusste es nicht, und sie begegneten auch niemandem. Sie eilten durch den *patio* in die Küche, wo Concha die Hintertür aufschob, die direkt auf die Straße führte. Sie wandte sich ihm zu. Tränen glitzerten in ihren Augen, als sie Yawar in ihre Arme zog. „*Yawarchay, sonqollay*, pass auf dich auf. Mögen die *apus* dich beschützen."

„Danke für alles, Concha. Kümmere dich um Isabel."

Die Köchin nickte, drückte ihn fest an sich und ließ ihn schließlich wieder los. Sie schniefte geräuschvoll.

In diesem Moment hörten sie Stimmen vom Hinterhof. „Er ist oben auf dem Dach, *caballeros*. Ich habe ihm dort oben eine Kammer gegeben."

„Wir gehen ihn holen, Don Elisendo. Seid unbesorgt."

Concha und Yawar starrten sich an. Die Augen der Köchin waren geweitet. Sie schluckte. „Jetzt lauf, mein Junge. Lauf um dein Leben."

Kurz darauf stand Yawar in der gleißenden Sonne Arequipas und ließ sich von dem Strom der Menschen mittragen.

Er fühlte sich anders, seitdem er das Andenkreuz Mismis abgelegt hatte.

Der Fluch war wieder da, der so lange Zeit nur in einem weiten Bogen um ihn herumgeschlichen war, weil er unter dem Blick von Isabels Sonnenaugen nicht hätte bestehen können. Jetzt konnte Yawar ihn spüren, wie einen langgliedrigen, hechelnden Straßenhund; er sah ihn einem grauen Schemen gleich um sich herum streichen, fühlte ihn an seinen Füßen schnüffeln und grollen.

Er war jetzt ohne Schutz. Aber Isabel brauchte die Hilfe Mismis nun nötiger. Yawar war bewusst, dass seine Entscheidung nur den Zorn des *apus* erregen konnte, so wie Isabels Entscheidung nur den Zorn ihres Vaters hatte verursachen können. Aber er wusste genauso, dass es die richtige Entscheidung war.

Isabel war eine würdige Hüterin des Spiegelbuchs. Was hätte er als flüchtiger Lehrjunge eines Buchbinders auch leisten können?

Yawar erreichte die Plaza de Armas und überquerte sie schnellen Schrittes. Gurrende Tauben stoben in Wolken vor ihm auf, das Stimmengewirr der Menschenmenge um ihn herum schien unerträglich. Er musste es nur zur Brücke schaffen, zum Puente Viejo, wo er vor nicht allzu langer Zeit noch Yanaphuru begegnet war.

Wenn er den Río Chili überquerte und dann durch das Viertel Yanahuara kam, würde er es vielleicht schaffen, die Stadt zu verlassen, und dann musste er sehen, wohin er ging.

Mamay, dachte eine Stimme in ihm voller Schmerz. Er erkannte die Stimme. Es war er selbst, der kleine Yawar, den Isabel noch immer in seinen Augen sehen konnte und der in seinem Inneren noch immer genau so verloren da stand, wie er vor zehn Jahren in der Werkstatt Don Elisendos gestanden hatte.

Damals war Padre Valentín bei ihm gewesen. Bis eben hatte er Isabel an seiner Seite gehabt. Nun war er das erste Mal in seinem Leben vollkommen auf sich allein gestellt: sogar ohne den Schutz der *apus*.

Yawar lächelte grimmig. Er konnte es dennoch schaffen, selbst mit dem Fluch auf seinen Fersen. Er konnte zurück ins Tal gehen, sich Sabancaya zu Füßen werfen, sie vielleicht bitten, auch ihn unter ihrem Schutz aufzunehmen.

Noch während er die Brücke überquerte, wusste er, dass dies nicht stimmte. Es war keine Möglichkeit, die ihm offenstand.

„Da ist er! Der Indio von Don Elisendo!"

Yawar drehte sich nicht um, um zu sehen, woher genau diese Stimme kam und wer den Ruf ausgestoßen hatte. Er begann zu rennen, seine Füße hämmerten auf den sonnenwarmen Stein des Brückenbodens, aber der kleine Yawar in seinem Inneren hatte sich bereits auf den Boden fallen lassen und den Kopf zwischen den angezogenen Beinen vergraben.

„Vorbei, vorbei", flüsterte der kleine Junge und wiegte sich traurig hin und her, und er flüsterte weiter, als Hände nach Yawar griffen, seinen Lauf stoppten und ihn zu Fall brachten.

Eine Stiefelspitze hämmerte in seine Magengrube.

„Dreckiger Indio, elender Verräter!"

Yawar schloss die Augen, während die Tritte auf ihn prasselten. Die Sonne von Arequipa brannte auf seiner Haut. Sehen würde er sie nie wieder.

11. *Churanakuy*
– Herausforderung

Jede Nacht aufs Neue waren es die brennend heißen Steine des Puente Viejo, die Isabel weckten.

Sie hatte nie zuvor wirklich Albträume gehabt, aber mittlerweile gab es nur noch ein Bild, das sie im Schlaf heimsuchte: die Brücke über den Río Chili, die gleißende Mittagshitze, und die groben Hände, die sie zu Fall brachten. Und in dem Moment, in dem sie auf dem warmen Steinboden aufschlug, die Gewissheit, dass alles vorbei war.

Jede Nacht fuhr sie schreiend aus dem Schlaf hoch und blieb, schwitzend und mit klopfendem Herzen, aufrecht im Bett sitzen, bis das Zittern einsetzte und das Würgen in ihrem Hals.

Sie hatte diesen Traum das erste Mal gehabt, noch bevor Concha mit niedergeschlagener Miene zu ihr gekommen war und ihr flüsternd gesagt hatte, dass man Yawar gefasst hatte, dass er nur bis zur Brücke gekommen war.

Seit diesem Tag hatte Isabel kein Wort mehr gesprochen. Es gab schließlich auch nichts zu sagen. Die Worte in ihr waren abgestorben, sie spürte nur noch trockene Zweige, totes Laub.

Stundenlang saß sie auf ihrem Bett und starrte ins Leere, während ihre Gedanken im leeren Raum schweiften. Der Schmerz in ihrem Inneren war bohrend und allgegenwärtig. Anfangs hatte sie geweint, aber es war ein Punkt gekommen, an dem sie zwar noch Tränen hatte, aber keine Kraft mehr für sie. Ihr Körper konnte sich nicht einmal mehr vor Schluchzen schütteln.

Manchmal wünschte sie sich, andere Bilder von Yawar zu sehen, selbst wenn es bedeutet hätte, dass sie noch schrecklichere Dinge träumen würde, Dinge, die sie in ihrem Traum am eigenen Körper erleiden würde, nur um zu wissen, dass sie in Wahrheit ihm zustießen.

Aber da war nichts, nur das immer wiederkehrende Bild von der Brücke und das Brennen der Steine.

Concha brachte ihr keine Neuigkeiten seit jenem Tag, nur noch das Essen.

Sie hatten nur am Tag von Yawars Flucht wirklich miteinander gesprochen, stundenlang auf dem Rand von Isabels Bett sitzend, leidenschaftlich schluchzend und einander umarmend.

Isabel hatte Concha die Geschichte in allen Einzelheiten anvertraut, und die Köchin hatte nach bestem Vermögen versucht, ihr Mut zuzusprechen. „Er ist ein kluger Junge. Er kann es schaffen, und wer weiß, eines Tages kommt er zurück!"

Aber sowohl sie als auch Isabel hatten bereits in diesem Moment gewusst, dass das nicht stimmte. Yawar hatte den Fluch eines *apus* auf den Fersen und die Hunde der Inquisition: zu mächtige Gegner, um ihnen auf Dauer zu widerstehen.

Ihr Vater sprach nicht mit ihr darüber. Er kam einmal am Tag nach oben, musterte sie aus müden Augen, aber schon lange hatte auch er begonnen zu schweigen. Das letzte, was er zu ihr gesagt hatte, waren Worte voller Bitterkeit gewesen.

„Du bleibst hier, bis du das nächste Mal blutest. Wenn sich heraus stellt, dass du die schmutzige Frucht eines Indios im Leib trägst, werde ich sie dir eigenhändig herausprügeln müssen. Und dann werde ich sehen, was ich tue. Weder der Marqués noch die Nonnen werden dich dann noch haben wollen."

Innerlich betete Isabel um das Kind. Sie würde es nie zur Welt bringen, das hatte der Blick ihres Vaters ihr klargemacht, aber wenn sie allein auf ihrem Bett lag, wünschte sie sich nichts mehr als die Gewissheit, dass sie Leben in sich trug, dass ein Teil von Yawar noch immer bei ihr war und ihr auf diese Art Gesellschaft leistete. Immer wieder fuhr sie mit der Hand über ihren flachen Bauch.

Bitte, ihr Götter, gebt mir diese Hoffnung zumindest, auch wenn dadurch alles noch schlimmer wird. Aber lasst mich nicht allein.

Eines Morgens erwachte sie mit Blut zwischen ihren Beinen, das allmonatliche Blut, und das war der Tag, an dem die Tränen zurückkehrten.

Es war aber auch der Tag, an dem ihr Vater sein Verhalten änderte.

Zunächst flackerte Erleichterung in seinen Augen auf, als er das blutbefleckte Laken sah, dann zog er Isabel energisch am Arm vom Bett.

„Gott sei Dank", sagte er einfach und sah sie einen Herzschlag lang mit all der Liebe an, die sie seit ihrer Geburt immer auf sich gespürt hatte. Dann wurde sein Blick wieder hart. „Es ist also alles in Ordnung. Du kannst jetzt aufhören, dich so gehen zu lassen. Ich werde dir Concha schicken, damit sie dich wäscht. In drei Tagen kommt der Marqués. Was soll er denn sagen, wenn er dich so sieht?"

Isabel ließ sich trotzig zurück aufs Bett sinken. Was kümmerte es sie, was der Marqués sagen würde? Mit dem Blut zwischen ihren Beinen floss die letzte Hoffnung aus ihr heraus, die sie noch gehabt hatte. Was ihr da rot von ihrem Laken entgegen leuchtete, war ihre eigene Einsamkeit. Es gab nichts mehr, wofür es sich zu kämpfen gelohnt hätte. Sie wollte nur daliegen, wollte das Leben wie ihr Monatsblut aus sich heraus sickern fühlen.

Concha kam und schleppte einen Bottich mit lauwarmem Wasser. Mit strengem Blick schaute sie auf Isabel. „*Isabelchay*, Yawar würde das nicht wollen."

Isabel wimmerte nur. Sie drehte sich weg. Ihr Vater verließ an diesem Punkt immer das Zimmer und schlug die Tür hinter sich zu.

Aber Concha war anders. Sie beugte sich über Isabel und legte ihr die Hand auf die Schulter. *Isabelchay*, ich habe Yawar ein Versprechen gegeben. Ich habe ihm gesagt, dass ich ein Auge auf dich haben würde. Und ich werde dieses Versprechen halten, und deine Launen eines bockigen Kindes werden mich nicht daran hindern!"

Verwirrt richtete Isabel sich auf. Sie war nicht der Meinung, dass sie sich wie ein bockiges Kind verhielt. Die Götter hatten ihr nicht weniger genommen als den Mann, der ihr *yana* war, der Teil von ihr, den sie zur Vollständigkeit brauchte. Sie hatten ihr alle Hoffnung genommen. Und Concha nannte sie ein bockiges Kind?

Mit zusammengebissenen Zähnen zog die Köchin sie in eine sitzende Position und tauchte einen Lappen in den Bottich.

„Wir werden dich jetzt wieder herrichten", sagte sie entschlossen. „Du hast Zeit zum Trauern gehabt, *Isabelchay*, aber das kann nicht ewig so weitergehen."

„Es ist mir egal, was der Marqués denkt", antwortete Isabel trotzig.

Ihre Stimme war trocken und kratzig. Es waren die ersten Worte, die sie seit vielen Tagen gesprochen hatte.

Concha klatschte ihr den Lappen ins Gesicht und fuhr damit behutsam über ihre Augen und Stirn, dann nahm sie ihn wieder weg und funkelte Isabel an. „Auch mir ist das egal, *sonqollay*. Aber es ist mir nicht egal, dass du eine

Verpflichtung hast. Du sollst die neue Yuyaq sein, die Hüterin des Spiegelbuches. Yawar war sicher, dass du die Kraft und Größe dafür hast. Möchtest du ihn enttäuschen, ihn und all die anderen, die der Verlorenen Geschichten bedürfen?"

Angriffslust schwang in ihrer Stimme mit, und Isabel senkte verwirrt den Blick. Darüber hatte sie nicht nachgedacht.

Sie leistete keinen Widerstand mehr, als Concha sie wusch und abtrocknete, ihr schließlich ein frisches Kleid überstreifte und dann kurzerhand ihren widerspenstigen Haarschopf in eine Schüssel mit Salbeiwasser tauchte.

Seit mehr als einer Woche hatte Isabel ihr Haar nicht mehr gewaschen, und es war verfilzt und fettig geworden, aber das wurde ihr erst bewusst, als sie die angenehme Wirkung des frischen Wassers auf ihrer Kopfhaut spürte. Sie zuckte zusammen, als Concha schließlich die Haarbürste durch ihr noch nasses Haar zog.

„Da musst du durch, *sonqollay*!", sagte die Köchin streng, als rede sie mit einem kleinen Kind.

Sie bürstete Isabels Haar und flocht es schließlich zu einem Zopf. Dann trat sie einen Schritt zurück und betrachtete ihr Werk prüfend.

„Nun, das ist schon besser. Du bist zwar noch immer blass wie der Tod, aber immerhin können wir dich so wieder unter Menschen schicken. Und ab jetzt wirst du auch wieder essen, was auf den Tisch kommt."

Sie schüttete das Salbeiwasser zu dem trüb gewordenen Waschwasser im Bottich, dann zog sie energisch das blutige Laken von Isabels Bett.

„Ich gehe jetzt nach unten. Nachher bringe ich dir das Essen."

Isabel lehnte sich an die Wand. Conchas Waschattacke hatte sie mehr mitgenommen, als sie erwartet hätte.

„Danke", sagte sie mit rauer Stimme. Die Worte kratzten sie in der Kehle.

Die Köchin sah auf. „Am besten bringe ich dir einen Krug frischer dunkler *chicha, sonqollay.* Mit Zimt und Zitrone. Warte kurz, ja?"

Mit dem Bottich in beiden Händen verschwand sie schwer atmend nach draußen.

Isabel seufzte und drehte sich zu dem Spiegel, der an ihrer Wand hing. Sie hatte sich in der letzten Zeit geweigert, hineinzublicken, und unwillkürlich schrak sie zusammen, als sie ihr Bild sah.

Ihr Gesicht wirkte grau und eingefallen. *Das ist nicht das Mädchen, das Yawar so liebt*, ging es ihr durch den Kopf. *Das ist nicht seine* yana. *Das bin nicht ich.* Sie starrte ihr Spiegelbild an.

Ein Lächeln musste sie nicht einmal versuchen, sie wusste, dass es ihr nicht gelingen würde. Aber sie suchte ihren eigenen Blick. Da war eine Härte in ihren Augen, die vorher nicht da gewesen war. Nachdenklich ließ sie sich wieder auf die Bettkante sinken. Der Schmerz in ihrem Inneren war noch immer da, aber es war eine Wunde, die zu verschorfen begann.

Concha hatte recht. Isabel hatte eine Aufgabe, und sie konnte Yawar nicht enttäuschen. *Niemand hat je gesagt, dass es einfach sein würde.*

Sie beugte sich nach vorne. Die Sachen, die Yawar für sie zurückgelassen hatte, lagen unter ihrem Bett, flüchtig in ein Tuch eingeschlagen seit jenem Tag, an dem Concha sie ihr gebracht hatte.

Isabel nahm das schwarze Andenkreuz an dem Lederband und wog es nachdenklich in der Hand. Dann legte sie es an. Es war ein komisches Gefühl, den kühlen dunklen Stein auf ihrer Haut zu spüren.

Wusste der *apu* Mismi, dass sie jetzt unter seinem Schutz stand? Würde er sie anerkennen? Sie warf einen prüfenden Blick in den Spiegel und hatte das Gefühl, dass das Andenkreuz um ihren Hals eine leere Stelle ausfüllte, an der vorher etwas gefehlt hatte, ohne dass sie es bemerkt hätte.

Sie griff erneut unters Bett, und eigentlich wollte ihre Hand den glatten Einband des Spiegelbuchs fühlen, stattdessen stießen ihre Finger gegen das Tuch, unter dem sich Q'enti verbarg, und die Saiten des Charangos klangen dumpf unter dem Stoff hervor auf.

Jetzt huschte doch ein Lächeln über ihr Gesicht, flüchtiger als das Schwirren einer Charango-Saite.

Isabel holte Q'enti unter dem Bett hervor und wickelte es aus seiner Hülle. Behutsam strich sie mit den Fingern über den Klangkörper.

Du und ich, dachte sie, *wir vermissen ihn beide, nicht wahr?*

Dann begann sie zu spielen. Sie hatte es nie wirklich gelernt, immer nur Yawar zugesehen, aber ihre Finger erinnerten sich an alles. Zögernd ließ sie sie über die Saiten tanzen, behutsam, und Q'enti begann zu klingen. Eine Stimme hob zu singenan, rau und unsicher, und erst nach einiger Zeit merkte Isabel, dass sie selbst das war.

Worte und Melodien flossen aus ihr heraus, auf die Saiten von Q'enti und aus ihrer trockenen Kehle.

Vielleicht kann ich es hören, wenn du darauf spielst.

Yawar hatte an alles gedacht. Er hatte genau gewusst, dass sein Charango ihr ebenso vertrauen würde wie die Verlorenen Geschichten.

Isabel spielte. Mit jedem Moment gewann ihre Stimme an Kraft und Sicherheit. Als sie Q'enti schließlich sinken ließ, fühlte sie das erste Mal seit langem wieder eine wohltuende Erschöpfung.

Sie bemerkte, dass Concha in der Tür stand, in den Händen eine Karaffe mit *chicha morada*, dem süßen Getränk aus dunklem Mais, das Isabel schon als Kind geliebt hatte. Seit wann die Köchin dort stand, konnte Isabel nicht sagen. Sie lächelte ihr schüchtern zu, es war wirklich, als ob sie das Lächeln wieder lernen müsste.

„*Sumaq, Isabelchay*", sagte Concha nur leise. „Alles wird gut, siehst du?"

Sie schenkte ihr *chicha morada* ein, und Isabel trank in langen, durstigen Zügen. Das war der Beginn ihrer Rückkehr ins Leben.

*

Der Marqués de Lurigancho war natürlich erschrocken, dass seine Verlobte sich in den vergangenen Wochen mit einem hässlichen Infekt hatte herumschlagen müssen. Ja, gewiss hatte sie etwas Verdorbenes gegessen, das Obst von den Märkten, man konnte ja nie wissen. Nichtsdestoweniger ging es ihr ja wieder besser und in zwei Monaten würde die Hochzeit stattfinden.
„Es war nicht einfach, meine Familie davon zu überzeugen, dass wir in Arequipa heiraten und nicht in Lima", betonte der Marqués.
Sie saßen alle im Speisezimmer: Isabels Mutter, wie immer blass und abwesend, schien den künftigen Schwiegersohn kaum wahrzunehmen. Ihr Vater, der lächelte und dem Marqués hofierte, einfach so tat, als sei alles in Ordnung; und sie selbst, zwar noch immer leicht erschöpft aussehend, aber die Farbe kehrte langsam in ihre Wangen zurück, und die neue Härte in ihrem Blick schien ihr Verlobter nicht zu bemerken. Ebenso wenig, wie ihm die gespannte Stimmung auffiel, die über dem Esstisch zu liegen schien.
Wann haben wir aufgehört, eine Familie zu sein?, dachte Isabel und blickte von ihrem Vater zu ihrer Mutter, die nur noch in ihrer Welt ge-

stammelter Gebete zu leben schien. *Ich habe es nie bemerkt.*

*

Die Vorbereitungen für ihre Hochzeit glitten an Isabel vorbei wie ein Traum. Mit ihrem Vater redete sie wieder, ohne wirklich mit ihm zu sprechen. Die Worte, die sie miteinander wechselten, drehten sich um Belanglosigkeiten, die allesamt mit ihrer Heirat zu tun hatten.

Manchmal tat es weh, dass sie ihn auf eine gewisse Art und Weise genau so verloren hatte wie Yawar. Allerdings hatte sie begriffen, dass es besser war, über diese Dinge nicht nachzudenken. Das machte den Schmerz besser erträglich.

Ihre Zuflucht waren die Stunden, in denen sie auf Q'enti spielte und sich an die Lieder erinnerte, die Yawar gesungen hatte. Aber sie spürte, dass die Worte auf eine Art und Weise zu ihr kamen, die noch über das hinausging, was sie in den Nächten erlebt hatte, in denen sie mit Yawar am Spiegelbuch gearbeitet hatte. Dort waren die Geschichten in ihre Nähe gekommen, aber sie hatten den Umweg über Yawar und Q'entis Musik gemacht, waren nur von ihrem Bewusstsein in ihre Hand geflossen, um sich von dort aus in kühnen Linien auf das Papier zu schwingen.

Jetzt war es anders. Jetzt begriff sie, was Yawar erlebt hatte, wenn die Worte für ein neues Lied zu ihm gekommen waren. Es war ein prickelndes, faszinierendes Gefühl, und Isabel fühlte sich beinahe glücklich, wenn sie es erlebte. Wann immer ihr ein Lied schön genug vorkam, und die Worte darin auf ganz besondere Weise an ihre Seele pochten, nahm sie das Spiegelbuch und die Tintenphiole und schrieb alles auf, füllte Seite um Seite. Im schwirrenden Klang Q'entis kamen Erinnerungen zu ihr, die nicht ihre eigenen waren und sich doch so anfühlten.

Sie halfen ihr, nicht darüber nachzudenken, was passieren würde, wenn sie den Marqués heiratete und aus Arequipa fortging.

Eine Woche vor ihrer Hochzeit klopfte Adelita an ihre Tür.

„*señorita*, es ist ein Herr gekommen, der mit Euch sprechen will. Der Marqués de Lurigancho schickt ihn."

Isabel runzelte die Stirn und fragte sich, was für eine Botschaft der Marqués ihr wohl zukommen lassen wollte. Es kam ihr merkwürdig vor, denn normalerweise richtete er sich immer nur an ihren Vater.

Vielleicht, dachte sie, *hat er sich eine Woche vor der Vermählung daran erinnert, dass auch ich ein Mensch bin, mit dem er reden kann.*

Sie ging die Treppen hinunter in das Empfangszimmer ihres Vaters und bemühte sich krampfhaft, nicht die Schatten von Padre Valentín und Yawar zu sehen, wie sie ihr aus großen Augen entgegen starrten, sondern sich stattdessen auf den hochgewachsenen Mann zu konzentrieren, der stehend auf sie wartete. Er trug einen weiten schwarzen Poncho und einen seidenen weißen Schal um den Hals. Seinen breitkrempigen schwarzen Hut hielt er in beiden Händen. Seine Augen lächelten, obwohl seine Miene ernst war. Isabel straffte sich. „Seid willkommen. Der Marqués hat Euch geschickt?"

„Doña Isabel, ich komme mit einer wichtigen Botschaft zu Euch und bin sehr dankbar, dass Ihr Euch die Zeit nehmt."

Seine Stimme war sanft und sein Spanisch weich und fließend, aber etwas an ihrem Klang machte Isabel stutzig.

Es war, als bewege sich der Fremde nicht auf vertrautem Terrain. Ein Indio? Sie war unfähig, seine Züge einzuordnen. Aber es wäre auch unstatthaft gewesen, ihn auf Quechua anzureden. Vermutlich bildete sie sich das alles auch nur ein. Sie nickte dem Besucher zu und schloss die Tür hinter sich, auch wenn sie nicht mit Bestimmtheit sagen konnte, warum ihr das jetzt angemessen vorkam.

Mit einer Handbewegung lud sie den Fremden ein, Platz zu nehmen, und setzte sich selbst in den Sessel ihm gegenüber, jener Sessel, in dem ansonsten ihr Vater seine Gäste empfing.

„Was ist Euer Begehr? Welche Botschaft hat Euch der Marqués für mich aufgegeben?"

Er sah ihr direkt in die Augen. „Es ist nicht der Marqués de Lurigancho, dessen Botschaft ich dir überbringe, Isabel", sagte er weich. „Es ist meine Herrin Sabancaya."

Isabel erstarrte. Ihre Hände klammerten sich um die Sessellehne, und sie starrte den Fremden an.

„Yawar hat dir von mir erzählt", sagte er in beinah entschuldigendem Tonfall. Sie schluckte, während die Gedanken in ihrem Kopf durcheinander wirbelten.

„Yanaphuru", sagte sie schließlich. „Du bist Yanaphuru."

Der Fremde lächelte und nickte. „Ja, das ist der Name, mit dem Yawar mich kannte. Du magst mich so nennen oder anders. Am Ende ist es gleichgültig. Namen sind Schall und Rauch."

Sie nickte, dann biss sie sich auf die Lippen und lehnte sich nach vorne. „Was ist mit Yawar? Du musst doch wissen, was mit ihm ist." Unwillkürlich war sie ins Quechua geglitten.

Yanaphurus Blick wurde ernst. „Du weißt es doch auch, Isabel", sagte er leise. „Wie sonst erklärst du dir die Stille?"

Sie senkte den Kopf. „Ich habe keine Nachricht von ihm", murmelte sie. „Er kann noch am Leben sein. Ist es nicht so?"

Sie sank in sich zusammen und wagte nicht, aufzusehen, weil sie wusste, dass ein Blick in Yanaphurus Augen ihr die ganze Wahrheit verraten würde, die sie im Grunde schon kannte und an die sie doch nicht glauben wollte.

Schließlich tat sie es doch.

Ihr Blick traf den Yanaphurus, und der Bote Sabancayas deutete ein ernstes, trauriges Kopfschütteln an. Ihre Kehle wurde trocken.

„Weißt du, was sie genau getan haben?", flüsterte sie erstickt.

„Es ist nichts, was du wissen möchtest", versetzte Yanaphuru sanft.

Wieder straffte sie sich und reckte ihr Kinn nach vorne. „Doch, ich möchte es wissen. Ich muss es wissen."

Yanaphuru betrachtete sie mit Schmerz im Blick. „Ich weiß auch nicht alles, Isabel. Ich weiß nur von dem Schmerz. Yanakachi hat ihn gespürt, als ob es ihr eigener wäre. Ich ..." Er brach ab und blickte zu Boden. „Lass uns nicht darüber reden. Es ist nicht das, weswegen ich hier bin."

„Aber sie ist am Leben?", fragte Isabel leise, und er nickte. Sie atmete tief durch. „Wenn du nicht gekommen bist, um mit mir über Yawar zu sprechen, was ist es dann?", fragte sie. Sie versuchte mit aller Macht, die Gewissheit beiseite zu schieben, die nun wie ein dunkles Herz in ihrem Inneren pochte.

Yawar war tot.

Ich weiß nur von dem Schmerz.

„Yawars Erbe", sagte Yanaphuru ernst. „Er hat beschlossen, dass du die neue Yuyaq sein sollst."

„Ich hoffe, dass ich es sein kann."

Yanaphuru lächelte. „Das hoffe ich auch, Isabel. Meine Herrin hat keinen Zweifel daran, dass Yawars Entscheidung richtig war. Du kannst eine würdige Yuyaq sein. Aber Mismi ist zornig."

Isabel hob eine Augenbraue.

„Für ihn ist das Spiegelbuch Eigentum der Hochlandmenschen", fuhr Yanaphuru fort. „Für ihn ist es mit denen verbunden, in deren Adern das alte Blut fließt, die Erinnerung an eine Zeit, bevor die Spanier das Land unterjochten."

„Yawar sagte", antwortete Isabel ohne nachzudenken, „dass mittlerweile Fremdes und Eigenes ein Ganzes ergeben. Die Grenzen sind verwischt. Deshalb haben wir auch zweierlei Papier in das Buch gebunden." Sie unterbrach sich.

„Ich finde, dass er recht hat", sagte Yanaphuru leise. „Auch du bist ein Kind dieser Erde, hier geboren, auch wenn du andere Erinnerungen mit dir trägst. Warum also solltest du nicht das Spiegelbuch hüten können? Doch Mismi ist zornig, und mehr noch hat es ihn erzürnt, dass er dich unter seinen Schutz nehmen muss. Denn das Versprechen seines Schutzes ist an dieses Andenkreuz geknüpft." Er beugte sich vor und berührte den schwarzen Anhänger mit dem Zeigefinger, behutsam wie eine Feder. „Wer immer es trägt und sich seinem Schutz anbefiehlt, dem kann er nicht schaden. Yawar hat das gewusst, und er hat Mismis Zorn vorausgeahnt. Es war eine weise Entscheidung, dass er dir das Andenkreuz gab, Isabel. Aber wenngleich es dich schützt, so lindert es nicht Mismis Zorn. Er wird dich nicht als Yuyaq anerkennen, und er ist der *apu*, der dies tun muss."

„Der Fluch ist noch nicht gelöst worden, nicht wahr?", fragte sie.

Yanaphuru nickte erneut.

„Und es ist meine Aufgabe, weil es Yawars Aufgabe war."

„Du kannst es zu deiner Aufgabe machen. In erster Linie musst du Anerkennung vor Mismi finden, und ich bin hier, um dir dies zu sagen. Meine Herrin hat mit Mismi gesprochen und versucht, ihn zu beruhigen. Er ist nun bereit, dir eine Chance einzuräumen. Aber es ist kein leichtes Unterfangen…"

Er zögerte. Dann stand er auf, und Isabel schaute aus ihrem Sessel zu ihm hoch. „Was muss ich tun?"

„Isabel", sagte Yanaphuru ernst, „Mismi, der *apu*, der Vater des großen Flusses und Stifter des Spiegelbuchs, fordert dich heraus. Wie der Fluss zu seinen Füßen, der Ucayali, das ganze Land durchzieht und große, mächtige Namen erhält, so durchziehen auch die Verlorenen Geschichten das ganze Land, und die Macht Mismis. Es ist eine Reise, auf die du dich begeben musst, wenn du diese Herausforderung annimmst. Eine Reise auf der Spur der Verlorenen Geschichten. Es wird deine Aufgabe sein, ihr Vertrauen zu gewinnen und ihnen im Spiegelbuch ein neues Zuhause zu geben. Nur, wenn du Mismis Rätsel löst, Isabel, wirst du am Ziel ankommen. Nur, wenn du ans Ziel gelangst, wirst du Gnade vor seinen Augen finden. Er ist überzeugt, dass es dir nicht gelingen wird, weil du eine Weiße bist, weil du seinem Land fremd bist." Er lächelte ihr aufmunternd zu. „Meine Herrin und ich hingegen sind sicher, dass es dir gelingen wird, weil du die Liebe zu diesem Land in dir trägst, und du bist mit dieser Erde ebenso verwurzelt, wie Yawar es war."

Isabel schwieg verwirrt. Sie war nicht sicher, ob sie alles begriffen hatte, was der Bote Sabancayas da sagte. „Was würde geschehen, wenn ich es nicht tue? Wenn ich die Herausforderung nicht annehme?"

Yanaphuru zögerte. „Dann gäbe es keinen Yuyaq. Die *apus* würden auf die Suche nach jemandem gehen, aber wer könnte der neue Yuyaq sein? Wie sollte er das Spiegelbuch finden? Es gäbe im Grunde auch auch kein Spiegelbuch, denn wenn du die Herausforderung nicht annimmst, wird Mismi nicht nur dich verleugnen, sondern auch das Spiegelbuch. Das ist das eigentlich Bittere für ihn: Dein Scheitern wäre sein eigenes."

Isabel nickte langsam. „Sag mir, was ich tun muss. Eine Reise?"

„Eine Reise, von der ich nicht sagen kann, an welche Orte sie dich führen würde. Ich weiß nur, dass du sie alleine machen musst, dass du an jedem Ort, an den du kommst, eine Botschaft Mismis finden wirst, die du zu entschlüsseln hast. In der Antwort auf sein Rätsel liegt stets der Hinweis, der deinen weiteren Weg vorzeichnet, und so wirst du von Botschaft zu Botschaft reisen, dich von Geschichte zu Geschichte schwingen. Was für Rätsel? Was für Antworten? Das kann ich dir nicht sagen."

Isabel zögerte, dann nickte sie.

„Ich werde es tun", sagte sie.

12.
Qallariy – Beginn

Isabel blickte in den Spiegel. In dem weißen Brautkleid fühlte sie sich seltsam verloren, es war, als ob ihr Körper einfach nicht dort hinein gehörte. Ihr Haar war den ganzen Morgen von Marina mit besonderer Hingabe gekämmt worden und sah zum ersten Mal in Isabels Leben brav und gebändigt aus. Unwillkürlich schnitt sie ihrem Spiegelbild eine Grimasse.

„*señorita.*" Das war Concha, die an der halb geöffneten Tür klopfte. Schüchtern steckte sie den Kopf durch den Spalt, und als Isabel Conchas rot geschwollene Augen sah, wurde ihr schwer ums Herz. Niemals hatte sie Concha weinen sehen, und sie hatte niemals daran gedacht, dass es der Köchin das Herz brechen musste, wenn Isabel fortging. Ein Kloß bildete sich in ihrem Hals.

„*señorita*, es warten alle. Ihr müsst los." Concha sprach auf Spanisch und sah sie unendlich traurig an. „Jetzt geht Ihr also fort, *señorita*. Mein Gott, ist es denn nicht erst gestern gewesen, dass Ihr mir nur bis hierher gereicht habt?" Sie schniefte und deutete mit der Hand die Höhe ihrer Hüfte an.

Isabel schluckte.

„Conchita", sagte sie leise und fuhr auf Quechua fort: „Es wird nicht das passieren, was du erwartest. Ich werde den Marqués nicht heiraten. Ich gehe fort in einer Mission der *apus* und werde das Spiegelbuch mitnehmen."

„Fort, *Isabelchay*?", fragte Concha verwirrt. „Aber wohin?"

Isabel biss sich auf die Lippen. „Das weiß ich selbst nicht genau. Es ist eine Herausforderung. Ich bitte dich nur, dass du nicht mehr weinst, Conchita. Du hast selbst gesagt, ich dürfe Yawar nicht enttäuschen. Ich werde es nicht tun. Ich werde sein Erbe annehmen."

Ein scheues Lächeln breitete sich auf Conchas Gesicht aus. „Es ist gut, das zu hören, *Isabelchay*. Wo ist das Buch?"

Isabel lächelte verschmitzt und hob die Arme. „Hier."

Tatsächlich hatte sie sich das Buch von Marina unbemerkt unter ihrem Korsett an den Oberkörper geschnürt. Es war irgendwie beruhigend, den weichen Ledereinband auf ihrer Haut zu spüren. Wenn man nicht ganz genau hinsah, waren die Kanten des Buches unter dem Stoff nicht zu erkennen.

Concha nickte verstehend. „Aber auf welche Weise willst du die Hochzeitsgesellschaft verlassen, *sonqollay*?"

„Die *apus* haben mir ihre Hilfe versprochen", sagte Isabel. Mit der Hand fuhr sie zu ihrem Hals. Marina hatte sie ungläubig angesehen, als sie darauf bestanden hatte, das Andenkreuz auch zur Hochzeitszeremonie tragen zu wollen, und Isabel war darauf gefasst, dass auch ihr Vater noch Einspruch dagegen erheben würde.

Tatsächlich wusste sie nicht genau, was geschehen würde, aber im Zweifelsfall würde sie einen Weg finden. Einer Sache war sie sich ganz sicher: Sie würde eher sterben als sich vom Marqués de Lurigancho einen Ring an den Finger stecken zu lassen. Mit einem Seufzer umarmte sie Concha zum letzten Mal.

„Viel Glück, *Isabelchay*", flüsterte die Köchin mit zitternder Stimme, dann schob sie Isabel von sich und sah ihr prüfend ins Gesicht, wobei sie ein tapferes Lächeln versuchte. „Du siehst wunderschön aus, *sonqollay*."

Isabel lächelte zurück, auch wenn es ihr schwerfiel, und drückte Concha einen Abschiedskuss auf die Stirn. Dann verließ sie das Zimmer, in dem sie beinah ihr ganzes Leben verbracht hatte. Es war ein merkwürdiges Gefühl zu wissen, dass sie niemals wieder hierher zurückkehren würde.

Eine Kutsche wartete vor dem Haus. Die Trauung würde in der Kathedrale stattfinden. Isabel atmete noch einmal tief durch, bevor sie in die Kutsche stieg. Bis zur Kathedrale waren es nur wenige Blöcke.

Würde Yanaphuru sein Wort halten und Isabel die Flucht ermöglichen? Ihre Handflächen waren feucht.

Isabels Mutter saß ihr gegenüber in der Kutsche und betrachtete sie leicht verwirrt, als wisse sie gar nicht, was die junge Frau in dem weißen Kleid hier zu suchen habe. Ein Rosenkranz glitt rastlos durch ihre dünnen Finger, wieder und wieder.

Isabel lehnte sich gegen das harte Polster des Sitzes, während die Kutsche rhythmisch die Straße hinunter ruckelte.

Und dann schoss das Gefährt plötzlich los.

Isabel wurde in ihrem Sitz nach hinten geschleudert, und der Rosenkranz ihrer Mutter kullerte zu Boden. Zuerst dachte Isabel, dass die Pferde vor etwas scheuten, aber dann stahl sich der unglaubliche Gedanke in ihren Kopf, dass dies etwas mit Yanaphurus Versprechen zu tun haben konnte. Tatsächlich raste die Kutsche nun gleichmäßig voran.

Isabel steckte den Kopf aus dem Fenster und nahm im Vorbeirasen die erschrockenen Schreie von der Straße wahr, dann wurde sie wieder in die andere Ecke ihres Sitzes geschleudert, als die Kutsche scharf um eine Ecke bog und nun nach unten in Richtung Fluss donnerte. Schwer atmend suchte Isabel Halt und blickte auf ihre Mutter, die sie aus weitaufgerissenen Augen anstarrte.

„Seid Ihr in Ordnung, Mutter?", fragte Isabel pflichtschuldig.

Unmittelbar darauf kam die Kutsche zum Stehen, und die Tür wurde aufgerissen. „Isabel."

Es war tatsächlich Yanaphuru.

Ihre Mutter starrte verwirrt erst auf ihn, dann auf ihre Tochter, sagte aber nichts.

Der Bote Sabancayas machte ein Handzeichen. „Beeil dich. Es ist keine Zeit zu verlieren. Hast du das Buch?"

Sie nickte und kletterte aus der Kutsche, das Kleid hochraffend, das ihr jetzt mehr als hinderlich war. Sie drehte sich noch einmal kurz zu ihrer Mutter um, aber diese hatte sich gebückt und las gerade ihren Rosenkranz vom Boden auf. Isabel biss sich auf die Lippen. *Es ist unglaublich*, dachte sie, *aber der Abschied von Concha ist mir wesentlich schwerer gefallen.*

Sie drehte sich wieder zu Yanaphuru. „Und nun?"

Er bedeutete ihr mit einer Handbewegung, ihm zu folgen.

Sie befanden sich in einer schmalen Seitengasse, die parallel zum Río Chili verlief. Yanaphuru öffnete eine Holztür, die ohnehin nur noch halb in ihren Angeln hing, und schob Isabel in das Innere des Hauses. Durch einen schattigen Durchgang erreichten sie einen Innenhof.

Yanaphuru reichte ihr einen leinenen Sack. „Hier. Darin ist andere Kleidung, aber wir haben jetzt keine Zeit, dass du dich umziehst. Du kannst das später tun, wenn du die Stadt verlassen hast."

Sie befühlte den Sack. Er konnte nicht nur Kleidung enthalten.

„Es sind auch andere Dinge darin", sagte Yanaphuru lächelnd. „Unter anderem Q'enti."

Sie strahlte ihn ungläubig an. Ihr war bis zuletzt keine Möglichkeit eingefallen, wie sie das Charango mit sich nehmen sollte, und sie war davon ausgegangen, dass sie es würde zurücklassen müssen. „Und wie soll ich die Stadt verlassen?"

Hinter ihr klapperten Schritte auf dem Steinboden. Nicht direkt wie von Hufen, eher wie …

Langsam drehte Isabel sich um.

Vor ihr stand ein Alpaka. Oder war es ein Lama? Sie war sich nicht ganz sicher. In ihrem Leben hatte sie immer wieder die wolligen Tiere des Hochlands gesehen, aber nie gelernt, wie sie sie unterscheiden konnte.

Das Tier, das vor ihr stand, hatte den dichten Wollpelz eines Alpakas, aber es wirkte wesentlich größer und stämmiger. Sein Fell hatte die Farbe von *manjar dulce*, ein sonniges, warmes Braun, und seine Augen musterten Isabel mit einem seltsam menschlichen Ausdruck, halb mürrisch, halb amüsiert, während seine Zähne auf etwas herumkauten.

„Dies", sagte Yanaphuru feierlich, „ist Chaski. Wie ich steht er im Dienste Sabancayas. Er wird dein Reittier sein auf dem Weg, der vor dir liegt."

Unwillkürlich streckte Isabel die Hand aus, um das Tier am Kopf zu kraulen. „Er ist wunderschön", sagte sie bewundernd. „Was ist er?"

„Ich", antwortete Chaski trocken, „bin ein Alpaka. Lass es mich gleich klarstellen. Fragen kannst du an mich direkt richten."

Verwirrt hielt Isabel mitten in der Bewegung inne.

„Lass mich noch etwas klarstellen", fuhr Chaski fort. „Gegen Streicheleinheiten habe ich nichts einzuwenden."

„Er spricht!" Sie drehte sich zu Yanaphuru. „Ist er auch ein *mallki*?"

Chaski räusperte sich vernehmlich. „Wie ich bereits sagte. Fragen kannst du an mich direkt richten. Denn, wie du ganz richtig erkannt hast: Ich spreche."

„Entschuldigung", sagte Isabel.

„Angenommen. Wir sollten uns auf den Weg machen. Ich schätze, wir werden genug Zeit haben, uns näher kennen zu lernen."

„Sei unbesorgt, Isabel." Yanaphuru legte ihr eine Hand auf die Schulter. „Chaski hat eine spitze Zunge, aber ein gutes Herz. Hier beginnt deine Reise. Ich wünsche dir alles Gute."

„Werden wir uns wiedersehen?", wisperte sie.

„Das hoffe ich", antwortete Yanaphuru ernst. Er lächelte sie an und strich ihr kurz über die Wange. „Es wird nicht einfach sein, aber ich bin sicher, dass du es schaffen kannst. Ich werde nicht eingreifen dürfen, um dir zu helfen, aber mit Herz und Verstand wirst du die Aufgaben lösen, die vor dir liegen."

Sie nickte. „Danke für alles, Yanaphuru."

„Dann kannst du jetzt also aufsteigen", bemerkte Chaski. Er ging leicht in die Knie, und sie näherte sich unsicher.

„Eine weitere Klarstellung", sagte das Alpaka. „Ich beiße nicht. Und ich spucke äußerst selten. Du kannst also unbesorgt näher kommen."

Sie legte ihre Hände auf seinen Rücken. Die Wolle fühlte sich weich, aber filzig an. Isabel versuchte, sich an das zu erinnern, was ihr Vater ihr über das Aufsitzen auf einem Pferd gesagt hatte – Jahrhunderte schien das her zu sein.

„Wirst du mich tragen können?", fragte sie.

„Davon gehe ich aus", entgegnete Chaski lakonisch.

Zögernd stieß sie sich ab, hielt sich am Hals des Alpakas fest und ließ beide Beine über seine linke Flanke hängen.

Chaski scharrte mit dem rechten Vorderhuf.

„Ein Bein bitte über meinen Rücken auf die andere Seite schwingen. Sonst fällst du runter. Ich habe vor, schnell zu laufen."

„Aber so reiten nur Männer!", entfuhr es Isabel.

Das Alpaka drehte den Kopf und funkelte sie aus seinen braunen Augen an. „Und, fallen Männer vielleicht vom Pferd? Na, siehst du."

Es fühlte sich merkwürdig an, aber sie schwang ihr rechtes Bein über Chaskis Rücken, sodass sie schließlich rittlings auf ihrem neuen Reittier saß. Es war ein komisches Gefühl, den warmen, pulsierenden Körper unter sich zu spüren. Chaski begann zu tänzeln, und instinktiv klammerte sie sich fester an die Wollbüschel seines Halsfells.

Ich werde herunterfallen, ganz bestimmt.

Der leinene Sack, den Yanaphuru ihr gegeben hatte, hing über ihrer Schulter. Sie drehte sich ein letztes Mal zu Yanaphuru um, und er hob zum Abschied die Hand. „Leb wohl, Isabel."

Sie nickte stumm.

Dann galoppierte Chaski los, mitten durch den Hof. Isabel rutschte nach vorne und versuchte, ihr Gleichgewicht auf dem schaukelnden Rücken zu finden. Zugleich fragte sie sich, wo das Alpaka hinwollte. Dann entdeckte sie, dass es am anderen Ende des Hofes auch einen Durchgang gab, allerdings war er nicht von einer Tür verschlossen, sondern steinerne Stufen führten nach oben. Chaski jagte unbeirrt hinauf, und während Isabel die Arme um seinen Hals schlang, um besseren Halt zu haben, versuchte sie, sich zu orientieren. Da waren sie bereits wieder auf offener Straße.

Es war die Straße, die hinunter zum Puente Viejo führte.

Der Brücke, auf der sie Yawar gefasst hatten.

Der Gedanke fuhr wie eine stählerne Klinge in Isabels Brustkorb, und sie vergrub das Gesicht in Chaskis Fell. War es nicht eine Ironie des Schicksals, dass sie nun in einem Brautkleid über eben jene Brücke ritt?

Sie hörte Chaskis Schritte auf dem Steinboden klappern, spürte den Wind, der an ihren Haaren und ihrem Kleid zerrte, und ihre Tränen, die heiß in den wollenen Pelz des Alpakas flossen.

Sie sah nicht mehr auf, bis Chaski zum Stehen kam.

„Du kannst meinen Hals jetzt loslassen", sagte Chaski. „Und absteigen, wenn du das möchtest."

Er scharrte mit dem rechten Vorderfuß. Isabel nickte, wischte sich verstohlen mit der Hand übers Gesicht und glitt langsam vom Rücken des Alpakas. Dann sah sie sich um. Chaski hatte sie aus der Stadt hinausgetragen; vor ihnen erstreckten sich die ausgedehnten Zwiebelfelder von Arequipa, und der Vulkankegel des Misti schien zum Greifen nah.

„Ich schlage vor, du ziehst dich jetzt um." Chaski drehte leicht den Kopf, während er sprach. „Das Kleid da ist unpraktisch."

„Ich weiß."

„Es ist übrigens auch hässlich."

Isabel hob die Augenbrauen und funkelte das Alpaka an.

„Ich habe mir das nicht ausgesucht", sagte sie gedehnt.

Chaski wedelte mit dem rechten Ohr. „Habe ich auch nicht behauptet."

Isabel seufzte und griff dann nach dem Leinensack über ihrer Schulter, um hinein zu starren. Weicher, cremefarbener Stoff leuchtete ihr entgegen, ein einfaches Kleid, das sie beim Reiten nicht behindern oder im Wind flattern würde. Mit der rechten Hand griff sie danach, um es aus dem Sack zu ziehen, und lächelte unwillkürlich, als sie Q'enti unter dem Kleid entdeckte.

Dann fiel ihr etwas ein, und mit dem Stoff in der Hand sah sie auf.

Chaski musterte sie unbeeindruckt.

„Du wirst doch wegschauen?"

Er entblößte eine Reihe gelber Zähne. „Ich bin ein Alpaka. Du bist eine Menschenfrau. Du bist in keiner Weise erregend für mich."

Isabel starrte ihn an, dann schüttelte sie unwillkürlich den Kopf. Auseinandersetzungen mit einem sarkastischen Alpaka gehörten nicht zu dem, was sie sich unter der Herausforderung Mismis vorgestellt hatte. „Du wirst dich umdrehen", sagte sie mit Bestimmtheit.

Chaski wedelte erneut mit dem rechten Ohr. Später sollte sie begreifen, dass dies seine Art war, mit den Schultern zu zucken. Dann drehte er sich tatsächlich um und schnupperte an einigen Grashalmen, während Isabel sich prüfend umsah. Nirgends war eine Menschenseele zu entdecken. Sie spürte, wie ihr dennoch die Röte ins Gesicht schoss. Sicher, sie hatte sich normalerweise immer in Marinas Gegenwart umgezogen, und auch Yawar hatte ihr natürlich dabei zugesehen. Aber es war ein Akt, der in die Vertrautheit von vier geschlossenen Wänden gehörte.

Sie versuchte, das kunstvoll hinter ihrem Rücken verschnürte Brautkleid zu öffnen.

Es gelang nicht.

Isabel biss sich auf die Lippen und kämpfte die Tränen zurück, die ihr in die Augen stiegen. Sie zerrte an den Schnüren, aber ohne jeden Erfolg. Sie riss wütend an dem seidigen Stoff, nur um zu spüren, wie ihre nassgeschwitzten Finger davon abglitten. Ihre Wangen glühten mittlerweile.

„Sag einfach, wenn du fertig bist", vermeldete Chaski in gelangweiltem Tonfall hinter ihr.

Sie holte tief Luft. „Ich glaube, du musst mir helfen."

„*Muss* ich?"

Sie drehte sich um und bedachte das Alpaka mit einem wütenden Blick. Was auch immer Yanaphuru sich dabei gedacht hatte, ihr dieses Tier als Begleiter zur Seite zu stellen: Es war keine gute Entscheidung gewesen, fand sie. Und es gefiel ihr nicht, das Alpaka jetzt um Hilfe bitten zu müssen, aber ihr blieb keine andere Wahl.

„Das Kleid", sagte sie langsam und legte so viel Widerwillen in ihre Stimme, wie sie nur konnte. „Ich kann es nicht öffnen. Könntest du ... Ich meine, mit deinen Zähnen?"

Chaski drehte langsam den Kopf.

„Ich *könnte*, ja."

„Würdest du mir bitte helfen?"

Das Alpaka machte eine kurze Kopfbewegung. „Komm her."

Sie ballte die Fäuste, während sie auf ihn zuging und ihm schließlich wieder den Rücken zudrehte.

„Das Kleid wird aber davon ungenießbar werden. Ich meine, unbrauchbar."

„Das ist mir egal. Ich habe nicht vor, es noch einmal anzuziehen."

Dann spürte sie, wie Chaski mit seinen Zähnen an den Schnüren an ihrem Rücken herum zerrte. Schließlich das Geräusch von reißendem Stoff, und das Kleid schälte sich von ihren Schultern, und auch das Korsett rutschte nach unten. Das Spiegelbuch plumpste auf den Boden.

„Du bestehst sicher darauf, dass ich mich wieder wegdrehe", sagte Chaski.

Sie nickte, ohne sich umzudrehen. „Ja, das tue ich. Bitte", fügte sie hinzu und wartete einen Moment, bevor sie eilig ganz aus dem Kleid schlüpfte und sich so schnell wie möglich das andere aus dem Sack über den Kopf stülpte.

Es war einfach geschnitten, und erfreulicherweise benötigte sie hierfür keine Hilfe. Der Stoff war rauer als alles, was sie jemals am Körper getragen hatte, aber nicht kratzig, und er schmiegte sich angenehm an ihren Körper. Isabel atmete tief durch. Langsam ließ das Glühen ihrer Wangen nach. Sie fuhr sich mit den Fingern in die Haare und begann, die Bänder zu lösen, mit denen Marina ihr Haar für die Trauung zu bändigen versucht hatte. Für einen Moment überlegte sie, die weißen Seidenbänder in hohem Bogen fortzuwerfen, aber dann schob sie sie einfach in den Sack und zog die Schlaufe zu. Vielleicht würde sie die Bänder noch einmal benötigen. Eines davon behielt sie in der Hand und band ihr Haar locker damit zusammen. Dann bückte sie sich nach dem Spiegelbuch und strich behutsam über den Einband. Erst dann drehte sie sich um.

„Fertig", sagte sie und kam sich mehr als albern vor, diese Worte an ein Alpaka zu richten.

„Gut", sagte Chaski, ohne sich umzudrehen.

Isabel zögerte. „Und jetzt?"

Ohrenwedeln. „Das musst du wissen. Ich bin nur das Reittier."

Isabel sah sich unsicher um. Sie hätte sich gerne gesetzt, aber sie fühlte sich etwas gehemmt, sich einfach auf den Boden zu hocken.

„Yanaphuru hat gesagt, ich würde Botschaften von Mismi finden, die mir den Weg weisen ...", sagte sie. Unter dem etwas herablassenden Blick aus den braunen Alpakaaugen fühlte sie sich nervös. Und es irritierte sie, dass Chaski in der Lage war, eine Bewegung durchzuführen, die dem Hochziehen einer Augenbraue ungemein nah kam.

„So, so", machte das Alpaka. „Botschaften. Tja, dann solltest du dich nach ihnen umsehen, schätze ich."

Isabel räusperte sich. „Weißt du nicht zufällig, wie das genau zugehen soll?"

„Nein", antwortete Chaski ungerührt und wandte seine Aufmerksamkeit wieder den Grashalmen zu.

Isabel ballte eine Faust. „Das ist alles, was du dazu zu sagen hast?"

Er hob den Kopf erneut. „Es hat deine Frage doch beantwortet, oder nicht?"

Für einen Moment starrten sie sich wortlos an.

„Bitte", sagte Isabel schließlich. „Wenn du mir dazu noch etwas sagen kannst, dann tu es. Ich weiß nicht, wie *apus* solche Aufgaben stellen. Und ich darf doch Yawar nicht enttäuschen."

Chaski schwieg und legte den Kopf schief.

Isabel seufzte. „Gut, das heißt dann wohl nein."

Er wedelte mit dem rechten Ohr. „Ich frage mich nur, warum du nicht in das Buch guckst."

„Das Buch?" Sie blickte auf das Spiegelbuch in ihrer Hand. „Darin steht nur, was ich selbst hineingeschrieben habe. Lieder, Geschichten …"

Sie nahm das Buch wieder in beide Hände und drückte es an ihre Brust, hoffte, dass es ihr Kraft und Gelassenheit geben würde. Es war ein Teil von Yawar und von ihr, das letzte, was sie noch mit ihm verband. Sie biss sich auf die Lippen.

„Ach so", sagte Chaski. „Und ich dachte, es wäre das magische Spiegelbuch der Hochlandrebellen." Ungerührt zupfte er an den Grashalmen und sie blickte erneut auf das Buch.

War es nicht wirklich dazu bestimmt, das heilige Buch der Rebellen zu werden? Und war es nicht auch eine Art von Magie, mit der sie und Yawar es in seiner jetzigen Form geschaffen hatten? Wehmütig dachte sie an die sternenklaren Nächte von Arequipa, an den melancholischen Klang von Q'enti und den Fluss der roten Tinte, der durch ihre eigenen Adern gegangen zu sein schien. Und sie erinnerte sich daran, wie Yanaphuru Yawar geholfen hatte, die leuchtende Farbe von Llanganuco auf den Ledereinband zu bannen.

Sie warf einen kurzen Blick auf Chaski, der ihr keine weitere Aufmerksamkeit zu schenken schien, und schlug dann entgegen ihrer Überzeugung das Buch auf.

Rote, vertraute Worte leuchteten ihr entgegen.

Ganz genau so, wie ich es mir gedacht habe. Sie fühlte sich beinah zufrieden, dass sie recht behalten hatte, obwohl ihr das natürlich nicht weiterhalf auf der Suche nach Mismis Botschaften. Aber immerhin hatte nun nicht dieses Alpaka recht …

Das war der Moment, in dem die Buchstaben vor ihren Augen zu *zerfließen* begannen.

Isabel schrie auf und ließ das Buch fallen. Es plumpste mit dem Einband nach unten zu Boden, und ein Windstoß fuhr in seine Seiten.

Chaski sah interessiert auf.

„Die Schrift hat sich bewegt!", stieß Isabel hervor.

„Du hast es fallenlassen", sagte Chaski hilfsbereit und setzte hinzu: „Das ist Bewegung."

„Das meine ich nicht!" Sie funkelte ihn an und bückte sich, kniete sich vorsichtig vor dem Buch auf den Boden. Ihr Herz raste.

Die Seite, die nun aufgeschlagen war, kannte sie nicht. Es war eine unbekannte Schrift darauf, und sie war nicht rot, sondern dunkelgrau, beinahe schwarz.

In der Stadt der Könige beginnt dein Weg, beginnt deine Suche nach den Verlorenen Geschichten.

Verwirrt sah sie auf. Chaski war näher gekommen und spähte ihr neugierig über die Schulter.

„Die Stadt der Könige. Aber das ist Lima." Sie schaute ihn enttäuscht an.

Er wedelte mit einem Ohr. „Wenn du das sagst."

„Mehr hast du dazu nicht zu sagen?"

„Ich bin nicht für die Planung der Marsch-route zuständig. Ich dachte, das hätte ich klargestellt."

Isabel seufzte.

„Lima." Sie ließ das Wort durch ihre Sinne glei-ten und spürte so etwas wie Zorn in sich auf-steigen. „Ich soll nach Lima? Aber dann hätte ich auch den Marqués de Lurigancho heiraten können." Sie unterdrückte den Zusatz, dass dessen Gesellschaft möglicherweise sogar ange-nehmer gewesen wäre als die des sprechenden Alpakas.

„Vermutlich", sagte Chaski, „macht es einen gewissen Unterschied, ob du nach Lima fährst, weil du einen blasierten Schönling geheiratet hast oder weil du als deine eigene Herrin dort-hin kommst und die Herausforderung eines *apus* annimmst. Nun, das ist zumindest meine Meinung. Aber mich fragt ja niemand."

Isabel blinzelte zu ihm hoch.

„Ich habe den Eindruck, *wenn* ich dich etwas frage, bekomme ich keine Antwort."

„Was *erwartest* du von mir?", fragte Chaski.

„Meine Aufgabe ist die eines Reittiers. Nicht mehr und nicht weniger. Und dabei habe ich dir sogar aus deinem Brautkleid geholfen." Sichtlich verdrossen fügte er hinzu: „Ein kurzes *Danke* wäre im Übrigen auch angemessen gewesen."

Sie musterte ihn verwirrt. „Ich habe bitte gesagt."

„Aber nicht danke." Das Alpaka seufzte. „Nun, was soll's? Offenbar wird man in den Herrenhäusern von Arequipa doch irgendwie, hm, *anders* erzogen. Das wird eine amüsante Reise, ich ahne es."

„Du musst mich nicht begleiten, wenn du das nicht möchtest", sagte Isabel spitz.

Chaski stakste einige Schritte um sie herum und senkte dann seinen Kopf, sodass er mit ihr auf Augenhöhe war. „Besten Dank auch, Prinzesschen. Leider liegt das nicht in meiner Entscheidungsmacht. Wenn es nach mir ginge, wäre ich ganz bestimmt nicht hier. Ach, und übrigens: Ich hatte nicht vor, unfreundlich zu dir zu sein. Wie man nebenbei bemerkt eben auch daran sehen kann, dass ich dir aus deinem Brautkleid …"

„Ich weiß", unterbrach sie ihn und rollte mit den Augen. „Dankeschön."

„Bitte sehr", sagte Chaski huldvoll.

Isabel warf einen letzten Blick auf die Botschaft im Spiegelbuch, klappte es dann zu und atmete tief durch. „Du wirst also nichts weiter machen als mich zu tragen?"

„Ich helfe dir gerne, wenn ich das kann", antwortete Chaski. „Allerdings solltest du nicht erwarten, dass ich dir die ganze Denkarbeit abnehme. Du bist hier immerhin diejenige, die sich mit den werten *apus* anlegt. Ich würde so etwas nicht tun."

„Aber du …" Sie suchte nach einem geeigneten Wort. „Du gehörst doch zu Sabancaya, nicht wahr?"

„So ist es", antwortete Chaski gedehnt. „Und ich tue, was sie sagt. Darum bin ich jetzt hier."

„Es tut mir leid, wenn du eigentlich nicht …"

„Ich sage nicht, dass es mich stört", betonte Chaski eilig. „Vielleicht sollten wir einige Dinge klären, bevor wir uns auf den Weg machen. Erstens: Ich bin sehr direkt. Das ist nun mal meine Art. Zweitens: Ich meine es nicht böse. Jedenfalls meistens."

„Gut", sagte Isabel. „Drittens: Ich möchte echte Antworten auf meine Fragen, keine … Kommentare."

Chaski blinzelte. „Viertens: Wir sind hier nicht mehr in Arequipa."

„Das ist mir klar", sagte Isabel gedehnt. „Was meinst du mit diesem Punkt?"

„Ich meine damit, dass du dich immer daran erinnern solltest, dass es von nun an weder eine Köchin noch Hausmädchen gibt, die sich um dich kümmern und dir, verzeih meinen Ausdruck, Honig in den Hintern blasen. Siehst du, vermutlich bist du ein nettes Mädchen, immerhin hat Sabancaya eine ziemlich gute Meinung von dir, aber wie wir gesehen haben, bist du nicht einmal in der Lage, dir alleine ein Kleid auszuziehen." Er machte eine bedeutungsvolle Pause und sprach weiter, als Isabel zu einer empörten Entgegnung ansetzte. „Ich werde weder deine Köchin noch dein Hausmädchen sein. Ich helfe dir gerne. Aber das Denken ist deine Aufgabe. Und nicht nur das."

Isabel stand langsam auf und schob das Spiegelbuch in den Leinensack.

„Fünftens", sagte sie. „Du hörst auf der Stelle auf, mir die Sache mit dem Kleid unter die Nase zu reiben."

Chaski nickte knapp. „Sechstens. Ich bin ein Alpaka."

„Was? Auch das ist mir klar."

„Das hoffe ich. Ich sage es nur für die Zukunft. Manche Leute, gerade die aus der Stadt, neigen dazu, mich für ein Lama zu halten." Er mahlte stumm mit den Zähnen und knirschte: „Ich bin kein Lama. Das wollte ich nur noch einmal deutlich gesagt haben."

Plötzlich hatte Isabel das Bedürfnis, ihn ausgiebig zwischen den Ohren zu kraulen. Doch es erschien ihr unangemessen.

„Gut", sagte sie. „Dann ist erst einmal alles klar, denke ich. Wie lange brauchen wir nach Lima?"

Jetzt grinste Chaski.

„Siebtens: Ich bin kein gewöhnliches Alpaka. Mein Weg ist der Wind. Steig auf, Prinzesschen."

„Achtens", sagte Isabel, während sie sich auf seinen Rücken bugsierte. „Nenn mich nicht Prinzesschen. Und vor allem nicht in diesem Tonfall."

„Festhalten", entgegnete Chaski ungerührt. Sie lehnte sich nach vorne gegen den warmen, langen Hals, griff mit beiden Fingern in die goldbraune Wolle, und dann jagte Chaski los.

Diesmal schloss Isabel nicht die Augen, obwohl der Wind ihr ins Gesicht peitschte. Sie sah die Landschaft um sich her zu einem einzigen blaugrünen Schemen verschwimmen.

Lima, dachte sie. *Mein Weg hat begonnen.*

13.
Ñan – Weg

Chaskis Weg war tatsächlich der Wind. Das Alpaka schien ihr Gewicht kaum zu spüren und jagte schneller dahin als jedes Pferd. Sie erreichten Lima schneller, als Isabel gedacht hatte.

Die Stadt der Könige atmete ihnen die kühle Luft der Küste entgegen. Feiner Nieselregen hing wie Nebelschwaden in der Luft, und Isabel hatte das Gefühl, dass er sie bis auf die Knochen durchdrang. Sie fröstelte. In Arequipa waren die Nächte frisch gewesen, aber die trockene Kälte der Anden war nichts im Vergleich zu der heimtückischen Feuchtigkeit Limas, die Tag und Nacht in jeden Winkel kroch. Isabel wurde bewusst, dass sie ein Leben im Nebel erwartet hätte, wenn sie den Marqués tatsächlich geheiratet hätte. Wehmütig dachte sie an den sonnenklaren Himmel von Arequipa zurück.

„Du wirst absteigen müssen", sagte Chaski, und Isabel runzelte die Stirn.

„Wie bitte?"

„Absteigen, Prinzesschen. Ein gewöhnliches Alpaka taugt nicht zum Reittier, Menschen sind ihm zu schwer, das weiß man sogar hier in Lima, und bevor sie dich gleich der Hexerei

anklagen, gehen wir doch lieber den unauffäl-
ligen Weg."

Gehorsam glitt sie von seinem Rücken und
schluckte. „Hexerei?", murmelte sie. „Meinst
du, die Gefahr besteht?"

„Wenn Menschen fürchten, was sie nicht begreifen", antwortete das Alpaka, „besteht immer
Gefahr. Nun komm, Prinzesschen. Ich denke,
es warten Geschichten auf dich."

Es war seltsam, Lima zu betreten und durch die
lebhaften Straßen zu wandern. In Arequipa er-
strahlten die Fassaden im Glanz des schneewei-
ßen Vulkangesteins, in Lima kämpften hier und
da sanfte Pastellfarben gegen die Unerbittlich-
keit des Zwielichts. Über den Köpfen der Pas-
santen schwangen sich schier endlose Reihen
von dunklen Holzbalkonen, filigran verziert,
als seien sie eine ganz eigene Art von Straßen-
netz. Immer wieder konnte Isabel Bewegungen
hinter den schmalen Fensterfronten wahrnehmen. Sie fühlte sich, als beobachte Lima selbst
sie mit argwöhnischem Blick.

Gern hätte sie Chaski gefragt, was sie jetzt tun
sollte, aber sie wagte nicht, das Wort an ihn zu
richten. Zu viel Betriebsamkeit herrschte um sie
her, und die neugierigen Seitenblicke, die Isabel
streiften, machten sie bereits nervös genug.

Einmal mehr wünschte sie sich, Yawar noch an
ihrer Seite zu haben. Es erschien ihr schlagar-
tig unvorstellbar, ohne ihn und sein liebevolles
Lächeln irgendetwas vollbringen zu können.
Die Geschichten waren doch zu ihm gekom-

men. Isabel hingegen musste eine Fremde für sie sein.

Sie suchte sich ihren Weg durch die Straßen der Stadt, bis sich vor Isabel die bleigrauen Wasser des Pazifik ausdehnten, die freudlos an den Klippen von Lima leckten. Irgendwo am Horizont verschwammen Meer und Himmel in einem trüben Brei. Es passte zu ihrem Inneren, fand sie.

Sie setzte sich auf eine niedrige Steinmauer mit Blick auf den Ozean, holte das Spiegelbuch hervor und legte es aufgeschlagen auf ihren Schoß. Chaski stand hinter ihr, aber sie vermied es, sich nach ihm umzudrehen. Sein ewig skeptischer Blick hätte sie nur nervös gemacht.

Isabel spürte den Seewind an ihrem Haar zupfen und über die Seiten des Buches streichen. Sie hielt es fest, schloss die Augen und wartete, während sie sich die nächtliche Dachterrasse in Arequipa ins Gedächtnis zu rufen versuchte, das Gefühl, wie die Geschichten um sie her geschlichen waren, sie beäugt hatten und schließlich nähergekommen waren.

Der Wind frischte auf und ließ die Erinnerungen zerstieben, trug sie mit sich hinauf in den grauen Himmel. Und auch sonst geschah nichts. Da war das gleichförmige Rauschen der Wellen, der klamme Kuss des immerwährenden Nieselregens.

Isabel schluckte und kämpfte die Tränen nieder. Enttäuschung brannte in ihrer Kehle. Für einen Moment war ihr, als trüge der Wind ein spöttisches Lachen an ihr Ohr, aber als sie den Kopf hochriss, war es nur das gleichförmige Flattern der Böen. Chaski stand mit unbewegter Miene da und betrachtete Isabel.

„Da sind keine Geschichten! Oder sie mögen mich nicht", platzte sie heraus. „Es wird nie funktionieren! Ich bin die falsche Yuyaq." Sie blinzelte heftig und verspürte so etwas wie Erleichterung, dass sie die Tränen in ihren Augen auch auf den Seewind schieben konnte.

„Prinzesschen", sagte Chaski unbeeindruckt, „ich denke, ich möchte dir etwas zeigen."

*

In Limas Straßengewirr verlor Isabel rasch die Orientierung. In Arequipa hatte man sich an den schneebedeckten Gipfeln der Vulkane orientieren können; in der Stadt der Könige gab es nur den kleinen kahlen Hausberg San Cristóbal, der immer wieder im Künstendunst verschwand, und wo das Meer lag, hatte Isabel bereits wieder vergessen.

Aber die Menschen um sie herum wurden lebhafter, der Puls der Stadt schien sich zu verändern. Etwas lag in der Luft wie die Vorfreude auf ein Volksfest.

Isabel ließ sich treiben, als sie erkannte, dass Chaski genau das beabsichtigte. Der Strom der Menschen trug sie zurück zur Plaza Mayor und dem gedrungenen Bau der Kathedrale, dann weiter.

Neugierig sah Isabel sich um, lauschte auf das Stimmgewirr und versuchte zu verstehen, wohin alle strebten. Doch die Wortfetzen, die sie schließlich aufschnappen konnte, ließen ihr das Blut in den Adern gefrieren.

„... zuerst die Militärparade — sie sind so schmuck anzusehen in ihren Uniformen ..."

„... endlich wieder ein *Autodafé*. Es gibt noch immer viel Hexergezücht ..."

„... werden ihn blutig peitschen, und dann muss er abschwören und im Büßergewand umgehen ..."

Isabel blieb wie angewurzelt stehen. Hinter ihr murrten Leute, aber sie hörte es kaum, sondern krallte nur die Finger in Chaskis weichen Pelz. Ein *Autodafé*. Eine Zeremonie des Heiligen Offiziums, Strafe und Demütigung der als Ketzer angeklagten. Keine Todesstrafe, aber ... Mit einem Schlag schien die graue Küstenluft zurückzuweichen. Isabel stand auf sonnenverbranntem Stein, fühlte ihren Körper mit Wucht hinschlagen und hörte eilige Schritte näher kommen.

Sie schrie auf, und Limas Trübheit schlug ihr entgegen und hieß Isabel zurück in der Wirklichkeit willkommen. Dann rannte sie los, ohne darauf zu achten, ob Chaski ihr folgte. Vor ihr lag ein Platz, hier sammelten sich die Schaulustigen, aber Isabel wollte nicht mitansehen müssen, was hier gleich geschehen würde, wollte fort von allem, was mit dem Offizium zu tun hatte. Ihre Füße trommelten über das Pflaster, ihre Lungen stachen vor Anstrengung, und als sie um eine Ecke rannte, prallte sie mit einem jungen Mann zusammen.

Seine Finger gruben sich in ihre Oberarme, stießen sie ruckartig weg und gegen die Steinwand. Isabel rang nach Atem. Ihr Herz pochte wie wild – und wollte mit einem Mal aussetzen, als sie die Züge des Mannes erkannte.

Der Marqués von Lurigancho – und er sah ihr direkt in die Augen! Ihr Mund wurde trocken. War er so schnell nach Lima zurückgekehrt? Von allen Menschen, die hier lebten, warum musste sie ausgerechnet mit ihm zusammenstoßen? Es konnte doch nicht sein, dass ihre Flucht, ihre Reise hier endete …

„Du dreckige Indiohure!", zischte der Marqués, stieß sie noch einmal rückwärts und ließ sie wie angeekelt los. „Pass auf, wo du hinläufst!" Er spuckte vor ihren Füßen aus, dann wandte er sich ab und ging weiter.

Schweratmend blieb sie stehen und presste sich an die harte Wand in ihrem Rücken. Nur langsam beruhigte sich Isabels Herzschlag, und ebenso langsam ließ die Verwirrung nach.

Chaski stand einige Schritte entfernt und sah Isabel mit schiefgelegtem Kopf an.

„Er hat mich nicht erkannt", murmelte sie rau, strich sich eine Haarsträhne aus der Stirn und begriff erst in diesem Augenblick, dass genau dies die Erklärung war. Es lag nicht nur daran, dass der Marqués seine entflohene Braut niemals hier in Lima erwartet haben konnte, sondern auch daran, dass er sie niemals wirklich angesehen hatte. Für ihn war sie ein hübsches Kleid im Inneren eines herrschaftlichen Hauses gewesen. In ihrem derzeitigen Aufzug war sie eine Fremde – und mit einem Mal verspürte sie den Drang, laut zu lachen. Selbst, wenn ihr Vater oder der Marqués nach ihr suchen ließen: Man würde sie nicht finden. Man konnte es nicht, denn die Isabel Goyeneche, die in Arequipa in ihre Brautkutsche gestiegen war, die gab es nicht mehr.

Genau in diesem Augenblick sah sie es.

Etwas huschte über die Straße, aus eben der Richtung, aus der auch Isabel gerade gekommen war. Früher hätte sie es für eine Maus oder einen Vogel gehalten, doch jetzt wusste sie es besser.

„Eine Geschichte, Chaski!", hauchte sie und ließ ihren Blick über die Straße gleiten. Aus dem Augenwinkel meinte sie die Bewegung noch einmal wahrzunehmen, aber als Isabel genauer hinsah, war da nichts.

„Und eine ziemlich verängstigte", flüsterte Chaski zurück. „Die Menschen vom *Autodafé* haben sie aufgeschreckt, möchte ich meinen."

Isabel schauderte. Sie mochte sich nicht vorstellen, was das vielleicht für eine Geschichte war.

„Wird sie zu mir kommen?"

Das Alpaka wedelte mit dem rechten Ohr: „Versuch es."

Vorsichtig kramte Isabel das Spiegelbuch hervor und spähte in die Richtung, aus der sie die Bewegung wahrgenommen hatte.

Vor ihnen lag ein offener Platz, an zwei Seiten begrenzt durch die blassgelbe Fassade eines Klosterkomplexes. Tauben spazierten auf dem Pflaster, als seien sie direkt aus dem Grau des limeñischen Himmels geboren.

Die Geschichte drückte sich zitternd an der Wand entlang; Isabel konnte sie immer nur aus den Augenwinkeln wahrnehmen, sie mehr erahnen denn wirklich sehen. Das Spiegelbuch fest an die Brust gepresst näherte sich Isabel mit vorsichtigen Bewegungen.

„Sieh her", flüsterte sie schüchtern über dem Gurren der Tauben. „Das ist dein Zuhause."

Sie spürte die Geschichte verharren. Erinnerungen an Angst und Tränen wehten Isabel aus dem Schatten der Kirchenmauer entgegen, zeigten an, wo sich die Geschichte befand. Vorsichtig ging Isabel in die Knie und schlug das Spiegelbuch auf.

„Hab keine Angst", flüsterte sie und war sich nicht sicher, ob sie damit nicht auch sich selbst beruhigen wollte. „Komm her."

Sie hielt den Atem an, als die Luft vor ihr sich erwartungsvoll zu verdichten schien. Isabel rührte sich nicht.

Langsam kam die Geschichte näher.

Es waren winzige, zaghafte Schritte, und Isabel senkte den Blick, starrte auf die leeren Seiten des Spiegelbuchs in ihren Händen, grub die Zähne in die Unterlippe und wartete angespannt. Sie wagte kaum, das Buch der Geschichte entgegenzustrecken, ihren Weg zu verkürzen. Sie spürte nur das behutsame Näherkommen.

Yawar, dachte sie wehmütig. Vielleicht würde die Geschichte zu ihren Füßen mit ihren Worten aus Salz und Blut Isabel die Erinnerung an Yawar näherbringen, fassbarer machen. Vielleicht …

Die Tauben stoben auf, als habe jemand einen Stein unter sie geschleudert. Flatternde Flügel streiften Isabels Gesicht, und sie schrie auf, riss einen Arm hoch und wusste im gleichen Moment, dass die Geschichte verloren war. Über ihr begannen die Glocken des Konvents zu läuten – tief und dröhnend. Mit einem Mal war der Platz von Unruhe erfüllt, in der kein Raum für das Vertrauen einer Geschichte blieb.

Isabel rappelte sich auf, sah in einen von Tauben schwirrenden Himmel und suchte dann die Umgebung nach der fortgehuschten Geschichte ab. Vergeblich, wie sie sehr wohl wusste.

Chaski trabte an ihre Seite. „Das war gar nicht übel."

Wieder hatte sie das Gefühl, dass der Wind ein spöttisches Lachen an ihr Ohr trug. „Wer hat die Tauben aufgescheucht? Hast du etwas gesehen?"

Das Alpaka blickte sie nachdenklich an. „Nicht immer sieht man die wahren Gründe", sagte es schließlich. „Möglich ist vieles."

„Du bist nicht hilfreich." Isabel fröstelte, und diesmal lag es nicht an Lima. Vielleicht war es der Fluch, der an ihren Fersen schnupperte.

Vielleicht auch etwas anderes. Sie tastete nach dem Andenkreuz um ihren Hals und straffte sich. Was auch immer es war: Sie würde sich nicht einschüchtern lassen. Sie stand gerade erst am Anfang.

*

Die nächsten Tage jener Reise waren die Tage, in denen Isabel erwachsen wurde.

Sie hatte geglaubt, dass sie an Yawars Verlust bereits genug gewachsen wäre, dass die neue Härte in ihrem Blick bereits genug Kraft bedeutete. Aber das hatte nur zur Hälfte gestimmt.

Und so bitter es war, das von einem Alpaka gesagt zu bekommen, aber Chaski hatte durchaus recht: Bisher hatte Isabel in einer überaus behüteten Welt gelebt, ohne sich um irgendetwas sorgen zu müssen. Über viele Jahre hinweg war die tiefgreifendste Entscheidung ihres Alltags jene gewesen, welches Kleid sie an diesem Tag tragen würde – und sie war noch nicht einmal gezwungen gewesen, es alleine anzuziehen. Essen war eine Selbstverständlichkeit gewesen, die ihr bereitgestellt wurde, ohne dass sie sich darum hätte kümmern müssen. Ebenso wie die Dinge, die ihr Schwester Angélica beigebracht hatte.

An Yawars Seite hatte sie vielleicht gelernt, was es bedeutete, seinen *yana* gefunden zu haben und wieder zu verlieren, aber auf die Schwierigkeiten des wirklichen Lebens war sie dadurch noch lange nicht vorbereitet. Und auch, wenn es einige Tage dauerte, stellte sie schließlich fest, dass Chaski mit seiner trockenen und lakonischen Art nicht unbedingt der schlechteste Begleiter war, um gewisse Dinge zu lernen.

In den ersten Tagen konnte sie von den Vorräten leben, die sie in Yanaphurus Leinensack fand – *ch'uño*, der noch den goldenen Glanz der Sonne an sich hatte, und *ch'arki*, das getrocknete Fleisch, das sie bislang nur aus Yawars Geschichten gekannt hatte. Am Anfang missfielen ihr der muffige Geschmack des *ch'uño* und das trockene Salz des *ch'arkis*, denn beides hatte wenig gemein mit der würzigen und abwechslungsreichen Küche Arequipas, wie sie von Concha kredenzt worden war. Isabel lernte auch den Hunger in jenen Tagen kennen, den wahren Hunger, der nichts mit dem sanften Rumoren zu tun hatte, das sie im Laufe eines Vormittages in ihrem Elternhaus manchmal empfunden hatte, wenn der Duft aus der Küche in ihre Nase stieg. Jenes Rumoren war ein freundliches Gefühl, wie eine schnurrende Katze, die Streicheleinheiten forderte und verstimmt war, wenn sie nicht genau das bekam, wonach ihr der Sinn stand.

Der wahre Hunger war im Vergleich dazu ein zähnefletschender Puma, der seine Krallen durch Isabels Eingeweide zog und glühende Spuren hinterließ. Sein Grollen ließ sie nachts nicht schlafen. Es war ein Hunger, der am Ende nicht mehr danach fragte, wonach *ch'uño* und *ch'arki* schmeckten, sondern der dankbar alles annahm, was sie ihm entgegenwarf. Yanaphurus Vorräte reichten lange, länger, als sie hätten reichen dürfen, aber es kam der Moment, in dem sie aufgebraucht waren und Isabel erkannte, dass sie sich endlich etwas einfallen lassen musste.

„Es gibt ja Leute, die mögen Musik", sagte Chaski beiläufig, als sie sich mit knurrendem Magen über den gähnend leeren Sack beugte. Auch für Chaski gab es kaum etwas zu essen, denn sie waren mehr in der kargen Küstenwüste unterwegs als in den fruchtbaren Oasen der Flusstäler, aber es schien ihm nicht wirklich viel auszumachen. Er konnte durchaus müde werden, wenn er Isabel einen ganzen Tag lang getragen hatte, aber hungrig nie.

Als er die Bemerkung über die Musik machte, befanden sie sich auf halbem Wege zwischen Lima und Trujillo, und ein kleines Dorf zeichnete sich nur wenige hundert Schritte entfernt im staubigen Sonnenlicht ab. Sie hatten angehalten, denn ein Mädchen, das auf einem Alpaka ritt, hätte noch mehr Aufmerksamkeit erregt als eines, das nur ein Alpaka neben sich herführte. Isabel hob die Augenbrauen und sah ihn an. „Was meinst du damit?"

Chaski schüttelte beide Ohren. „Wenn ich ein Charango mit mir herumtragen würde, dann wüsste ich ziemlich genau, was ich damit meine."

Isabel spähte zurück in den Sack.

„Aber ich bin kein Kantinensänger", sagte sie zögernd. „Außerdem dürfen nur Männer auf der Straße Charango spielen, und es ist sehr unstatthaft …"

„Na, das freut mich aber, dass du eine bessere Idee hast", unterbrach Chaski sie, verdrehte die Augen und bewegte das rechte Ohr.

Isabel zog die Luft ein und sah zu Boden. Manchmal stieß sie noch gegen unsichtbare Grenzen in ihrer Überwindungsfähigkeit.

„Meinst du, jemand würde mir Essen geben, nur weil ihm meine Musik gefällt?", fragte sie schüchtern.

„Oh, *das* wiederum habe ich nicht behauptet", sagte Chaski.

Sie versetzte ihm einen kleinen Klaps. Mittlerweile war ihr klar, wie sie mit dieser Art von Ansagen umzugehen hatte.

„Dann gehen wir es mal herausfinden", seufzte sie.

Misstrauische Blicke folgten ihnen aus dem Schatten hinter den staubigen Fensterläden, als die beiden die Straße zur kleinen Plaza hinaufgingen. Nicht ein Baum spendete Schatten auf dem hartgebrannten Lehmboden. Die Kirche stand da wie ein alter Mann, traurig in sich zusammengesunken.

Isabel postierte sich gegenüber der Kirche, dort, wo die vorstehenden Hausdächer zumindest eine Ahnung von Schatten spendeten. Sie fuhr sich mit der Hand durchs Gesicht, strich einige Haarsträhnen zurück, dann holte sie *Q'enti* aus dem Leinensack. Unsicher sah sie sich um. Concha war die einzige gewesen, die sie jemals spielen gehört hatte; und damals hatte Isabel auf der Bettkante in ihrem Zimmer in Arequipa gesessen, etwas, das jetzt Ewigkeiten zurückzuliegen schien. Außerdem war sie es nicht gewohnt, im Stehen zu spielen. In Verbindung mit dem Staub, der sie von Kopf bis Fuß bedeckte, und ihrem knurrenden Magen fühlte sie sich mehr als unfähig, auch nur eine Saite auf dem Charango richtig anzuschlagen.

Chaski neben ihr trommelte aufmunternd mit den Füßen auf den Boden, sagte aber nichts.

Isabel holte Luft.

Sacht glitten sie ihre Finger über die Saiten. Ein fast schüchterner Ton schwebte in die Mittagshitze.

Ihr erster Eindruck war der eines schmerzhaften Schlages in ihre Magengrube; die Erinnerung an Yawar, an die kühlen Nächte auf dem Dach seiner Kammer, das Glück, das sie damals empfunden hatte, kam mit solcher Gewalt zurück, dass es ihr den Atem raubte.

Dann geschah etwas Merkwürdiges, und sie konnte nicht sagen, ob es eine bewusste Entscheidung ihrer selbst war oder ob die Musik selbst die Führung übernahm. Auf jeden Fall löste sich der Krampf in ihrer Magengrube, und es war, als glitte der Schmerz direkt durch ihren Körper hinauf in ihre Finger und von dort auf die Saiten des Charangos. Es war wie das, was ihr mit der Kondorfeder, der Tinte und den Geschichten passiert war, nur dass sie statt des Spiegelbuchs Q'enti in den Händen hielt und statt Tinte Töne aus ihr hinaus flossen. Ihre Finger bewegten sich, sie spielte, und was sie hörte, verschlug ihr selbst den Atem: es war kraftvoller und trauriger als alles, was sie jemals vernommen hatte.

Sie legte den Kopf in den Nacken, schloss die Augen und begann zu singen. Ihre Stimme war rau, so wie damals, als sie nach ihrem langen Schweigen wieder begonnen hatte, mit Concha zu sprechen. Diesmal war es der Staub des Weges, der in ihrer Kehle lag. Isabel sang und nahm die Worte erst wahr, nachdem sie ihren Mund verlassen hatten; Spanisch und Quechua flochten sich ineinander wie bunte Seidenbänder, sie spürte, dass ihre Stimme zitterte wie die Saiten des Charangos, und für einen Moment waren die Hitze und das Dorf vollkommen fern, einfach nicht mehr wirklich.

Das Lied entschied selbst, wann es zu einem Ende kam, und Isabel ließ Q'enti sinken und öffnete schwer atmend die Augen.

Sie war gehört worden.

Es gab keinen Applaus, aber sie hörte beifälliges Gemurmel, und jemand zupfte an ihrem Ärmel.

„Munay sipas", sagte eine alte Frau, schenkte ihr ein beinah zahnloses Lächeln und hielt ihr einen Keramikkrug entgegen. Es bedurfte keiner weiteren Worte, Isabel wusste, dass dieser Krug chicha enthielt. Yawar hatte ihr oft genug erzählt, dass das säuerliche Maisbier oben in den Bergen die erste Gabe war, die jedem Gast gereicht wurde. Auch hier unten an der Küste schien es nicht anders zu sein, vermutlich kam die alte Frau selbst aus dem Hochland.

Dankbar nahm Isabel den Krug entgegen und trank in tiefen Zügen.

Dann goss sie einen Schluck auf den Boden – die Gabe für Mutter Erde –, reichte den Krug zurück und erwiderte das Lächeln der Frau, das noch breiter geworden war.

„Komm mit", sagte die Alte einfach. „Es gibt auch Essen für dich und dein Alpaka."

Chaski versetzte Isabel einen vielsagenden Knuff mit der Schnauze, als sie sich in Bewegung setzte, um der Alten zu folgen. Sein triumphierender Blick war mehr als deutlich: *Was habe ich dir gesagt?*

Das war die nächste Sache, die Isabel nach dem wahren Hunger lernte: Das einfache Essen, das sie mit ihrer eigenen Hände Arbeit verdiente, schmeckte anders als alle Köstlichkeiten, die Concha ihr jemals zubereitet hatte. Nicht unbedingt besser, aber intensiver und wirklicher, und es sättigte sie tiefer, als es jemals zuvor eine Speise getan hatte.

Von da an machte der Hunger Isabel keine Angst mehr, und auch die irritierten Blicke der Leute nicht, die ihr folgten, wenn sie mit Chaski an ihrer Seite in ein neues Dorf kam. Sie war keine Meisterin des Charangos, aber wenn sie spielte, spürte sie das Vertrauen der Musik und der Worte in sie, und beides strömte ihr zu und trat durch sie ans Freie. Meistens schloss sie die Augen, wenn sie spielte, aber manchmal beobachtete sie aus dem Augenwinkel die Menschen, die sich in losen Halbkreisen um sie scharten, um ihr zuzuhören. Dann sah sie, wie der eine oder andere sich verstohlen übers Gesicht wischte oder die Lippen zusammenpresste, wie um aufsteigende Tränen niederzukämpfen. Ihre Musik drang in die Seelen der Menschen, so wie sie durch ihre eigene Seele ans Licht trat. Das war eine Erkenntnis, die Isabel glücklich machte und ihr Kraft gab.

Und dann, langsam, begann sie, am Wegrand die Verlorenen Geschichten zu entdecken, auf deren Spur Mismi sie führte. Geschichten, die hier auf sie warteten und sie schüchtern beäugten aus dem Halbschatten verlassener Häuser und stummer Kirchenmauern. Meistens kamen sie näher, wenn sie Isabel spielen hörten. Manchmal bedurfte es größerer Anstrengung, um ihr Vertrauen zu gewinnen, doch keine floh vor Isabel wie jene erste Geschichte in Lima.

Sie fand die Geschichten wie verirrte Kinder am Fuße der bunten Hausmauern in Trujillo, sah sie in vergessene Stoffe gehüllt durch die Straßen von Cajamarca huschen und als schattige Vögel durch den stahlblauen Himmel über Huaraz gleiten. Sie folgte ihren Spuren entlang der Flusstäler des Mantaro und des Marañón, wo sie wie Kolibris im Uferdickicht schwirrten und gleich glitzernden Fischen durch die Stromschnellen glitten.

Eine nach der anderen kamen sie zu ihr, ließen sich wie durchscheinende Schmetterlinge erst auf ihrem Handrücken nieder und dann mit einem lautlosen Seufzen auf den Seiten des Spiegelbuchs. Isabel lernte, ihr Wispern im Wind zu verstehen, lockte sie mit dem perlenden Klang von Q'entis Saiten an und bewegte die Lippen, wenn sie den Geschichten in schwungvollen Buchstaben eine Heimat auf dem Papier gab.

Jeder Ort hatte seine eigenen Geschichten, die Isabel mit sich nehmen konnte, und immer wieder wiesen ihr die Botschaften Mismis den Weg. Mit der Zeit lernte Isabel, sie zu erkennen und zu entschlüsseln. Nicht immer waren es dunkelgraue Worte im Spiegelbuch. Manchmal waren es die geflüsterten Silben eines alten Mannes, der ihr nach einem Lied die Hände drückte, manchmal die Botschaft des *k'intu*, sorgfältig ausgestreuter Coca-Blätter, oder die Botschaft behauener Steine am Wegrand. Mit jedem Rätsel, das sie löste, und mit jeder Station auf ihrer Reise wurde Isabel ihrer Sache sicherer. Sie reiste nicht allein, sie hatte Q'enti und Chaski, und die Geister der Verlorenen Geschichten, die kolibrigleich hinter ihr her schwirrten.

Isabel hatte gelernt, den Hunger zu bezwingen und den Geschmack des Staubs auf ihren Lippen abzuschütteln. Sie hatte gelernt, die Geschichten aus der Luft zu pflücken und ihren Schmerz auf Q'enti hörbar zu machen. Als nächstes lernte sie, dass der Wind in ihren Haaren und das rhythmische Klappern von Chaskis Schritten ebenfalls eine Geschichte erzählten, die nicht verloren war, sondern nur Isabel allein gehörte, und diese Geschichte handelte von Freiheit.

Es kamen auch andere Dinge in dieser Geschichte vor: das Knistern des Feuers, das sie entfachte, wenn sie keine Unterkunft fand, sondern an Chaskis weiches Fell geschmiegt unter dem Sternenhimmel schlief, gehüllt in einen schweren Poncho aus Alpakawolle, den ihr ein mitleidiger Hirte in der Nähe von Huaraz geschenkt hatte; der Geschmack von geröstetem Mais und *chicharrón*, dem knusprig gebackenen Schweinefleisch, Essen, das sie mit ihrer Musik und den Geschichten verdiente; ein unerwarteter Regenguss, der sie in den Schutz einer verlassenen Ruinenstadt trieb, von wo aus sie zitternd, aber fasziniert den Regenbogen betrachtete, der sich von den Bergen ins Tal schwang, als schließlich die Sonne durch eine graue Wolkenwand brach.

Sie fühlte sich nicht glücklich, denn Glück war nur das, was sie damals an Yawars Seite empfunden hatte, als sie gemeinsam auf dem Dach seiner Kammer saßen – aber sie fühlte sich frei und zufrieden, und sie empfand so etwas wie Stolz, jedes Mal, wenn sie wieder auf eine Verlorene Geschichte gestoßen war und ihr einen Platz im Spiegelbuch gegeben hatte.

Zum ersten Mal in ihrem Leben leistete sie etwas. Sie sorgte nicht nur selbst für ihren Lebensunterhalt, sie leistete mehr. Die Zufriedenheit war nicht genug, um die Leere in ihrem Inneren vollkommen auszufüllen, aber dennoch tat sie Isabel gut.

In dem Bewusstsein, dass sie auf dem besten Weg war, Mismis Herausforderung zu erfüllen und ihr Ziel zu erreichen, machte sie sich wenig Gedanken darum, wie der *apu* tatsächlich zu ihrem Weg stehen könnte. Das Gefühl eines Schattens an ihren Fersen war unter der Hochlandsonne zunehmend dahingeschmolzen. Isabel fühlte sich zufrieden. Sie war dem Verlauf der Küste Richtung Norden gefolgt, dann ins zentrale Hochland hinauf gereist, an die verregneten Ostabhänge der Anden, wo die Luft warm und feucht und die Farben seltsam lebendig waren, und dann durch die tief eingeschnittenen Täler der Anden zurück in Richtung Süden.

Sie hatten das Heilige Tal der Inka erreicht, lang gestreckt und von filzigem Grün. Die Verlorenen Geschichten huschten hier im Schatten uralter Steine dahin und rangelten sich mit Eidechsen oder behänden Vizcachas, den langschwänzigen Kaninchen der Anden. Majestätische Stufenterrassen schwangen an den Bergflanken entlang. Das Tal selbst, so schien es Isabel, war eine einzige große Geschichte, eine Stein gewordene Erinnerung an eine Zeit, in der diese Welt nichts von jener anderen gewusst hatte, aus der Isabel selbst kam.

Die Dörfer des Tals trugen noch immer die alten Namen, die nichts vom Klang des Spanischen wussten, und fast kam es Isabel so vor, als verharre die Zeit in den kleinen Gassen reglos, träge von der Mittagshitze.

Sie spielte in Ollantaytambo, einem Dorf, das zu Füßen einer alten inkaischen Festung lag und selbst noch von den gleichen Bauherren errichtet worden war. Isabel sandte ihr Lied hinauf zu den steilen Bergflanken, über die Stufen aus wuchtigen Steinquadern und die Mauern, mit denen die einstigen Herren dieses Landes das Tal gegen Feinde verteidigt hatten. Doch gegen die jüngsten Eindringlinge, die von jenseits des Meeres, hatte es nichts genutzt. Auch wenn Isabel wusste, dass ihre Haut mittlerweile sonnenverbrannt war und sie kaum noch für ein Mädchen aus gutem Hause und von spanischen Wurzeln gehalten werden konnte, fühlte sie sich zu Füßen der alten Ruinen so fremd wie nirgendwo sonst — und zugleich auf seltsame Weise daheim.

Beifälliges Gemurmel begleitete Isabel, nachdem sie ihr Lied beendet hatte. Von der Feldarbeit schwielige Hände reichten ihr Gaben, die sie dankbar annahm, um ihren Proviant zu füllen. Doch noch war die Arbeit hier nicht getan, das wusste Isabel. Die ein oder andere Geschichte hatte sich verstohlen genähert, während Isabels Finger über die Q'entis Saiten getanzt waren, doch dort im Schatten der Steinmauern gab es noch mehr. Isabel konnte die Anwesenheit einer weiteren Verlorenen Geschichte mittlerweile spüren wie mit einem zusätzlichen Sinn. Da war ein Kribbeln tief in ihrem Inneren, das sie auf ihrer Reise noch nie getrogen hatte.

„Komm, Chaski", sagte Isabel leise und zog das Spiegelbuch hervor. Langsam ging sie auf die schmale Gasse zwischen zwei Häusern zu. Die mit Ichu-Gras gedeckten Dächer berührten einander beinah, und die Sonne schien sich nicht die Mühe zu machen, ihre Strahlen hinab in den Schatten zu senden. Es war, als sei ein Stück Nacht mitten im Dorf vergessen worden.

Isabel spürte die Kühle des Zwielichts auf ihrer Haut prickeln, als sie in die Gasse trat und sich umsah. Das Spiegelbuch hatte sie aufgeschlagen. Nach einigen Schritten blieb sie stehen und wartete.

Sie konnte die Geschichte weder sehen noch hören, aber sie spürte kristallklar, dass sich etwas Verschrecktes in den Schatten verbarg wie ein kleines Tier.

„Ich bringe dein Zuhause", flüsterte Isabel.

Das Wesen in den Schatten erstarrte. Sie musste an die Geschichte aus Lima denken. Auch hier war es eine Geschichte aus der Dunkelheit, die sich vor Isabel verbarg und schmerzhafte Erinnerungen mit sich trug. Aber diesmal war Isabel fest entschlossen, sie nicht zu verlieren. Sanft begann sie, das Lied zu summen, das sie soeben auf der Plaza gespielt hatte, ein kleines Signalfeuer für die verängstigte Geschichte.

Etwas vor ihr regte sich, und Isabel lächelte, summte jedoch unbeirrt weiter, wob die Töne in die Stille und wartete.

Dann fluteten Bilder über sie hinweg und nahmen ihr kurzzeitig den Atem, so intensiv und schmerzhaft waren sie. Sie trugen die schweren Schritte von Soldatenstiefeln mit sich, das Klirren von Metall, den fernen Geruch von Feuer. Angstschweiß und Tränen wehten über Isabel hinweg. Kinderaugen starrten sie hinter einem Mauervorsprung hervor an, kalte Steinkanten gruben sich bis aufs Blut in ihre eisigen Handflächen.

Isabel rang nach Luft und lehnte sich gegen die Hauswand, das Spiegelbuch fest umklammert. Jeder Atemzug schmerzte, und es dauerte eine Weile, bis die Wirkung der Bilder abgeklungen war.

„Chaski?", brachte sie hervor.

Das Alpaka kam näher und drückte kurz seinen Kopf an ihren Oberarm. „Alles in Ordnung, Prinzesschen. Sie ist zu dir gekommen. Sie hat sich entschieden."

Etwas raschelte in den Schatten, als fliehe dort ein Schwarm Ratten, und Isabel fuhr zusammen. Mit einer Hand tastete sie nach Chaski und spürte erleichtert die filzige Wolle unter ihren Fingern. An seinem Blick sah Isabel, dass er das Geräusch ebenfalls gehört hatte; und dass er wie sie mit einem Mal eine kalte, lauernde Präsenz wahrnahm, die wie ein Hauch von Verwesung in der Luft hing.

„Das dort war keine Geschichte", murmelte Isabel überflüssigerweise.

„Nein", flüsterte Chaski zurück und schüttelte sich leicht. „Aber die Geschichte ist bei uns. Sie ist sehr alt, Prinzesschen, und wund von der Furcht. Lass sie uns in die Sonne bringen."

Isabel nickte. Auf einmal hatte sie es sehr eilig, Ollantaytambo zu verlassen. Die Schatten der Steinhäuser bargen keine Geschichten mehr — aber dafür etwas anderes, das spürte sie, und sie wollte nicht in der Dunkelheit stehen, bis sie herausfand, was es war.

14.
Pakasqa – Verborgen

In der Nähe von Ollantaytambo hatte Isabel einige Schritte in das eiskalte Wasser des Río Urubamba hinein gemacht, bis es ihr um die Hüften spielte. Ihre Zähne klapperten, aber es tat gut, sich den Staub vom Körper spülen zu lassen. Sie hatte auch ihr Kleid im Fluss gewaschen und sich in den Poncho gewickelt, während es über einen Zweig gehängt im Wind schaukelte und in der kräftigen Hochlandsonne trocknete. Chaski hatte es sich neben ihr im trockenen Gras gemütlich gemacht. Isabel packte die Sachen aus, die ihnen die Menschen auf der Plaza von Ollantaytambo geschenkt hatten: in Maisblätter gewickelte *tamales*, eine Köstlichkeit aus Maisteig mit Fleisch und Oliven darin, eine Handvoll *canchita*, salziger, gerösteter Mais, und einige *tunas*, die betörend süßen und saftigen Kaktusfeigen, die die Menschen hier in den kleinen Gärten hinter ihren Häusern züchteten.

Sie kramte auch das Messer hervor, das ihr der Silberschmied von Cajamarca geschenkt hatte, und begann, die harte Schale der *tunas* aufzuschneiden. Sie war darin nicht ganz so geschickt und flink wie die alten Frauen, die das mit leuchtenden Augen und ohne hinzusehen taten, aber immerhin gelang es ihr schon in einer ganz passablen Zeit. Sie bot Chaski eine *tuna* an, und er kaute genüsslich, während Isabel selbst nach der nächsten Frucht griff.

„Was würde wohl dein Vater sagen?", fragte das Alpaka und legte den Kopf schief. „Du bist eine richtige Landstreicherin geworden. Du kannst mit einem Messer *tunas* aufschneiden und verdienst dein Leben wie eine Kantinensängerin."

Isabel zog die Augenbrauen hoch. „Und?", fragte sie zurück.

„Ich finde das großartig", sagte Chaski. „Noch vor kurzer Zeit sah es gar nicht danach aus, als ob du das jemals lernen würdest, Prinzesschen. Wenn ich nur daran denke, dass du damals nicht einmal dein Brautkleid ..."

Sie gab ihm einen scherzhaften Klaps auf die Schnauze. „Hör auf, oder ich mache *chicharrón* aus dir. Außerdem sollst du mich nicht Prinzesschen nennen."

„Glaub mir, so gut bist du noch nicht mit dem Messer, dass du *chicharrón* aus mir machen könntest."

Isabel musste lachen. Dann wurde sie wieder ernst. „Ich weiß nicht, was mein Vater dazu sagen würde. Manchmal frage ich mich, ob er wohl grübelt, was aus mir geworden ist." Leise setzte sie hinzu: „Und ob er mich vermisst."

Chaski blickte sie neugierig an, beeilte sich dann aber, zu seinem üblichen Tonfall zurückzukehren. „Tja, das kann ich dir nicht sagen. Vermisst du ihn denn?"

Isabel überlegte, aber was ihr durch den Kopf ging, war schwer in Worte zu fassen.

In gewisser Weise vermisste sie den Menschen, der ihr Vater für sie gewesen war, bevor die Sache mit Yawar passiert war. Auf die gleiche Art vermisste sie auch das kleine Mädchen, das sie selbst gewesen war. Und das Gefühl von Unbeschwertheit und Freude, das ihr Leben in jener Zeit begleitet hatte.

Aber bedeutete vermissen nicht auch, dass man zu dem zurückkehren wollte, was man vermisste? Ganz abgesehen davon, dass das in ihrem Fall unmöglich war – sie verspürte keinerlei Lust dazu. Ihr Leben, wie sie es in diesem Moment führte, war das beste und das einzig denkbare für sie, denn es spielte keine Rolle, wo sie morgen sein würde, ebenso wenig, wo sie vor einer Woche gewesen war. Sie glitt schwerelos auf einem Weg wie aus Wind und Spinnweben dahin, und etwas anderes konnte sie sich nicht vorstellen.

Das brachte sie auf einen Gedanken, den sie bis jetzt noch nicht gehabt hatte.

„Chaski", fragte sie, „was wird sein, wenn wir ans Ziel gekommen sind?"

Er betrachtete sie aus seinen braunen Augen. „Das meinst du jetzt wie?"

Sie zögerte. „Dann habe ich meine Aufgabe erfüllt. Aber was wird danach aus mir?"

Chaski wedelte nachdenklich mit einem Ohr. „Kantinensängerin", schlug er vor. „*Tuna*-Verkäuferin."

Gegen ihren Willen musste sie lachen. „Im Ernst."

„Wer sagt, dass ich einen Witz gemacht habe?" Er bleckte kurz die Zähne. „Prinzesschen, wenn wir ans Ziel gekommen sind, dann wirst du, soweit ich das überblicke, die neue Yuyaq sein. Es wird weiterhin deine Aufgabe sein, auf dieses Kleinod im türkisfarbenen Ledereinband aufzupassen."

„Aber wo werde ich hingehen?", fragte sie leise.

„Meines Wissens", sagte Chaski, „gibt es niemanden, der dir in dieser Hinsicht etwas zu sagen hätte."

Das brachte sie zu ihrer nächsten Frage. „Und du, was wirst du machen?"

Chaski schaute sie von der Seite an. „Ach, daher weht der Wind? Würdest du mich etwa vermissen?"

Verlegen senkte sie den Blick. *Sei nicht albern*, schalt sie sich.

„Ich fürchte schon", murmelte sie und setzte zu einer Erklärung an, während sie spürte, dass ihre Wangen sich jetzt doch röteten.

Chaski stubste sie beinahe liebevoll mit seiner Schnauze an.

„Schau mal, wir bekommen Besuch. Das heißt, wir können die Sentimentalitäten auf später verschieben."

Isabel sah auf.

Eine Gestalt näherte sich ihnen, hager und hoch aufgeschossen. Sie trug einen langen Mantel aus abgewetztem dunkelgrauem Stoff und einen Schlapphut von der gleichen Farbe, der das Gesicht vollkommen verdeckte.

Isabel setzte sich auf. Ihr Kleid war noch nicht getrocknet, und sie trug nichts außer ihrem Poncho. Ein ungutes Gefühl durchfuhr sie. Sie griff mit einer Hand an ihren Hals, wo das Andenkreuz hing – das beruhigte sie, obwohl sie gleichzeitig versuchte, sich davon zu überzeugen, dass sich ein ganz normaler Mensch näherte, ein reisender Händler vielleicht, oder jemand aus dem Dorf.

Neben ihr versteifte sich Chaski und reckte den Hals. „Er war auch auf der Plaza", zischte er. „Erinnerst du dich?"

Sie nickte stumm. Jetzt, da er es sagte, wurde ihr klar, dass sie die schemenhafte Gestalt heute schon einmal gesehen hatte, halb verborgen hinter den anderen Zuhörern, wie jemand, der nicht bemerkt werden wollte – oder dass sich jemand an ihn erinnert. Und mehr noch: Das Rascheln in den Schatten, die kalte Ahnung in der Dunkelheit …

Isabel erschauerte.

„Wer ist er?", raunte sie Chaski zu, ohne den Blick von dem Fremden zu nehmen.

Auch das Alpaka rührte sich nicht. Sie konnte seine Anspannung spüren.

„Ich denke", flüsterte er zurück, „das weißt du so gut wie ich."

Der Fremde war jetzt in Hörweite. Er schob den Schlapphut leicht zurück, aber es war nur eine

Geste, denn von seinem Gesicht gab er nicht wirklich etwas frei.

„Was für ein herzliches Willkommen", sagte er mit einer knarrenden und spöttischen Stimme.

Das hat nichts mehr mit Chaskis Sarkasmus zu tun, dachte Isabel bei sich. *Was aus dieser Stimme spricht, ist einfach pure Bosheit.*

Sie räusperte sich, weil sie fürchtete, dass ihre Stimme ansonsten zu leicht ihre Unsicherheit verraten könnte. „Wer bist du?"

„Aber, Isabel. Ich dachte, das wäre dir klar?" Leises Lachen mischte sich in den abschätzigen Tonfall, dann nahm der Fremde ungefragt Platz ihr gegenüber. Sie hörte, dass Chaski ein seltsames Geräusch von sich gab – eine Mischung aus Zischen und Grollen, das tief aus seiner Kehle aufzusteigen schien. Unwillkürlich warf sie einen Seitenblick auf ihren Begleiter und schrak zusammen. Seine braunen Augen hatten sich zu Schlitzen verengt, die Ohren hatte er angelegt. Sie hatte nicht gewusst, dass ein Alpaka einen dermaßen bedrohlichen Anblick bieten konnte.

Auch der Fremde hatte sich Chaski zugewandt. Jetzt sah sie gelbe Augen unter der Hutkrempe hervorblitzen.

„Chaski, was für eine Freude." Seine Stimme regnete durch den Wind wie glühende Asche. „Ich sehe, auch du bist entzückt, mich zu sehen."

„Was willst du?", fragte Chaski langsam. Er presste jedes einzelne Wort zwischen den Zähnen hervor.

Isabel legte ihm eine Hand auf den Hals. Seine Muskeln waren angespannt, und sie hatte das Gefühl, dass er dem fremden Besucher jeden Moment an die Kehle springen konnte – und ein weiteres, ebenso undeutliches Gefühl sagte ihr, dass dies für Chaski tragischer enden würde als für den Fremden.

„Was ich will?" Der Fremde brach einen langen Grashalm ab und schob ihn sich in den Mundwinkel, zumindest vermutete Isabel, dass sich in dem undurchdringlichen Schatten unter seinem Hut irgendwo ein Mundwinkel befinden musste. „Nun, zuallererst will ich vielleicht eine Handvoll *canchita*. Oder eine *tuna*? Isabel, ich höre, du kannst bereits sehr geschickt mit dem Messer umgehen. Wie wäre es, wenn du mir eine *tuna* schälst?"

Die Worte, die er aneinanderreihte, drückten Freundlichkeit aus, aber seine Stimme klang wie gehässiges Grinsen. Aber jenseits davon nahm sie noch etwas anderes wahr, unterschwellige Drohung, die es Isabel kalt den Rücken hinunterlaufen ließ. Ohne ihn aus den Augen zu lassen, griff sie nach dem Messer und einer weiteren *tuna*. Tausend Worte jagten ihr durch den Kopf, aber als sie den Mund öffnete, kam eines heraus, das sie selbst überraschte.

„Usphasonqo", sagte sie, und im selben Moment wusste sie, dass sie recht hatte. Die diffuse Befürchtung, wer der Fremde wohl sein konnte, verwandelte sich in Gewissheit. Natürlich war er es, wie hatte sie das nicht gleich erkennen können? Er passte ganz genau auf die Beschreibung, die Yawar ihr von dem boshaften Gehilfen Mismis gegeben hatte. Mehr noch. In seiner Gegenwart kehrte das ungute Gefühl zurück, das Isabel das erste Mal in Lima erfasst hatte. Usphasonqo musste ihr schon länger gefolgt sein. Vielleicht seit Beginn ihrer Reise. Ein erneuter Schauer glitt über Isabels Rücken. Sie schluckte. „Ich schätze, du bist nicht nur hier, um mit uns *tunas* zu essen."

„Bedauerlicherweise nein, meine Teure. Und wie ich sehe, nimmst du das entzückende Andenkreuz nicht einmal zum Baden ab. Was sehr schade ist, denn ich für meinen Teil hätte nichts dagegen, dir dabei einmal Gesellschaft zu leisten. Leider darf ich dich nicht anrühren, solange mein Herr dich beschützt. So ein Jammer aber auch."

Isabels Finger krampften sich um das Messer, und Chaski gab erneut ein drohendes Zischen von sich. „Du würdest sie auch sonst nicht anrühren. Nicht, solange ich da bin."

Usphasonqo lachte. „Wie reizend, ein Alpaka mit Beschützerinstinkt."

„Das", knurrte Chaski leise, „ist meine Aufgabe."

„Deine Aufgabe?" Selbst Usphasonqos Schmunzeln hatte etwas Verletzendes. „Nein, mein Lieber, das ist es nicht. Du bist nur das Reittier. *Das* ist deine Aufgabe. Zu mehr reicht es bei dir schließlich nicht, mein geschätzter, wolliger Freund."

296

Chaski bleckte die Zähne, und Isabel merkte, dass sie ihm nicht einmal beruhigend die Hand auf den Rücken legen konnte, weil sie in der einen Hand das Messer hielt und der anderen die *tuna*.

„Hör auf damit", sagte sie zu Usphasonqo und reichte ihm mit spitzen Fingern die aufgeschnittene *tuna*. „Sag uns lieber, was du willst."

Der *mallki* nahm die Frucht entgegen und ließ betont langsam seine Fingerspitzen über Isabels gleiten. Sie war nicht einmal sicher, ob es wirklich Finger waren; sie sah nur hagere Schemen und spürte ein leichtes Kratzen, als hätten dünne Krallen sie berührt. Sie schauderte. Ihre andere Hand umklammerte das Messer mittlerweile so fest, dass ihre Fingerknöchel weiß hervortraten.

„In erster Linie bin ich hier, um euch eure nächste Station zu verraten", sagte Usphasonqo lässig. Er biss in die *tuna* und warf sie dann mit einer betont verächtlichen Bewegung hinter sich. Isabel atmete tief durch und versuchte, nicht daran zu denken, wie sehr sie selbst sich über die köstliche Süße der Kaktusfeige gefreut hätte.

Usphasonqo schob seinen Hut eine Spur weiter hoch. Jetzt glühten seine gelben Augen Isabel direkt an. „Das ist sehr aufmerksam von Mismi, findest du nicht?"

„Ungemein", sagte sie unbewegt und hielt seinem Blick stand. „Wo müssen wir hin?"

Usphasonqo lachte leise. „Sieh mal einer an. Was für ein störrisches kleines Mädchen du bist. Wie ein Vicuña, das sich nichts sagen lassen will. Es ist eigentlich ganz einfach. Wo sonst sollten sich Verlorene Geschichten verbergen, wenn nicht in der Verlorenen Stadt?"

„Die Verlorene Stadt?", fragte Isabel verständnislos.

Usphasonqo hob die Schultern. Dann lehnte er sich mit dem Rücken an den schlanken Stamm des Baumes, in dessen bescheidenem Schatten sie saßen, und verschränkte die Arme hinter dem Kopf. „Die Leute von hier", sagte er nachdrücklich, „wissen ganz genau, was damit gemeint ist. Die Vergessene Zitadelle… Aber ihr, ihr habt das offenbar vergessen. Oder es vielleicht auch nie gewusst? Das läuft aufs Gleiche hinaus, kleines Mädchen mit den Sonnenaugen. Unsere Erde wird dir nie gehören. Deine Wurzeln liegen anderswo."

„Das mag sein", antwortete Isabel leise, aber mit fester Stimme. „Aber auch ich liebe diese Erde, *mallki*." Sie fixierte ihn. „Und auch ich bin auf dieser Seite des Ozeans geboren. Ein Kind der Anden."

Sie wusste nicht genau, woran es lag, aber sie spürte, dass Chaski sich neben ihr langsam entspannte.

Usphasonqo zog scharf die Luft ein. „Du wirst nie ein Kind der Anden sein", sagte er zwischen zusammengepressten Zähnen hervor, genau so, wie Chaski ihn eben noch angefaucht hatte. „Dein Quechua torkelt unbeholfen daher wie ein betrunkener Vogel."

„Das mag sein." Isabel lehnte sich zurück. Etwas in ihr lachte darüber, dass der *mallki* ihr je Angst eingejagt hatte. „Aber ich bin ein Patenkind des Mismi." Mit der Spitze des Messers deutete sie flüchtig auf das Andenkreuz um ihren Hals.

Sie hörte den *mallki* mit den Zähnen knirschen. „Was ihm missfällt, kleines Mädchen, was ihm sehr missfällt. Das war ein übler Streich von Yawar, durchaus. Doch wir werden diesen Fehler bald bereinigen. Du kannst niemals eine Yuyaq sein."

Isabel dachte an die verängstigte Geschichte aus Ollantaytambo, die zuletzt doch Zutrauen gefasst hatte. „Die Geschichten vertrauen mir, Usphasonqo. Du warst doch eben da in den Schatten, *jinachu manachu*? Du hast es doch gesehen", sagte sie herausfordernd.

Usphasonqo schnellte in die Höhe und blickte auf Isabel hinab. Seine Stimme war ein raues Knurren geworden. „Wenn eine Geschichte, in die Enge getrieben und benebelt vom Uringestank ihrer eigenen Angst, sich in deine Arme flüchtet, dann ist das kein Vertrauen. Das ist nur eine flüchtige Entscheidung. Nichts von Wert! Sie mögen ja neugierig an dir schnuppern, Fremdenkind, aber haben sie je mit dir gesprochen?" Er lachte hart auf und fuhr fort: „Nun, dies ist Mismis Botschaft für den heutigen Tag: Finde die Verlorene Stadt. Ohne jemanden von hier zu fragen. Weder Mensch noch *apu*." Er bedachte Chaski mit einem spöttischen Seitenblick. „Und auch kein magisches Alpaka. Nicht, dass dieses hier es wüsste."

Isabel schaute zu ihm hoch. „Gut", sagte sie und lächelte, wohl wissend, dass sie ihn mit dieser Reaktion mehr ärgerte als mit jeder anderen. „Und das ist alles?"

„Das Lachen wird dir vergehen, Mädchen", zischte Usphasonqo. „Soviel kann ich dir sagen. Eines Tages sehe ich dich ohne dieses *chakana* um deinen hübschen Hals, und dann werden wir beide sehr viel Spaß miteinander haben. Nun, ich vielleicht mehr als du."

„Das werden wir sehen", antwortete Isabel selbstsicher.

„Oh, darauf hoffe ich sogar." Usphasonqo lachte. „Einen angenehmen Tag wünsche ich noch." Er tippte an die Krempe seines Hutes, drehte sich um und entfernte sich mit der gleichen Gemütlichkeit, mit der er gekommen war.

Erst, als er hinter der Hügelkuppe verschwunden war, begann Isabel zu zittern. Ihr wurde bewusst, dass sie noch immer das Messer in der Hand hielt. Ihre Knöchel schmerzten, als sie es losließ.

„Was für ein unerträglicher ..." Sie brach ab. „Weißt du, was für eine Verlorene Stadt er meint?"

Chaski schüttelte den Kopf. Auf einmal wirkte er sehr müde und auf seltsame Weise kleinlaut. Er hatte den Blick auf den Boden geheftet und schaute auch nach ihrer Frage nicht auf.

„Nein, das weiß ich nicht", murmelte er, mehr

an die trockenen Grashalme unter ihm gewandt als an Isabel. „So unrecht hat Usphasonqo gar nicht. Es gibt nicht besonders viel, was ich weiß oder für dich tun kann."

Es klang so ehrlich niedergeschlagen, dass es Isabel ins Herz schnitt. Sie streckte die Hand aus und strich behutsam über Chaskis wolligen Hals.

„Was ist denn jetzt mit dir los?", fragte sie überrascht. „Das sind ja ganz neue Töne. Du wirst dich doch von diesem widerlichen Kerl nicht einschüchtern lassen."

Chaski räusperte sich. „Ich lasse mich nicht einschüchtern. Aber in einigen Punkten hat er nun mal recht. Ich bin kein *mallki* und werde nie einer sein. Zauberkräfte? Ja, Schnelligkeit. Besonders viel ist das nicht, *jinachu manachu*?"

Vorsichtig rückte Isabel näher an ihn heran. Noch nie hatte sie ihren Reisegefährten so niedergeschlagen erlebt. Mit einem Seufzer lehnte sie sich gegen Chaski und kraulte ihn hinter den Ohren. „Wenn du kein *mallki* bist", fragte sie, „was bist du eigentlich dann? Ich meine, woher kommt ein magisches Alpaka?"

„Ach, das." Chaski reckte seinen Kopf wieder. „Nun ja, irgendwann hätte ich dir die Geschichte wohl ohnehin erzählt. Ich bin ein Kondorkind."

Isabel zog überrascht ihre Hand zurück. „Du bist was?"

„Jetzt hör nicht gleich damit auf", beschwerte sich Chaski. „Ich erklär dir ja alles. Und nein, ich bin jetzt nicht verrückt geworden, und ich weiß auch, dass ich keine einzige schwarze Feder an mir habe. Kondorkinder, so nennen wir einfach die Kinder, die aus der Beziehung eines *mallkis*, eines Götterboten, mit einem sterblichen Wesen entspringen. Du hast ja gesehen, dass Yanaphuru oder auch Usphasonqo in Menschengestalt auftreten, aber in der Welt der *apus* haben sie die Gestalt von Kondoren, den Herren des Andenhimmels. Aber sie interessieren sich auch sehr für die Welt der sterblichen Wesen. Und meistens geraten sie an Menschen. Weiß der Kondor, aber gerade Menschen scheinen für *mallkis* ungeheuer attraktiv zu sein."

„Dein Vater ist also ein *mallki*?", fragte Isabel.

„Meine Mutter", korrigierte Chaski. „Und mein Vater war ein Alpaka. Das ist lange her. Sein Herr war ein einfacher Hirte, und sie sind alle misstrauisch geworden, als meine Mutter mich – plumps – bei meinem Vater im Stall gelassen hat." Er kicherte. „Keine einzige Stute in der Nähe und plötzlich ein Alpakafohlen mit sonnenfarbenem Fell. Nun, sonnenfarben, das sagen die Menschen gern. Ihr habt ja diesen Hang zu – wie nennt ihr es gleich – Poesie."

Seine Stimme hatte nun fast wieder ihren vertrauten Klang wiedergewonnen, und Isabel war erleichtert. „Und was ist dann passiert?"

„Dann haben sie mich an den Hof des Inkas gebracht", sagte Chaski trocken. „Schau nicht so. Ja, das ist eine Weile her. Na und? Hättest du mir die dreihundert Jahre angesehen?"

Sie musste lachen und schüttelte den Kopf.

„Na ja, dort habe ich eine Weile Schabernack getrieben", fuhr Chaski fort. „Und eines Tages bin ich ausgebüxt, besessen von dem Gedanken, meine Mutter zu finden."

Er starrte ins Leere, und Isabel musste unwillkürlich an die Geschichte von Feuerkind denken, die Yawar ihr erzählt hatte: das Produkt einer Liebe zwischen einem Berggott und einem Stern.

„Hast du sie gefunden?", fragte sie sanft.

Chaski seufzte auf eine erstaunlich menschliche Art. „Ja, ich habe sie gefunden. Damals wollte ich gern ein *mallki* werden, weißt du. Die Gestalt wechseln können. *Fliegen!* Aber Kondorkinder sind keine Gestaltwandler. Sie haben niemals Zugang zu den großen Kräften, die ihre Eltern besitzen." Er räusperte sich. „Natürlich fand ich es nicht so toll, als ich das herausgefunden habe."

Isabel kraulte ihn weiter hinter den Ohren. „Und deine Mutter gehörte auch zu Sabancaya?"

„Du fragst mir noch ein Loch in den Bauch", grummelte Chaski, obwohl es nicht so klang, als ob ihr Interesse ihn wirklich störte. „Nein, meine Mutter war der *mallki* von Ampato, der Schwester Sabancayas. Aber das würde jetzt alles zu weit führen, Prinzesschen. Sabancaya hat mich aufgenommen, nachdem ich sehr viel Unordnung angerichtet hatte, und das erzähle ich dir ein andermal, wenn wir gerade nicht auf der Suche nach einer geheimnisvollen Vergessenen Zitadelle sind. Denn um auf deine Frage zurückzukommen: Ich habe keine Ahnung, was wir tun sollen."

„Was passiert, wenn wir doch jemanden fragen?"

„Ich schätze, Mismi sieht es nicht gern, wenn du schummelst."

Isabel zögerte. „Das, was Usphasonqo gesagt hat …" Sie fuhr mit einer Hand zu ihrem Andenkreuz.

Chaski schnaubte verächtlich. „Das vergisst du am besten sofort! Erstens wirst du diesen Anhänger nicht ablegen. Zweitens bin immer noch ich da. Und drittens wird Mismi ihm höchstpersönlich die Ohren langziehen, wenn Usphasonqo dir etwas tut, denn so sehr es ihm auch stinkt, er braucht einen neuen Yuyaq, und das bist nun einmal du."

„Punkt zwei ist wirklich beruhigend."

„Hör auf, in diesem Tonfall mit mir zu sprechen. Der ist meine Spezialität."

„Und nun?"

„Also, wenn du ernsthaft mir die Entscheidung überlassen willst …" Er machte eine vielsagende Pause und warf einen Seitenblick auf die Überreste ihres Proviants.

Isabel gluckste. Spontan beugte sie sich vor und drückte dem Alpaka einen Kuss zwischen die Ohren. „Chaski, du bist großartig."

Chaski räusperte sich. Wenn Alpakas erröten könnten, dann hätte er es jetzt vermutlich getan. „Und du bist wieder einmal viel zu sentimental, Prinzesschen. Los, eine *tuna* für mich. Die Dinger sind lecker."

*

Einige Zeit später war Isabels Kleid getrocknet und keine einzige *tuna* mehr übrig, aber der Lösung ihres Problems waren sie kein Stück nähergekommen. Isabel hatte nicht die geringste Ahnung, wo sich hier eine Verlorene Stadt befinden sollte. Sie blätterte ratlos im Spiegelbuch, aber es gab keine Verlorene Geschichte bislang, die ihr irgendwelchen Aufschluss darüber hätte geben können, und sie konnte sich auch nicht daran erinnern, von Yawar oder irgendjemandem auf ihrer Reise entsprechende Andeutungen gehört zu haben. Dabei zweifelte sie nicht daran, dass es hier verborgene Orte gab, in der Morgensonne schlummernde Ruinen, von denen nur die Lamahirten wussten und die reisenden Händler, die barfuß oder in einfachen schwarzen Sandalen über zugewachsene Steinstufen huschten, die noch von dem Reich der Inka zu erzählen wussten.
Aber wie sollte sie diesen Ort finden, wenn sie keinen um Rat fragen durfte? Sie erinnerte sich an Usphasonqos Worte, an seinen Spott, der doch ganz an ihr abgeperlt war. Vielleicht, weil es nur ein Widerhall ihrer eigenen Zweifel war, die ihr vor allem in Lima in der Kehle gebrannt hatten. Die Verlorenen Geschichten …
Aber haben sie je mit dir gesprochen?

Die Worte wollten wie nächtliche Ratten an Isabels Seele nagen. Doch sie glitten ab, und mit einem Mal hob Isabel den Kopf.

„Vielleicht", sagte sie in die beginnende Dämmerung, „können uns die Geschichten führen."

Chaski sah sie verwirrt von der Seite an. „Was meinst du?"

Isabel klappte das Buch wieder zu. Die Idee vibrierte in ihr mit der Schüchternheit eines jungen Schmetterlings, aber sie war da, und sie fühlte sich richtig an.

„Die Geschichten", wiederholte Isabel. „Usphasonqo hat doch gesagt, dass diese Verlorene Stadt ein Zufluchtsort der Verlorenen Geschichten ist. Wer sollte uns also dorthin führen können, wenn nicht sie?"

Chaski räusperte sich und stand umständlich auf, schüttelte sich, sodass Reste von Erde und trockenem Gras aus seinem Pelz stoben, und sah Isabel dann noch immer etwas verwirrt in die Augen. „Du möchtest die Verlorenen Geschichten darum bitten, etwas zu tun?"

„Sie sind lebendige Wesen", antwortete sie. „Warum sollte ich sie nicht wie solche behandeln? Und sie haben ein Interesse daran, uns zu helfen."

Das Alpaka scharrte nachdenklich mit dem linken Hinterfuß. „Es ist eine Idee", sagte Chaski gedehnt. „Versuch es."

Isabel nickte. Behutsam ließ sie das Spiegelbuch in den Leinensack gleiten, dann sah sie sich um. Natürlich konnte sie die Geschichten nicht sehen, aber sie wusste, dass sie da waren, und gerade jetzt, da das klare Licht in ein milchig-goldenes Zwielicht überging, spürte sie ihre Anwesenheit deutlicher denn je. Sie waren da, auf eine schwer zu erklärende, nicht fassbare Weise. Wie angehaltene Atemzüge schwebten sie irgendwo um sie herum.

Kolibris, dachte Isabel mit einem kleinen Lächeln. *Unsichtbare Kolibris, und doch bunt und schillernd.*

Sie warf einen Blick in den Sack. Ob sie Q'enti brauchen würde? Bisher hatte sie den Kontakt zu den Geschichten immer über den Klang des Charangos hergestellt, hatte sie auf diese Weise aus ihren Ritzen und Schattenräumen gelockt. Aber ihr Herz sagte ihr, dass sie es diesmal anders versuchen musste.

Sie schloss die Augen und versuchte, sich auf die Gegenwart der Geschichten zu konzentrieren, sie so deutlich wie möglich wahrzunehmen. Sie konnte sie weder sehen noch hören, riechen oder schmecken, aber sie spürte die Präsenz über ihre Seele perlen. Und plötzlich war es Isabel, als fühle sie das leise Wispern, nicht als Klang, sondern wie das Kitzeln abendschwerer Sonnenstrahlen.

Sie waren da, und sie beobachteten Isabel.

Helft mir, Verlorene Geschichten, dachte sie. Nicht wie einen normalen Gedanken, sondern wie eine Botschaft: Sie versuchte, einen weiteren Kolibri hinaus ins Dämmerlicht zu schicken, goldglänzend wie ihre Augen, mit all der möglichen

Überzeugungskraft in seinem Flügelschwirren. Für einen Moment stand sie da und war ganz sicher, dass sie nichts bewirkt hatte, dass ihre Idee doch großer Unsinn gewesen war.

Dann verdichtete sich das Wispern.

Etwas huschte wie die Berührung von Federn über ihre Seele, und sie spürte, wie ihr vor Überraschung die Tränen in die Augen schossen. Die Welt verschwamm, als sie die Augen öffnete, aber das Wispern blieb.

Die Luft surrte lautlos.

Sie leuchtete.

Kleine Körper schienen Kontur anzunehmen.

Instinktiv fasste Isabel mit der Hand um den dunklen Stein des Andenkreuzes, und die Farben wurden klarer, leuchteten vor ihr auf wie die Erinnerungen an halbvergessene Träume.

„Ich sehe euch", flüsterte sie, eigentlich kaum hörbar, sie bewegte nur die Lippen, sandte den Abdruck der Wörter in die Freiheit.

Sie umschwirrten sie, kreisten, flatterten. Das Gewirr der unhörbaren Stimmen war fast unerträglich, und ein Lächeln breitete sich in Isabel aus, lief wie eine Welle über ihr Gesicht, weil es in ihrem Inneren allein keinen Platz fand. Es war unglaublich. Niemals zuvor hatte sie das Gefühl gehabt, mit dem gesamten Körper zu lächeln.

„Chaski", flüsterte sie, unsicher, ob er sie hören konnte, aber einen Moment später spürte sie ihn direkt neben sich stehen. Sie warf ihm nur einen Blick aus den Augenwinkeln zu, weil sie nicht wagte, den Kopf zu drehen, aus Angst, die Erscheinung der Geschichten könne verschwinden.

„Steig auf", raunte Chaski.

Ihre schweißnassen Hände glitten beinah von seinem Hals ab, als sie sich auf Chaskis Rücken schwang. Die Geschichten folgten ihrer Bewegung, tanzten wie ein winziger Wirbelsturm, und dann, in eben jenem Moment, in dem die Sonne hinter den Berggipfeln verschwand, fingen sie an, vor Isabel und Chaski her zu schweben, in langen und verschlungenen Bewegungen, als folgten sie einem genau einstudierten Tanz.

Isabel klammerte sich an Chaski, als dieser sich in Bewegung setzte. Noch immer liefen ihr die Tränen übers Gesicht, aber sie empfand nicht einmal das Bedürfnis, sie abzuwischen.

„Sie führen uns, Chaski!", flüsterte sie in eines der weichen Alpaka-Ohren vor ihr. „Sie führen uns tatsächlich!"

Samten und vollkommen legte sich die Nacht über das Heilige Tal und mit ihr das Schweigen. Goldgelbe Lichtpunkte glommen dort auf, wo die Menschen in ihren Häusern saßen, gefeit gegen die Kälte des Hochlands.

Niemand sah die Erscheinung, die sich ihren Weg durch die Nacht bahnte, vorbei an den Häusern von Ollantaytambo und seinen Ruinen, gewaltigen Treppen aus grauem Stein. Niemand sah das überwältigt weinende Mädchen, das auf dem Rücken eines Alpakas ritt, dessen Fell im Mondschein wie pures Sonnenlicht zu glänzen schien, und erst recht nicht den Reigen der Verlorenen Geschichten, die gleich tanzendem Sternenstaub vor den beiden her glitten, wispernd, singend, vibrierend, einen vergessenen Pfad weisend, den die Schritte des Alpakas sicher unter Geröll und Gestrüpp fanden.

Isabel konnte später nicht mehr sagen, woran sie sich aus dieser Nacht noch erinnern konnte. Sie war sich sicher, dass sie gesehen hatte, wie die Lichter des Tals unter ihr immer kleiner wurden und sie den Sternen auf ihrem Weg näher kam, aber als Bild war das nicht in ihrer Erinnerung eingebrannt. Diese war nur vom glücklichen Wispern der Geschichten erfüllt, der Geschichten, die nach Hause zurückkehrten – ein Zuhause, das nicht in Widerspruch stand zu der Zuflucht, die sie auf den Seiten des Spiegelbuchs gefunden hatten, sondern eine Ergänzung dazu war.

Ein Ort, an dem sie ihren Familien begegnen würden.

Isabel kam erst zu sich, als sie eine Anhöhe erreichten und Chaski stehen blieb. Über ihnen hatte der Himmel bereits die Farbe von flüssigem Blei angenommen. Als ob Chaskis Stillstand Isabel aus einem Traum aufweckte, spürte sie mit einem Mal ihren ganzen schmerzenden Körper und die Erschöpfung einer Nacht, in der sie keinen Schlaf gefunden hatte.

Aber das war es nicht, was ihr den Atem verschlug. Es war der Anblick vor ihren Augen.

Sie blickten hinab in ein Tal, eingerahmt von mächtigen Berggipfeln, und ihre Flanken waren von sattem Grün bedeckt, Wälder, auf denen der Nebel lag.

Und direkt vor ihnen lag ein Plateau, das sich an einen steilen hohen Felsen schmiegte und nach allen Seiten schroff abfiel. Langgestreckte Terrassenanlagen mussten sich einst wie Treppen über die Flanken des Hochplateaus verteilt haben, aber die meisten von ihnen waren schon lange von undurchdringlichem Grün überwuchert worden. Den größten Teil des Plateaus nahmen die Ruinen ein: schmucklose Hausmauern aus hellem Stein, ein dachloses Labyrinth auf hellem Grün.

Jetzt kletterte die Sonne über die ersten Berggipfel und das Licht fiel über die Vergessene Zitadelle, tauchte sie in einen Schimmer aus Blau, der sie noch unwirklicher erscheinen ließ. Es war ein Ort, den seit Jahrhunderten niemand mehr betreten hatte außer den Lamas, die im Schatten der steinernen Terrassenmauern grasten. Es war ein Ort, an den nicht einmal das Rauschen des Río Urubamba drang, der sich weit unten wie eine silberne Schlange durch ein Tal aus tiefem Grün wand. Es war der Ort, an dem die Verlorenen Geschichten ihre letzte Zuflucht gefunden hatten, an dem sie zwischen den alten Mauern wogten und Erinnerungen wie Staubkörner im Sonnenlicht tanzen ließen. Dies war der Ort, an den Isabel und Chaski letztendlich hatten gelangen müssen. Die Verlorenen Geschichten, die sie hergeführt hatten, huschten um Isabel herum wie ein Hauch aus sonniger Morgenluft – und sie lachten, wie nur Geschichten lachen können, kristallklar und doch lautlos, und durch ihr Lachen flüsterten sie Isabel den einzigen wahren Namen zu, den dieser Ort je getragen hatte und jemals tragen würde.

Machu Picchu.

15.
Tinkuy – Zusammentreffen

Auf dem Rest ihres Weges trug Isabel die Verlorene Stadt im Herzen, wohl wissend, dass sie diese niemals wiedersehen würde. Vielleicht würde niemals jemand den Weg dorthin finden, den nicht eine frei streifende Geschichte über die uralten Pfade führte. Isabel war langsam durch die Ruinen geschritten, während die Sonne über Machu Picchu aufging, und hatte das Spiegelbuch geöffnet in beiden Händen getragen. Etwas war geschehen, etwas Grundlegendes, und sie konnte spüren, wie die Geschichten aus den Winkeln der alten Zitadelle zu ihr kamen, ohne den Umweg über Feder und Tinte nehmen zu müssen.

Sie spürte fremde Blicke auf sich ruhen und wusste, dass es die *apus* des Ortes waren, an dem sie sich befand. Vielleicht würden sie Mismi berichten, was geschehen war. Vielleicht hatte Isabel den großen Herrn des Südens nun gnädiger gestimmt.

Als sie zu Chaski zurückkehrte, spürte sie nur noch bleierne Müdigkeit, und sie schlief mehrere Stunden auf dem weichen Gras einer alten Terrasse und erwachte ausgeruht, hungrig und mit einer großen Gewissheit. Die Wege, die jetzt noch vor ihnen lagen, würden um ein Vielfaches einfacher sein als jene, die sie bereits hinter sich gelassen hatten. Die Verlorenen Geschichten hatten sie akzeptiert, und wohin auch immer sie kam, sie würde erkannt werden.

*

Der letzte Teil ihrer Reise führte sie zurück über das Heilige Tal und durch die Straßen von Cuzco, der alten Hauptstadt der Inka, ein Meer aus rotbraunen Dächern in einem weitläufigen Talkessel. Kirchen aus braunem Stein waren auf den Fundamenten alter Tempel emporgewachsen, weißgekalkte Mauern spanischer Art schmiegten sich auf die riesigen Quader, aus denen einst die Inka Bauten errichtet hatten, die jedem Erdbeben trotzten. Damals war Cuzco der Nabel der Welt gewesen, und Chaski zeigte Isabel, an welchem Ort die Linien zusammenkamen, die nach Vorstellung der früheren Einwohner das Reich der vier Gegenden, Tawantinsuyu, geteilt und verbunden hatten. Das Quechua flirrte wie Sonnenlicht in den Straßen von Cuzco, als wäre es eine Verlorene Geschichte mehr.

Aus Cuzco traten Isabel und Chaski den Weg in die Höhe an, hinauf in das karge Hochland der Puna, der endlosen, von gelbem *ichhu*-Gras bedeckten Hochebene, dem Himmel so nah, dass seine Kälte furchtbar zu spüren war. Die Puna war ein Land des Windes. Nur wenige Dörfchen und Gehöfte säumten Isabels Weg, wohl aber große Herden von Lamas und Alpakas, die ihr und Chaski beim Vorbeiziehen neugierig nachsahen.

Dann standen sie am Ufer des Titicacasees, und Isabel erinnerte sich an das Blau, das wie ein Schleier aus Licht über dem morgendlichen Machu Picchu gelegen hatte. Das Blau des Sees war noch tiefer und vollkommener. Es versprach ihr eine Ruhe, die sie sich selbst nach dem Erlebnis der Verlorenen Stadt nur erträumen konnte. Für Stunden saß Isabel am Ufer des Sees und blickte hinaus in das leuchtende Blau, nahm zwischen zusammengekniffenen Augen die fernen, unwirklichen Silhouetten schneebedeckter Gipfel wahr, die sich weit jenseits der riesigen Wasserfläche erstreckten. Die Wellen glucksten leise am Ufer und trugen Isabel neue Geschichten zu. Auch der See hatte von ihr gehört.

Danach begann der allerletzte Teil.

Chaski trug sie voran Richtung Südwesten, und es war ein seltsames Gefühl zu wissen, dass sie sich wieder Arequipa näherten, ein gewaltiger Kreis, der kurz davor stand, sich zu schließen. Dabei wusste etwas in Isabel mit Bestimmtheit, dass sie die Weiße Stadt nicht mehr betreten würde.

Von der Puna stiegen sie hinab in das Tal, das der Río Colca durchfloss, rauer Boden zwischen nacktem Fels, eine Schönheit von grimmiger Wildheit, die Isabel ins Herz schnitt.

Auf dem letzten Stück stieg sie ab und ging zu Fuß, einige Schritte vor Chaski, der ihr so langsam wie möglich folgte. Sie hielt sich gerade, das Kinn entschlossen gereckt. Sie war die neue Yuyaq, und sie wusste bei jedem Schritt, dass Mismis Augen bereits auf ihr lagen, dass er sie erwartete.

Aber sie dachte nicht an den *apu*, dem sie sich näherte, während sie ihren Blick über die karge Landschaft und die schlammbraunen Wasser des Río Colca gleiten ließ.

Dies war die Erde, auf der Yawar groß geworden war, dies waren die Ufer, an denen er gespielt hatte, unbesorgt wie auf einer Insel zwischen Vergangenheit und Zukunft. Wenn Isabel die Augen zusammenkniff, war es, als könne sie seine Silhouette unten am Fluss entdecken: ein kleiner Junge, der von Stein zu Stein hüpfte.

Ihr Herz krampfte sich zusammen, und gleichzeitig fühlte sie sich seltsam ruhig und zufrieden.

Der Pfad führte schließlich leicht bergan, weg vom Fluss, und Chaski blieb stehen.

„Wir sind da", sagte er leise.

Das wäre nicht nötig gewesen. Isabel zog ihren Poncho enger um sich. Auch wenn sie von der Puna nach unten gestiegen waren, sie befanden sich noch immer in großer Höhe, und entsprechend rau und kalt war die Luft.

Isabel ließ den Blick über das Bergmassiv gleiten, zu dessen Füßen sie stand. Mismis Körper spannte sich über das Tal wie ein großes, schlafendes Tier unter einer Decke aus Schnee, weißer als alles, was sie bisher gesehen hatte.

„*Apu* Mismi", sagte sie mit klarer Stimme. Aus ihrem Sack holte sie das Spiegelbuch und bot es dem unsichtbaren Gegenüber dar. Ihre Hände zitterten nicht. „Hier bin ich. Ich bringe das Spiegelbuch und alle Geschichten, die ihre Heimat verloren hatten." Nach einer kurzen Pause fügte sie hinzu: „Der Fluch kann gelöst werden."

Einen Augenblick lang geschah nichts, dann spürte sie ein Grollen – mehr, als dass sie es hörte –, das tief aus der Erde zu kommen schien. Für einen Moment geriet Isabel ins Taumeln.

Mit einem Mal schwebte Mismis Antwort in der Luft, mächtig, umfassend. Sie klang nach widerwilliger Bewunderung.

„Ich sehe es, Yuyaq."

„Du erkennst mich an?"

Wieder das Grollen, das durch den Boden unter ihr lief. Diesmal erinnerte es sie an ein bitteres Lachen.

„Ich habe keine Wahl." Der *apu* machte eine kurze Pause. „Ich hätte nicht geglaubt, dass du es schaffst. Es ist nicht *dasselbe*. Aber es ist besser als nichts."

„Was geschieht jetzt?", fragte sie leise.

„Der Fluch wird gelöst", antwortete Mismi würdevoll. „So muss es sein. Dies war meine Bedingung, und sie ist erfüllt worden. Ich rufe ihn zurück. Aber ich werde bereit sein, ihn erneut loszulassen, sollte ein ähnlicher Frevel erneut geschehen."

„Niemand wird es wagen", sagte Isabel und lächelte. „Gibt es etwas, was ich noch tun muss?"

Der *apu* grollte. „Du bist die Hüterin des Buches. Es ist deine Aufgabe, die Geschichten zu beschützen – und sie zu erzählen. Du hast bewiesen, dass du beides kannst."

„An welchen Ort soll ich gehen?", fragte sie.

Diesmal fiel das Grollen um einiges stärker aus.

„Es ist nicht meine Aufgabe, dir das zu sagen", entgegnete Mismi knapp. „Du selbst wirst es wissen, denke ich."

Ein letztes Mal grollte der Boden, und Isabel spürte, wie sich etwas von ihr löste, etwas, das wie die dunkle Ahnung einer aufkommenden Krankheit an ihren Fersen gehangen hatte. Ihr war, als sähe sie einen Schatten bergan davonhuschen.

Mismi schwieg, und Isabel verstand. Ihre Suche war beendet. Sie hatte erwartet, dass in diesem Moment eine große Last von ihr abfallen würde, dass sie sich unendlich erleichtert und glücklich fühlen würde, aber alles, was sie empfand, war ein kleines Lächeln tief in ihrem Inneren und eine große Ratlosigkeit.

Sie wandte sich an Chaski. „Und was tun wir jetzt?"

„Wirst du jetzt alle um dich herum mit dieser Frage quälen?", antwortete er mit einem Seufzer. „Nun, dann mache ich am besten einen Vorschlag, damit du gleich damit aufhörst. Wie wäre es, wenn wir meine Herrin besuchen?"

Es war ein wenig, als kehre sie an einen Ort zurück, an den sie sich hätte erinnern müssen. Erst als sie plötzlich im Innern Sabancayas stand, fiel die Last von ihren Schultern, wie sie es vor Mismi erwartet hatte. Die Last, die sie seit jenem Moment mit sich getragen hatte, in dem Concha an ihre Zimmertür geklopft hatte, mit verweinten Augen und dem Spiegelbuch in den Händen.

Yawar hatte von diesem Ort gesprochen, und unwillkürlich suchten Isabels Augen ihre Umgebung nach jedem kleinen Detail ab, das ihr möglicherweise bekannt vorkommen konnte.

Aber es war nicht das sanfte Eisblau der riesigen Grotte, in der sie stand, und nicht das geheimnisvolle Schillern der kristallenen Wände, die ein Gefühl von Vertrautheit in ihr hervorriefen. Es war die zierliche Frau, die an einer Säule aus bläulichem Stein lehnte und Isabel mit einer Mischung aus Neugier und Schmerz entgegenblickte. Obwohl Isabel sie nie zuvor gesehen hatte, erkannte sie die Frau, und sie sah an deren dunklen Augen, dass es der anderen ebenso ging.

„Yanakachi", sagte Isabel laut und ging auf die Frau zu.

Yawars Mutter lächelte. Es war das traurigste Lächeln, das Isabel je gesehen hatte, es sprach von einer ungeheuren Erschöpfung und blieb auf Yanakachis Zügen, während sie der Frau entgegen trat, die ihr Sohn geliebt hatte. Einen Moment lang standen sie direkt voreinander und wurden sich ihrer Unterschiede bewusst: Yanakachi mit dem langen schwarzen Haar wie aus glatter Seide, klein und zerbrechlich, die das Kinn heben musste, um Isabel in die Augen zu sehen. Isabel mit ihrer ewig zerzausten Mähne, über der selbst hier an einem Ort ohne Sonnenschein noch dessen goldener Glanz zu liegen schien, mit ihren Sonnenaugen und ihrer straffen Haltung, die nicht anders konnte, als vor Yanakachi den Kopf zu neigen.

Einen Moment lang maßen sie sich schweigend mit ihren Blicken, dann umarmten sie einander, der einzige Gruß, dessen Austausch ihnen angemessen zu sein schien.

„Erzähl mir", flüsterte Yanakachi an Isabels Schulter, und ihre Stimme zitterte. „Erzähl mir alles."

Isabel wusste, wo sie zu beginnen hatte.

„Eines Morgens in Arequipa", sagte sie. „Es war ein Sonntag. Da kam Adelita und sagte zu meinem Vater, es seien Gäste gekommen."

*

Yanakachi lebte in einer kleinen Seitenhöhle, die für menschliche Bedürfnisse eingerichtet schien, und wo sie sich auf etwas niederließen, das einem Bett sehr nahe kam. Es war eine große weiche Fläche, in der man leicht versank, wie ein Block aus *sillar*, dem jemand die Konsistenz von weißen Federn gegeben hatte. Isabel und Yanakachi kauerten sich darauf, und für Stunden gab es nichts mehr außer dem Fluss von Isabels Worten, stetig und kraftvoll. Sie weinten beide, ohne sich die Tränen abzuwischen, und Isabel wusste, dass sie auf diese Weise Yawar zumindest für Momente zurück zu seiner Mutter brachte. Isabel breitete sein Leben vor Yanakachi aus, so wie sie es mit ihm geteilt hatte, und während sie sprach, glaubte sie, den heranwachsenden Jungen durch die Höhle huschen zu sehen, so wie sie seine kindliche Silhouette am Flussufer entdeckt hatte. Das tröstete sie. Es war wie das Versprechen, dass Yawar auf irgendeine Art und Weise noch in ihrer Nähe war, und sei es nur in den Worten, die sie über ihn aussprach.

Als Isabel schließlich geendet hatte, war ein enormer Druck von ihr gewichen, den sie vorher nicht wahrgenommen hatte. Sie ließ sich zurück auf das weiche Lager sinken und die Erschöpfung über sich zusammenschlagen.

Dann spürte sie einen misstrauischen Blick auf sich ruhen und richtete sich auf.

Ein kleines Mädchen hatte sich an den Eingang der Seitenhöhle gedrückt und schaute neugierig um die Ecke. Es hatte die zierliche Gestalt von Yanakachi, aber die Augen waren noch größer, dunkler und ausdrucksvoller, und mitten auf dem pechschwarzen Schopf entdeckte Isabel eine schneeweiße Strähne. Der furchtlose Blick des Kindes erinnerte sie für einen Moment an sich selbst, wie sie sich ins Empfangszimmer ihres Vaters schlich, und sie lächelte.

Yanakachi war ihrem Blick gefolgt. Auch sie lächelte, setzte sich auf und winkte das Mädchen mit einer Handbewegung zu sich.

„Das ist Munay T'ika", sagte sie errötend. „Komm her, *sonqollay*. Dies hier ist eine Freundin."

„Ist sie ...?", fragte Isabel, und Yanakachi nickte. Die Kleine kletterte auf ihren Schoß und schmiegte sich an sie, ohne ihren Blick von Isabel zu nehmen.

„Meine Tochter", sagte Yanakachi, „und Yanaphurus."

Wieder lächelte Isabel. „Ein Kondorkind."

Yanakachi errötete. „Ja, so ist es." Sie schlang die Arme um ihre Tochter und fügte leise hinzu: „Wenn ich sie nicht hätte, wäre ich vor Schmerz wahnsinnig geworden. So seltsam es klingen mag, aber ... Es ist, als hätte ich einen zweiten Anfang gefunden."

„Das hast du", sagte Isabel. „Was wirst du tun, Yanakachi? Der Fluch ist gelöst. Du könntest ins Dorf zurückkehren, *jinachu manachu*?"

Gedankenverloren pustete Yanakachi über Munay T'ikas Kopf, sodass die feinen schwarzen Haare flogen.

„Warum sollte ich?", antwortete sie schließlich und blickte Isabel direkt an. „Es ist richtig, der Fluch hat keine Macht mehr über mich. Aber was habe ich in jener Welt gefunden? Nur Schmerz und Verlust. Llanthu, Yawar... Ich würde das nicht ein weiteres Mal ertragen." Sie atmete tief durch. „Ich werde bei Sabancaya bleiben, bei Yanaphuru und meinem Kind. Vielleicht ist das feige, aber ich habe nichts weiter von der Welt dort draußen zu erwarten."

„Es ist nicht feige", antwortete Isabel. „Ich verstehe dich gut."

Yanakachi betrachtete sie lange. „Auch du könntest hier bleiben, wenn du das wolltest", sagte sie schließlich. „Ich könnte Sabancaya fragen."

Für einen kurzen Moment dachte Isabel ernsthaft über dieses Angebot nach. Es stimmte, die kühle Stille der Grotte erfüllte sie mit einem wohltuenden Gefühl von Frieden, als lindere sie das Brennen ihrer Wunden. Aber Isabel spürte, dass dies nicht genug war. Schließlich schüttelte sie den Kopf.

„Ich danke dir, Yanakachi. Aber das hier ist nicht mein Platz."

„Wohin wirst du gehen?", fragte Yanakachi, und sie stellte damit genau die Frage, die Isabel selbst sich bereits gestellt hatte, seit sie das Ende ihrer Mission hatte nahen fühlen. Erst jetzt, da sie die Frage das erste Mal aus dem Mund eines anderen Menschen hörte, wurde ihr klar, dass sie im Grunde schon lange eine Antwort darauf hatte, eine Antwort, die erst jetzt aus dem Dunkel ihres Bewusstseins hervorgehuscht kam.

„Ich werde nach Huamanga gehen", sagte sie ohne zu zögern. „Zu den Rebellen." Sie machte eine kurze Pause. „Auch sie nennen sich Kondorkinder, nicht wahr?"

In Yanakachis Augen blitzte Überraschung auf, aber nur kurz, so als würde ihr klar, dass auch sie diese Antwort längst gekannt hatte.

„Yawar hätte es so gewollt", fügte Isabel hinzu.

„Ja, das glaube ich." Yanakachis Blick wurde dunkel. „Und du, willst du das auch?"

Isabel nickte stumm. Sie erinnerte sich an das kleine Mädchen in teuren Seidenkleidern, das auf einer sonnenüberfluteten Dachterrasse in Arequipa stand. Sie war das gewesen. Aber sie hatte kaum noch etwas mit diesem Mädchen gemein. Es gab keinen Ort mehr, an den sie zurückkehren konnte, es gab nur den Weg nach vorn. Vielleicht fand sie dort ein Zuhause, zumindest aber etwas zu tun.

„Es ist eine weite Reise von hier bis Huamanga", gab Yanakachi zu bedenken.

Isabel zuckte mit den Schultern. Zum ersten Mal hatte sie keine Angst mehr vor dem, was vor ihr lag. Die Zukunft war ein unbeschriebenes Blatt, und die Feder mit der Tinte dazu lag in ihren Händen. Erwartung kribbelte in ihr.

Ja, dachte sie. *Das fühlt sich richtig an.*

Sie setzte zu einer Erwiderung an, aber jemand hinter ihr räusperte sich.

„Ein weiter Weg, ich bitte dich." Chaski stand im Eingang und klopfte fast verlegen mit seinem Vorderfuß auf den Steinboden. „Das sollte kein Problem für jemanden sein, der ein so exzellentes Reittier wie mich dabei hat."

Isabel spürte das Lächeln wie ein Leuchten in ihrem eigenen Gesicht: Sonnenfunken, die sich in den braunen Augen des Alpakas genauso spiegelten wie in dem tiefen Blick von Yanaka-chi und Munay T'ika.

„Siehst du", sagte Isabel zufrieden. „Der Weg ist das Ziel."

Epilog
Waman – Falke

„Mama Chavela! Mama Chavela!"
Nackte Kinderfüße trommelten auf dem trockenen Lehmboden.

Isabel runzelte die Stirn und stand auf, um den Kindern entgegenzusehen. Sie war an die häufigen Besuche der kleinen Gruppe gewöhnt – die Kinder liebten wenig so sehr, wie Isabels Geschichten und Lieder zu hören und ihr mit kaum verhaltenem Kichern beim Weben zuzusehen, was ihr noch immer nicht sehr leicht von der Hand ging –, aber so aufgeregt hatte sie die Kleinen noch nie erlebt.

Kusi und Paskar erreichten die Hütte ein paar Schritte vor Titu, der wie immer hinterherjapste.

„Meine Güte, ihr Rabauken! Was ist passiert?"

„Du wirst es nicht glauben, Mama Chavela! Aber Túpac Amaru hat den *corregidor* von Tinta hinrichten lassen!", platzte Paskar heraus, und Kusi nickte, dass ihre dünnen schwarzen Zöpfe flogen.

„Vor aller Leute Augen, sagen sie! Und dass ein unglaublicher Aufruhr herrscht!"

„Und jetzt gehen seine Leute nach Cuzco und

bereiten sich auf die Schlacht vor!", fügte Titu schwer atmend hinzu.

Alle drei standen jetzt in einem Halbkreis um Isabel.

„Mein *papá* wird vielleicht auch gehen", sagte Titu schließlich mit kaum verhaltenem Stolz. „Er sagt, genau das ist der Moment, auf den sie alle gewartet haben."

„Und mein *papá* sagt, jetzt wird es einen Aufstand geben, der dieses Land verändert", rief Kusi mit leuchtenden Augen.

Paskar sagte nichts, schließlich war er Kusis Bruder und hatte keine andere Aussage seines *papás* vorzuweisen, aber er nickte nachdrücklich.

Isabel zwang sich zu einem Lächeln. „Das sind große Neuigkeiten. Wartet, ich werde schauen, ob ich noch etwas *chicha morada* für euch habe. Die könnt ihr brauchen, nachdem ihr so gerannt seid, schätze ich."

Diesmal nickten alle drei gleichzeitig.

Langsam ging Isabel in die Hütte zurück und füllte den großen Krug mit dem Rest des süßen, lilafarbenen Getränks, das die Kinder so liebten.

José Gabriel Condorcanqui, der sich selbst nach dem letzten Inkarebellen Túpac Amaru nannte, war seit Monaten der Held nicht nur in den Gesprächen der Dorfkinder. Cuzco lag weit entfernt und nur spärliche Nachrichten plätscherten mit den wenigen Händlern und Reisenden ins Dorf, deshalb war die Geschichte des adeligen jungen Mestizen Isabel bisher immer unwirklich vorgekommen: eine Geschichte aus einer anderen Zeit, wie sie auch hätte im Spiegelbuch stehen können.

Wenn er jetzt tatsächlich zu handeln begann, war das etwas anderes. Sie konnte das Gefühl noch nicht in Worte fassen, aber sie machte sich Sorgen.

„Du hast es also schon gehört."

Mit dem Krug in den Händen sah Isabel auf. Tutañawi lehnte im Türrahmen, war lautlos wie ein Schatten hereingeglitten. Das Lächeln auf seinem Gesicht war wie immer nur angedeutet. Sie hatte lange gebraucht, um aus der Härte seines Blicks auch die Wärme herauslesen zu können, die da war, wenn er Isabel anschaute.

„Was meinst du dazu?", fragte sie und blieb vor ihm stehen. Sie musste den Kopf heben, um seinem Blick begegnen zu können. Tutañawi war beinahe zwei Köpfe größer als sie.

Er schnaubte verächtlich. „Condorcanqui ist ein Hochstapler, der nichts verändern wird. Das ist meine Meinung."

Isabel zögerte, dann hob sie demonstrativ den Krug. „Ich bin gleich wieder da."

Die Kinder nahmen ihr Getränk enthusiastisch entgegen, und Isabel schmunzelte, während sie zusah, wie alle drei in tiefen Zügen tranken, immer darauf bedacht, dass keiner mehr bekam, als ihm tatsächlich zustand. Schließlich lächelten drei lila verschmierte Münder Isabel an, und Kusi reichte ihr den leeren Krug zurück.

„Danke für die *chicha*, Mama Chavela!"

„Danke euch für die Neuigkeiten", sagte Isabel. „Jetzt ab mit euch. Ihr solltet alle längst zuhause sein, *jinachu manachu*?"

Sie sah den Kindern nach, als diese kichernd davon stoben, dann drehte sie sich wieder zu Tutañawi um, seufzte und lehnte sich ihm gegenüber in den Türrahmen. Ihre Finger spielten mit dem leeren Krug.

„Ein Hochstapler, meinst du?"

Er sah sie amüsiert an. „Bist du da anderer Meinung?"

Sie senkte kurz den Blick.

Niemand war ihr gegenüber skeptischer gewesen als Tutañawi in jener Zeit, in der sie nach Paukarllaqta gekommen war, zwei Tagesreisen von der Stadt Huamanga entfernt, ein Rückzugsort der Kondorkinder.

Es hatte eine Weile gedauert, bis die Rebellen Isabel ihr Vertrauen geschenkt hatten. Das Spiegelbuch, ihr unbeholfenes Quechua und ihr Charango hatten ihr geholfen, das Eis zu brechen und das Vertrauen der Gemeinschaft zu gewinnen, doch Tutañawi war am längsten misstrauisch geblieben. Isabel wusste nicht mehr sicher, an welchem Punkt sich das geändert hatte. Aber etwas an ihrer Liebe zu dem Leben in den Anden musste ihn bewegt haben, und umgekehrt traf etwas an seinem zuweilen schroffen, lakonischen Wesen einen Nerv in ihr.

Tutañawi war nicht Yawar, und was Isabel mit ihm verband, unterschied sich grundsätzlich von dem, was sie mit Yawar erlebt und empfunden hatte. Aber im Grunde war das ganz gut so. Die Wahrheit war, das hatte sie sich mehr als einmal eingestanden, dass sie Tutañawi an ihrer Seite nicht mehr hätte missen mögen. Er gab Isabel Halt, wenn die Albträume mit ihren Schattenfingern nach ihr griffen, wenn der alte Schmerz so kraftvoll in ihr aufbrandete, dass er ihr die Brust zu zersprengen drohte. Sie war innerlich noch längst nicht zur Ruhe gekommen, so sehr sie es sich wünschte. Seit dem Ende ihrer Reise lauerte die Vergangenheit in den Schatten und ließ sie nicht aus den Augen.

Isabel blickte Tutañawi wieder direkt an. „Hochstapler oder nicht, dieser Aufstand wird Folgen haben. Er ist bedeutsam. Ich bezweifle, dass er Erfolg haben wird, und gerade das macht mir Sorgen. Wenn er niedergeschlagen wird, kann der Vizekönig nicht so tun, als ob nichts gewesen wäre."

Manchmal überraschte es sie, mit welcher Leichtigkeit sie jetzt über die große Landespolitik redete, an die sie früher keinen Gedanken verschwendet hatte. Sie fand nicht, dass sie das allein zu einer Rebellin machte, aber seit sie bei den Kondorkindern lebte, hatten diese Themen für Isabel an Bedeutung gewonnen.

Tutañawi griff behutsam nach ihrem Kinn, um es noch ein Stück mehr anzuheben und mit einem Finger darüber zu streichen, ganz sacht, eine mehr angedeutete Zärtlichkeit.

„Wie ist das für dich?", fragte er. Kosenamen waren nicht seine Sache. *Sonqollay* oder *Isa-*

belchay waren Worte, die sie von ihm nie zu hören bekommen würde, und dafür war sie insgeheim sogar dankbar. „Es ist auch dein Volk, gegen das der Aufstand geht."

„Mein Volk?" Sie runzelte die Stirn.

„Du verstehst, was ich meine", sagte Tutañawi sanft. „Spanier. Spanischstämmige."

Sie legte mit einem Lächeln ihre Hand auf seine, wusste aber, dass ihre Augen ernst blieben. „Ich habe seit Jahren kein Wort mehr auf Spanisch gesprochen. Ich kenne diese Leute nicht mehr. Warum glaubst du, dass ich zu ihnen gehöre?"

„Weil es eine Zeit mit ihnen gibt, an die du dich erinnern kannst", antwortete Tutañawi.

Isabel zuckte mit den Schultern. „Das ist nicht so einfach. Außerdem spielt das jetzt keine Rolle. Veränderungen stehen bevor." Sie atmete tief durch und ging zurück in die Hütte. Tutañawi blieb kurz reglos im Türrahmen stehen, dann folgte er ihr und sah zu, wie sie frische *chicha* nachschenkte. Wortlos nahm er den Krug entgegen und trank.

„Tutañawi, wenn der Aufstand scheitert, werden sie nicht nur Túpac Amaru bestrafen, sondern alle Kinder der Anden", fuhr Isabel fort. „Die Unterschiede in diesem Land werden schärfer werden, das ist es, was mir Angst macht." Es war ein wenig, als brannten wieder die sonnenheißen Steine unter ihr, die sie in den Albträumen noch immer spürte. Jene Steine, auf die Yawar am Ende seiner Flucht gestürzt war.

„Du siehst Gespenster", sagte Tutañawi beruhigend. Er stellte den Krug weg und zog sie mit einer schlichten Bewegung in seine Arme.

Mit einem Seufzer ließ Isabel sich gegen ihn sinken.

„Der Vizekönig wird feststellen, dass es sich nur um einen kleinen Unruhestifter handelt. Einen Blender, einen Kaziken, der seine eigenen Privilegien durchsetzen will. Das muss doch selbst den Leuten in Cuzco klar sein, dass diese Sache nichts mit Huamanga zu tun hat. Was soll passieren?"

„Einige Männer wollen nach Cuzco gehen und sich Túpac Amaru anschließen", murmelte Isabel.

„Sollen sie. Bis sie dort ankommen, ist längst alles vorbei, und sie werden unverrichteter Dinge zurückkommen, ohne dass ihnen irgendetwas passiert."

Isabel vergrub ihr Gesicht an seiner Brust.

„Ich habe kein gutes Gefühl", sagte sie, und dabei blieb es.

*

Die Nachrichten, die sie in den nächsten Wochen aus dem Süden erreichten, bestätigten Isabels dunkle Vorahnungen. Es schienen mehr Leute auf Túpac Amarus Seite zu kämpfen, als sie alle angenommen hatten, und er hielt die Belagerung Cuzcos länger durch als erwartet.

Obwohl allen in Paukarllaqta klar war, dass die Nachrichten stets mit einigen Tagen Verzug bei ihnen eintrafen und sich die Lage, von der ihnen berichtet wurde, in der Zwischenzeit bereits wieder geändert haben konnte, wussten alle im Dorf, dass es keine kleine Angelegenheit war, die da im Süden im Gange war.

Immer mehr Männer sprachen davon, nach Cuzco zu gehen und sich Túpac Amaru anzuschließen. Tutañawi blieb ein heftiger Gegner dieses Plans, und an Isabel nagten weiter die Sorgen. Ihr fiel auf, dass sie fast nur noch dunkle Wolle für ihre Webarbeiten verwendete, Farben, die sie sonst nie angerührt hatte. Sie trug einen neuen Schatten auf der Seele, der sich mit den alten zu verbünden schien.

Dann kam die Nachricht, die das Dorf mit der Gewalt einer Schlammlawine überrollte. Die Hirten brachten sie vom Markt in Huamanga mit, trieben sie vor sich her wie eine Lamaherde, schrien sie durch die Straßen des Dorfes, als sie aus der Stadt zurückkehrten. „Túpac Amaru ist tot! Sie haben ihn getötet!"

Die formlosen Worte nahmen schnell Gestalt an, geisterten durch Gassen, Winkel und Häuser, bis auch der letzte Mensch in Paukarllaqta das Geschehene zu berichten wusste, als wäre er selbst dabei gewesen. Sie hatten Túpac Amaru gefasst und ihn mitsamt seiner Getreuen hingerichtet auf dem Hauptplatz von Cuzco.

Man erzählte sich, dass sie Túpac Amarus Gefährtin, der tapferen Micaela Bastidas, die Zunge hatten herausreißen wollen und versagt hatten, weil sie die Zähne so fest zusammenbiss. Man erzählte sich auch, dass Túpac Amaru selbst durch Vierteilen hatte sterben sollen, und dass sie ihn an vier Pferde gebunden hatten, die in unterschiedliche Richtungen davonstieben sollten. Aber selbst die Kraft von vier Pferden hatte es nicht vermocht, den rebellischen Túpac Amaru zu zerreißen, und schließlich hatten die Spanier ihn erwürgt, so wie sie alle Rebellen erwürgt hatten, derer sie habhaft geworden waren.

Man ließ diese Geschichte wandern wie einen randvollen Krug mit *chicha*, und Isabel öffnete ihr die Tür und nahm sie im Spiegelbuch auf, zwischen den anderen Geschichten von Schweiß und Blut, die sich bereits auf den Seiten zusammenkauerten. Sie blickte dem Neuankömmling in die roten Tintenaugen und wusste, dass diese Geschichte noch nicht zuende erzählt war.

„Es wird Konsequenzen haben."

Selbst Tutañawi gab das jetzt zu. Die Anden schienen den Atem anzuhalten, die Hoffnung der Rebellen war gebrochen worden, dabei hatten sie den Sieg so nah geglaubt und eine neue Ordnung so greifbar. Sie erwarteten spanische Soldaten, aber was zuerst kam, waren die Worte: Gesetze. Und Gesetze bedeuteten Verbote. Sie kamen nacheinander mit den Händlern aus Huamanga herauf und brachen wie ein Heuschreckenschwarm in den Alltag von Paukarllaqta.

„Sie verbieten uns unsere Kleidung. Wie die Spanier sollen wir jetzt einhergehen."

„Was haben sie davon? War es nicht immer besonders wichtig, dass wir uns anders kleiden als sie?"

„Wie wollen sie denn jetzt noch wissen, wer Indio ist und wer nicht?"

Verwirrtes Murmeln machte sich in den Straßen breit, bis das nächste Verbot folgte, und das war schlimmer als alles, was Isabel sich auszumalen gewagt hatte. Diese Nachricht lief nur noch in Wellen des Flüsterns durchs Dorf. Niemand mochte die Stimme heben, niemand es glauben.

„Sie haben das Quechua verboten!"

Wenn Fassungslosigkeit ein Gesicht haben konnte, dann war es das jedes einzelnen Menschen von Paukarllaqta.

„Das kann nicht die Wahrheit sein."

„Warum sollten sie das beschließen?"

„Es sollen nun alle Spanisch sprechen!"

Auf der Plaza und an den Straßenecken sammelten sich wispernde Grüppchen, die sich ratlos immer wieder die gleichen Fragen stellten und doch im Grunde die Antwort sehr wohl wussten: Man verbot ihnen nicht nur eine Sprache, sondern alles, was sie waren. Ihr ganzes Leben glitt dahin im sanften, musikalischen Rhythmus des Quechua, einer Sprache, die die Welt aus einem Blickwinkel beäugte, den die Menschen des Spanischen niemals eingenommen hatten und niemals verstehen würden. Quechua, das waren ihre Lieder und Geschichten, ihre Witze und Flüche, das waren die ersten Worte, die ein Kind lernte, und die letzten, die ein Sterbender hörte. Selbst in der kleinen Dorfkirche betete man auf Quechua, und den neuen Gott auf dem Holzkreuz hatte es nie gestört, er schien sie auch so zu verstehen.

Ein Gesetz, das sie zum Verstummen bringen sollte, war die wirksamste Waffe von allen, um einer neuen Rebellion vorzubeugen.

Am Anfang herrschte nur Verwirrung über das neue Verbot, doch niemand glaubte daran, dass man ihm ernsthaft würde Folge leisten müssen. Aber dann kamen die Soldaten aus Huamanga, und die Präfekten, die das Dorf zu kontrollieren begannen. Plötzlich gab es Geld- und Prügelstrafen, und die bunten Worte des Quechua tränkten sich langsam mit dem Blut derer, die es weiter zu sprechen wagten. Isabel trat einmal auf der Hauptstraße des Dorfes einem Soldaten entgegen, der, eine Rute in der Hand, auf Kusis Mutter einprügeln wollte. Entschieden sprang Isabel dazwischen.

„*Paqtatakuy! Asna alqotajina p'anaykiman!*", fauchte sie den Mann an – „Vorsicht! Ich könnte dich schlagen wie einen stinkenden Hund!" – und er taumelte zurück. Obwohl Isabel sich mittlerweile nach Art der Hochlandfrauen kleidete und ihr Haar fast immer in einem langen Zopf zu bändigen versuchte, war ihr weiterhin deutlich anzusehen, dass sie nicht hier oben geboren war, und aus ihrem Mund Quechua zu hören, überraschte den Soldaten so sehr, dass er von seinem Prügeln abließ.

In den Wirren dieser Tage kehrten Isabels Albträume mit neuer Macht zurück, brannten ihr morgens als bittere Übelkeit in der Kehle und mischten sich mit den langen Schatten ihrer Befürchtungen. Es konnte so nicht weitergehen, erkannte sie. Mit den Veränderungen in den Anden war das Spiegelbuch in größerer Gefahr als je zuvor, und wenn Isabel ihr eigenes Gesicht im Spiegel betrachtete, hohlwangig und mit dunklen Ringen unter den Augen, bezweifelte sie, dass sie die Richtige war, um es weiter zu beschützen. Der Entschluss fühlte sich nicht gut an, aber sie musste ihn treffen, bevor es zu spät war.

„Du siehst nicht so aus, als würde Tutañawi dir sonderlich angenehme Nächte bescheren", bemerkte Chaski, als sie im Morgengrauen zu ihm kam.

Isabel überging seine Bemerkung. „Chaski, wir werden noch einmal auf Reisen gehen."

Er starrte sie aus seinen braunen Augen an. „Was meinst du damit, Prinzesschen?"

„Wir gehen zu Mismi." Sie atmete tief durch. „Wir können das Spiegelbuch nicht länger hier behalten. Und ich glaube nicht, dass ich es weiter beschützen kann. Ich habe schon länger ein schlechtes Gefühl."

Das Alpaka musterte sie mit hängenden Ohren. „Wahrscheinlich bist du einfach schwanger."

„Sei nicht albern."

„Du willst das Buch ernsthaft aufgeben?"
Isabel seufzte und lehnte ihre Stirn an Chaskis weichen Hals. Mit einem Mal kribbelte ein Schluchzen in ihrer Kehle, das Isabel mühsam niederringen musste. „Ich will nicht, aber ich sehe keine andere Möglichkeit. Ich bin so müde, Chaski. Um mich herum versinkt alles im Dunkel. Ich kann das nicht. Vielleicht hat Mismi von Anfang an recht gehabt, und ich hätte niemals zur Yuyaq werden sollen."
Sie befürchtete erneute Widerworte, aber stattdessen hörte sie Chaski seufzen. „Im Moment bist du die Yuyaq, und es ist deine Entscheidung. Ich werde dich zu Mismi bringen."

*

Der Wind, der nun zu Füßen Mismis wehte, war rauer, aber Isabel stand mit der gleichen Entschlossenheit an den Flanken des *apus* wie vor einigen Jahren, als sie ihm zum ersten Mal das fertige Spiegelbuch gebracht hatte.
Wieder vernahm sie ein dumpfes Grollen, das den Boden unter ihren Füßen zum Schwingen brachte und dann wieder abebbte.
„Ich bitte dich um deinen Schutz, *jatun apu*. Das Spiegelbuch ist nicht mehr sicher. Sie zerstören alles, was mit dem Quechua zu tun hat."
„Du willst", sagte Mismi, „deine Aufgabe als Yuyaq aufgeben?"
Sie schüttelte den Kopf, und Chaski hinter ihr schnaubte leise.

„Ich will es nicht, *jatun apu*. Aber ich fürchte um das Spiegelbuch. Es ist in Gefahr, wenn es in dieser Welt bleibt. Und …" Sie zögerte. Das Eingeständnis ihrer Schwäche würde die Genugtuung Mismis bedeuten, auf die er gewiss lange gewartet hatte. „Es sind viele Kämpfe zu schlagen. Das weiß ich, seit ich bei den Kondorkindern lebe. Die Vergangenheit zehrt an mir. Ich bin zu schwach, um eine gute Yuyaq zu sein. Ich will es nicht soweit kommen lassen, dass meine Schwäche das Spiegelbuch gefährdet."

Der *apu* schwieg, und Isabel wartete auf das Grollen, das seinen Zorn ankündigen würde – oder seinen Triumph.

Doch als er schließlich sprach, war seine Stimme weich.

„Yuyaq, der Platz dieses Buches ist in der Welt, nicht mehr in meinen Händen. Gerade jetzt brauchen die Menschen ihre Geschichten mehr denn je. Gewiss, die Zeiten ändern sich, und mein Fluch schläft zwischen den Zeilen des Spiegelbuchs: Wer es jemals verbergen wird, ohne seine Geschichte erzählen zu wollen, der wird von ihm getroffen werden. Die Verlorenen Geschichten sollen mit Stolz erzählt, nicht mit Scham verborgen werden. Die Tinte spricht ihre eigene Sprache. Meine Macht fließt in ihr."

„Aber ist das genug, *jatun apu*?", flüsterte Isabel und hätte sich selbst auf die Lippen beißen mögen. Es stand ihr nicht zu, Mismis Stärke anzuzweifeln.

Zu ihrer Überraschung schwang ein Lachen im nächsten Grollen mit. „Keineswegs, Yuyaq. Genug ist es nur, wenn ich weiter auf deine Hilfe zählen darf."

„Ich bin schwach", wisperte sie und senkte den Blick.

„Du bist stark", widersprach Mismi, „aber du hast schon richtig erkannt, dass die Vergangenheit an dir zehrt. Du trägst Furcht und Schmerz wie schweres Gestein in deiner Seele, und das nimmt dir die Kraft, die du durchaus besitzt. Leg beides ab, Yuyaq. Lass es hier. Dann wirst du stark genug sein, das Buch zu schützen."

Sie lächelte traurig. „Wenn ich das so einfach könnte, *jatun apu*."

„Du kannst es, Yuyaq. Wenn du es willst."

Unwillkürlich schloss Isabel die Augen. Natürlich wollte sie – aber konnte sie auch? Konnte sie alles, was ihr wehtat, was ihr Angst machte, einfach ablegen wie ein altes Kleidungsstück? Die Vorstellung hatte etwas Tröstliches.

„Ja, *jatun apu*. Ich will das so gern."

Isabel hatte das Gefühl, dass etwas von ihr weggerissen wurde, schmerzhaft und heftig, und taumelte zurück. Tränen drängten in ihr nach oben, und als sie die Augen öffnete, streiften schwere weiße Flügel ihr Gesicht. Sie wischte sich mit dem Arm über die Augen und sah nach oben.

Ein schneeweißer Falke kreiste wenige Meter über ihr und blickte auf sie herab. Sie spürte eine Verbundenheit mit dem Vogel, begriff, dass er bis vor wenigen Augenblicken ein Teil von ihr gewesen war, der jetzt frei flog. In sich fühlte sie Leere, aber es war eine wohltuende Leere, die ihr Leichtigkeit gab. An Isabels Entschlossenheit hatte sich nichts geändert, aber sie verstand, dass die Bitterkeit verschwunden war. Sie dachte an Yawar, nur um zu überprüfen, dass Mismi ihr diese Erinnerung gelassen hatte, und sie stellte fest, dass alles noch da war.

Nur Schmerz und Furcht waren fort.

Sie kreisten als Falke über ihr.

Der Raubvogel gab einen langen, klagenden Schrei von sich, als wolle er sie dafür loben, dass sie endlich die Zusammenhänge erkannt hatte. Dann stieg er höher und verlor sich bald in der Wolkendecke, die über den Gipfeln waberte.

Isabel atmete tief durch. „Ich danke dir, *jatun apu*."

„Ich danke dir, Yuyaq." Eine neue Wärme lag in Mismis Stimme. „Du hast mir gezeigt, dass du deiner Aufgabe würdig bist. Es ist meine Pflicht, dir zu helfen. Nun kehre zurück nach Paukarllaqta. Es gibt viel zu tun."

Sie nickte und dachte an seine Worte. Er hatte recht. Das Spiegelbuch gehörte dorthin, wo die Menschen waren, und nicht nur das Buch selbst. Isabel hütete mehr als nur ein Buch, sie hütete all seine Geschichten, und sie trug sie nicht nur in Tintengestalt auf Papier mit sich, sondern verheißungsvoll wispernd in ihrem Herzen. Bis zu ihrem letzten Atemzug würde sie dafür sorgen, dass diese Geschichten lebendig und unvergessen blieben. Endlich fühlte sie sich wieder stark genug dafür.

„Ich werde dich nicht enttäuschen", flüsterte sie. „Die Geschichten …"

Zu ihrer Überraschung war es wieder ein Lachen, das sie unterbrach. „Ich spreche nicht nur von den Geschichten, Yuyaq. Ich spreche auch von dem Kind unter deinem Herzen."

Diesmal glitt ihre Hand tiefer auf ihren Bauch.

„Was?", murmelte sie und spürte, dass ihre Augen groß wurden.

„Mir glaubt ja keiner", beklagte sich Chaski hinter ihr. „Ich hab's dir doch gesagt, Prinzesschen."

Ungläubiges Glück breitete sich in ihr aus.

„Bist du sicher, *jatun apu*?", flüsterte sie und ihr war, als nehme sie ein würdevolles Nicken Mismis wahr – es war da, ohne dass sie es sah. Und nun, da sie weder Schmerz noch Furcht in sich trug, wusste sie auch, dass es stimmte. Sie lächelte. „Tutañawi wird glücklich sein."

Chaski schnaubte. „Steig auf, Prinzesschen. In deinem Zustand solltest du nicht mehr viel laufen."

„Jetzt hör aber auf!"

Sie lehnte sich nach vorne gegen den wolligen warmen Hals, und während Chaski mit vorsichtigen Schritten den Abstieg begann, drehte sie sich ein letztes Mal zu dem *apu* um, der nun fast völlig in Nebel gehüllt vor ihr lag. Es war wie der Abschied von einem Freund: Sie hatte den Widerwillen in seinem Vertrauen besiegt.

Und sie hatte die Kraft bekommen, sich ganz auf ihre Zukunft zu konzentrieren.

Isabel nickte stumm zu ihren eigenen Gedanken. Ja, es gab viel zu tun in Paukarllaqta, und nicht nur dort. Das Spiegelbuch würde nicht verloren gehen, nicht, solange sie es verhindern konnte und nicht, solange es Menschen gab, die ihre Liebe zu dem rauen Boden dieses Landes teilten.

Isabel blickte in die andere Richtung zu den Ufern des Río Colca.

Ihr war, als sehe sie erneut einen kleinen Jungen über die Steine am Ufer springen. Er blieb stehen, sah auf und winkte ihr zu, und sie begriff, dass er noch immer hier war.

Isabel lächelte.

Dann hob sie die Hand und winkte zurück.

Anmerkung der Autorin

Beinahe alle Schauplätze in diesem Buch sind real existierende Städte und Dörfer in Peru. Auch Mismi und Sabancaya sind wirkliche Berge, die in der Nähe der Stadt Arequipa liegen. Der Glaube an *apus* ist ebenso wenig erfunden wie die Vorstellung, dass der Kondor ein Bote der Götter ist.

Dass Padre Valentín Peru verlassen muss, hängt mit der Aufhebung des Jesuitenordens 1773 zusammen. Diese ist genauso ein historischer Fakt wie die Rebellion von José Gabriel Condorcanqui (»Túpac Amaru II.«), die im Jahr 1780 begann und die Isabel am Ende des Buches so viele Sorgen bereitet.

Nicht historisch ist die Rebellenbewegung der »Kondorkinder«, und auch das Wort und das Konzept selbst sind fiktiv.

Der Begriff des *mallki* existiert ebenfalls, wird aber im Buch auf sehr spezielle Weise interpretiert.

Das Dorf K'itakachun ist der einzige erwähnte Ort, den es in dieser Form nicht gibt. Die Beschreibungen von K'itakachun sind allerdings an die Realität verschiedener Dörfer in den höheren Gebieten des Colca-Tals angelehnt.

Glossar

Quechuanamen und ihre Bedeutung

Name	Bedeutung
Llanthu	„Schatten"
Munay T'ika	„hübsche Blume".
Tullu	„Knochen"
Tutañawi	„Nachtauge"
Usphasonqo	„Aschenherz"
Yanakachi	„schwarzes Salz"
Yanaphuru	„schwarze Feder"
Yawar	„Blut"

Spanische und Quechuabegriffe

Q = Quechua / S = Spanisch

apu   Q   „Herr", Bezeichnung für die Berggipfel und die Vorstellung der mit ihnen verbundenen Geist- oder Gottwesen

ayllu   Q   Familienverband, Dorfgemeinschaft; spezifische soziale Organisationsform im Inka-Reich

-cha   Q   Die Nachsilbe -cha bezeichnet die Verkleinerungs- oder Koseform. -chay drückt zusätzlich Besitz aus: Isabelchay - „meine kleine Isabel"

charango   S   kleines gitarrenähnliches Saiteninstrument, früher aus dem Körper eines Gürteltiers hergestellt, heute aus Holz

chaski   Q   Läuferbote im Inka-Reich

chicha   S   fermentiertes Maisbier, traditionelles Getränk in den Anden

chicha morada S   Chicha aus lilafarbenem Mais, oft nicht fermentiert, auch als Instantgetränk erhältlich und verbreitet

chomba   S   Bezeichnung für einen großen, gewölbten Krug, in dem Chicha zubereitet und aufbewahrt wird.

ch'arki   Q   Getrocknetes Fleisch (auf Spanisch „cecina")

ch'uño   Q   Getrocknete und damit extrem haltbar gemachte Kartoffel

coca   Q/S   (Erythroxylum coca), Gewächs in den Anden, dessen Blätter traditionell gekaut werden. In vorspanischer Zeit wurden sie rituell verwendet, die Spanier verbreiteten Coca unter den Minenarbeitern, da es Hunger und Müdigkeit dämpft. In den Andenländern ist das Kauen von Coca-Blättern und der Genuss von Coca-Tee sehr verbreitet. Da aus den Coca-Blättern die Basispaste für Kokain gewonnen werden kann, ist ihre Ausfuhr verboten, und sie fallen unter das UN-Drogengesetz.

corregidor   S   Titel im spanischen Kolonialreich, bezeichnet einen Verwaltungsbeamten, der auch juristische Kompetenzen hatte.

jinachu manachu   Q   „ist es so oder nicht?"

llaqta   Q   „Dorf"

lloqsiy   Q   verlassen, weggehen, im Text als Imperativ: „geh weg!"

manjar blanco   S   süße Creme aus karamellisierter Milch, in anderen Ländern als *dulce de leche* bekannt

mallki   Q   bezeichnet eigentlich die Mumien oder Seelen der Ahnen, kann auch allgemein auf Geisterwesen angewandt werden; hier im Buch meint mallki den Helfer eines *apus*

mate   Q/S   in der peruanischen Umgangssprache Bezeichnung für alle teeartigen Getränke, bei denen Kräuter in heißem Wasser ziehen. Nur schwarzer Tee heißt einfach *té*.

muña   Q/S   andine Pflanze, die mit der Minze verwandt ist und gern als *mate* getrunken wird.

ñan   Q   „Weg"

phuru   Q   „Feder"

puka   Q   „rot"

qelqay, qelqariy Q   „schreiben"

Qhapaq Ñan   Q   „Großer Weg", Name des Straßensystems im Inka-Reich, dessen Reste noch heute erhalten sind

Quechua   Q   einst im ganzen Inka-Reich verbreitete Sprache, heute eine offizielle Landessprache in Peru und Bolivien; stark im Rückgang, für viele assoziiert mit Armut und Rückständigkeit. Quechua ist eine sehr regelmäßige Sprache, agglutinierend wie z.B. das Türkische, deren Gebrauch aber auch sehr intuitiv ist, was sie trotz ihrer Regelmäßigkeit nicht leicht zu erlernen macht.

reducciones S Im spanischen Kolonialreich Siedlungen, wo Indigene – getrennt von den Spaniern – und meist unter Aufsicht der Jesuiten lebten.

rirpu patara Q „Spiegelbuch"

¡santísima vírgen! S „heilige Jungfrau!"

sillar S weißes, vulkanisches Tuffgestein

sonqo, sonqollay Q „Herz", „mein Herz"

sonqo suwa Q „Herzensdieb" oder „Herzensdiebin" (das Quechua unterscheidet bei den Substantiven nicht zwischen weiblichen und männlichen Formen)

sumaq Q schön, auch: *sumaq imilla/* *sumaq sipas* schönes Fräulein

supay Q Wesen, das die Unterwelt bewohnt, zu Unrecht mit dem christlichen Teufel oder Dämonenwesen gleichgesetzt und in der peruanischen Alltagssprache auch meistens so verwendet.

tamal S mit verschiedenen Zutaten gefüllte Masse aus Maismehl, wird in Maisblätter gewickelt serviert und verkauft

Vicuña S/Q wildlebender Verwandter des Lamas, sehr zierlich, hat die feinste tierische Wolle yana   Q   „schwarz", bezeichnet aber gleichzeitig das Konzept der sich gegenseitig zu einem Ganzen vervollständigenden Gegensätze

Yuyaq   Q   „der, der sich erinnert"

Danksagung

Das Bild des Schreiberlings im stillen Kämmerlein ist überholt. Dieses Buch handelt davon, dass Geschichten lebendig sind, und wie alle Lebewesen brauchen sie Gesellschaft. Ohne all die Inspiration, Unterstützung und Hilfestellung, die ich von so vielen Seiten bekam, hätten die Geschichten in diesem Buch nicht erzählt werden können.

Ein ganz besonders herzlicher Dank geht an die Menschen, die das Manuskript in seiner Urfassung lasen und mit ihren wertvollen Hinweisen und Kommentaren dafür sorgten, dass es überarbeitet und verbessert werden konnte: Ohne Anja Blaszczyk, Bianca Scraback, Conni, Felicitas Heine und Si-yü Steuber wären die „Kondorkinder" niemals flügge geworden. Auch nicht ohne Tanja Rast, weil sie mir bei einem mitternächtlichen Telefonat im entscheidenden Moment ins Ohr schrie, sodass ich das Roman-Exposé an den Verlag mailte, und weil sie dem Manuskript im letzten Korrekturdurchgang noch einmal mit atemberaubender Geschwindigkeit und Präzision zu Leibe rückte.

Ansonsten stehen noch so viele einzelne Geschichten hinter diesem Buch, dass sie unmöglich alle erzählt werden können – angefangen bei meinen eigenen Reisen nach Peru, meinen Erlebnissen und Erinnerungen und der Gewissheit, dass dort noch viele Geschichten auf mich warten. Dem alljährlichen Schreibwahnsinn im November, dem „National Novel Writing Month" (NaNoWriMo), verdanke ich es, das Buch überhaupt begonnen zu haben; dem Tintenzirkel und seinen wunderbaren Mitgliedern hingegen, dass ich es fertig schreiben konnte.

Ich danke meinen Eltern und meinen Freunden, die stets verstanden haben, wie viel das Schreiben für mich bedeutet, und die mich darin bestärkten, auf die Suche nach meinen verlorenen Geschichten zu gehen. Und ich danke auch Veronika Stix, dass die »Kondorkinder« bei ihr ein Nest gefunden haben – denn Geschichten brauchen eine Heimat, um auf die Reise gehen und erzählt werden zu können.

Sabrina Železný
Bonn, Januar 2013

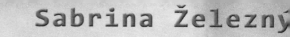

KOndorkinder
Der Fluch des Spiegelbuches

Mondwolf

Erscheinungstermin:
August 2013

IMPRESSUM

1. Auflage – Copyright © 2013, Verlag Mondwolf, Veronika Maria Stix, Wien

Coverbild: Maik Schmidt

Satz und Layout: Veronika M. Stix, www.mondwolf.at

Lektorat u. Korrekturen: Veronika M. Stix

Druck und Bindung: Druckerei Theiss, 9431 St. Stefan im Lavanttal, www.theiss.at

Gedruckt in Österreich

ISBN 978-3-9503002-9-1

Ein Buch und ein Fluch

Sterne werfen ihr kaltes Licht auf die schlafende Stadt, und Malinkas Hände berühren rauen Stein. Unter ihr dunkles Wasser, das Rauschen des Flusses bricht die Stille und tost in Malinkas Ohren. Sie kennt jede verwinkelte Altstadtgasse zu beiden Seiten der Brücke, auf der sie steht. Wäre Vollmond, könnte Malinka vielleicht die Umrisse der Vulkane erahnen, die sich in ihrer Blickrichtung befinden müssen.

Sie lehnt sich nach vorne und empfindet eine Mischung aus Wehmut und Glück, an diesem Ort zu sein. Ein Teil ihres Bewusstseins weiß um die Unwirklichkeit.

Schritte klingen auf dem steinernen Boden der Brücke.

Malinka erschrickt nicht. Sie dreht sich um, der Nachtwind streift ihr Haar, und sobald sie den Fremden sieht, erkennt sie ihn wieder. So oft hat er schon vor ihr gestanden. Ein Schlapphut verdeckt sein Gesicht, dennoch sieht sie dunkle Augen aus dem Schatten schimmern, wachsam und klug.

Sie kennt ihn. Sie erinnert sich an ihn. Und doch hat sie, wie jedes Mal, seinen Namen vergessen und auch das, was er ihr sagen wird.

„Malinka", sagt der Fremde. „Komm zurück. Wenn du zurückkommst, dann frag nach mir."

Sie schaut ihn an. Jedes Wort, das sie spricht, wird den Zauber seiner Anwesenheit brechen.
Er schiebt die Hutkrempe hoch, und im Licht der Sterne sieht sie ihn lächeln.
„Mein Name ist Garcilaso."

Es tat gut, das Gewicht des Bücherstapels auf die Rückgabetheke gleiten zu lassen. Matteo atmete tief durch und sah zu, wie die Bibliotheksangestellte die Bücher kurz durchsah und ihm dann zunickte.

Das war der letzte Stapel gewesen. Jetzt war Matteo endgültig frei. Es amüsierte ihn, dass die Rückgabe der letzten Bücher einen größeren Effekt auf ihn hatte als die Abgabe der Abschlussarbeit selbst. Er ließ einen letzten Blick durch das Foyer der Bibliothek gleiten, nahm noch einmal mit voller Konzentration das verstohlene Wispern und den schüchternen Widerhall gedämpfter Schritte wahr. Mit diesem Ort war er jedenfalls fertig.

„Entschuldigung, junger Herr. Würdest du mir behilflich sein?"

Die Stimme erklang direkt hinter ihm, und obwohl Matteo hoffte, dass er damit nicht gemeint war, sah er sich kurz um.

Ein Mann lächelte ihm zu.

Er saß auf der Kante des Tisches, der eigentlich für die Einsicht von Nachlässen reserviert war, und schien irgendwie nicht hierher zu passen. Sein Alter hätte Matteo schwer schätzen können, das Gesicht des Mannes wies markante Züge auf. Im schwachen Licht des Foyers wirkte seine Haut dunkel, was ihn zusammen mit seinen dunklen, blitzenden Augen seltsam indianisch wirken ließ, jedenfalls völlig fehl am Platz in einer deutschen Universitätsbibliothek. Er trug einen langen schwarzen Mantel und einen weißen Schal.

„Ja?", fragte Matteo gedehnt, ohne sich vollständig umzudrehen. Es konnte nicht schaden, dem seltsamen Kauz klarzumachen, dass er in Eile war.

„Ich fragte mich gerade", sagte der Mann, „ob du ein Buch für mich holen könntest."

Etwas an seiner Art zu sprechen irritierte Matteo. Da war kein Akzent in der Stimme, und trotzdem hätte er schwören können, dass der Mann nicht in seiner Muttersprache mit ihm redete.

Matteo zog die Augenbrauen hoch. „Ein Buch holen? Warum tun Sie das nicht selbst?"

Der Mann lächelte wieder. „Ich habe keine Nutzungsberechtigung für diese Einrichtung hier."

„Sie könnten doch einfach einen Ausweis beantragen", antwortete Matteo und wies mit einem Kopfnicken in Richtung des Schalters, an dem die Anträge ausgegeben wurden.

Der Fremde nickte. „Schon. Aber weißt du, das ist viel Zeit und Aufwand für eine Kleinigkeit. Ich möchte mich eigentlich nur überzeugen, dass das Buch, das ich meine, in einem guten Zustand ist."

Jetzt drehte sich Matteo doch ganz zu dem Mann um. In seinem Kopf wuchs die Überzeugung, es mit einem Verrückten zu tun zu haben – vielleicht ein Gastwissenschaftler von irgendeiner Hochschule, dem langsam die Sicherungen durchbrannten.

„Warum fragen Sie nicht einfach einen Angestellten, ob …"

„Bitte", unterbrach ihn der Mann sanft, aber bestimmt. „Ich möchte, dass du nachsiehst."

„Sie müssten nur im Katalog …"

Der Mann schüttelte auf so nachdrückliche Art und Weise den Kopf, dass Matteo abbrach.

„Es steht nicht im Katalog", sagte der Fremde.

„Woher wollen Sie dann wissen, dass es hier ist? Und wie zum Teufel sollte ich es dann finden?"

Langsam wurde es Matteo zu bunt. Vielleicht sollte er den Kerl im schwarzen Mantel einfach stehen lassen.

„Zum Teufel", sagte der Mann gedehnt und fast belustigt. „Nein, der hat hiermit nichts zu tun. Ich bin sicher, dass du das Buch findest. Es möchte gefunden werden, weißt du."

„Wissen Sie was?", sagte Matteo. „Fragen Sie jemand anders, ich kann Ihnen nicht helfen. Ich habe es eilig." Er wandte sich zum Gehen.

„Es liegt im Abholbereich", hörte er den Mann hinter sich.

Unwillig blieb Matteo noch einmal stehen. „Dann können Sie es ja selbst holen."

„Wie ich schon sagte: Nein, das kann ich nicht. Bitte, mein Junge, es würde nur ein paar Minuten dauern. Ich will nur sehen, dass mit dem Buch alles in Ordnung ist, dann geben wir es wieder zurück."

„Fragen Sie jemand anderen."

„Jemand anderes würde es nicht finden."

„Entschuldigen Sie, aber Sie sind doch verrückt."

„Kennst du den See Llanganuco?", fragte der Mann sanft.

Matteo zog die Luft ein. Was sollte das nun wieder?

„Nein. Sollte ich?"

„Das ist die Farbe des Einbands", sagte der Fremde. „Wie das Leuchten eines Bergsees in der Sonne."

Matteo biss sich auf die Lippen und überschlug seine Möglichkeiten. Vielleicht war es wirklich am einfachsten, wenn er zumindest so tat, als ob er dem Anliegen des Fremden nachkommen wollte. Er würde in den Abholbereich gehen, sich dann zwischen den Regalen zur Cafeteria schleichen und die Bibliothek über den Nebeneingang verlassen. Danach konnte er über den Haupteingang zurückkommen und seine Sachen aus dem Schließfach holen, aber das würde der Mann von hier aus nicht sehen können und auf Matteo warten, bis er schwarz wurde.

Er atmete tief durch. „Keine Ahnung, was das für eine Farbe sein soll. Aber wenn Sie meinen, dass ich es erkenne, dann gehe ich eben kurz nachsehen."

Wieder lächelte der Mann und nickte sacht. „Ich danke dir, mein Junge."

Matteo verzog das Gesicht. Es gab nichts Schlimmeres als Leute, die ‚mein Junge‘ zu einem sagten.

„Bin gleich wieder da“, murmelte er, drehte sich um und marschierte in Richtung Buchabholbereich.

Wie oft hatte er sich in den vergangenen Monaten durch das Labyrinth aus braunmetallenen Regalen geschlängelt? Er bog nach rechts ab, sah sich suchend um und musste unwillkürlich grinsen. Als ob er wirklich nach dem mysteriösen Buch gesucht hätte. Was für ein Unsinn. Matteo setzte sich in Bewegung und überlegte, ob er sich in der Cafeteria noch einen Cappuccino gönnen sollte, ehe er ging – vielleicht verschwand der komische Kauz im Foyer in der Zwischenzeit auch von alleine.

Und dann sah er es.

Er blieb wie angewurzelt stehen.

Es leuchtete ihm aus dem Augenwinkel ins Blickfeld – ein kräftiges Türkisblau, auch wenn das die letzte Farbe war, die er von einem geheimnisvollen Buch erwartet hätte.

Langsam drehte Matteo sich um.

Es lag allein auf einem ansonsten leeren Regalbrett, genau in der Mitte, als habe es jemand mit großer Sorgfalt dort platziert. Besonders groß war es nicht, zumindest nicht größer als ein herkömmliches Taschenbuch. Der Einband schien aus Leder zu sein. Es waren weder ein Bild noch ein Titel darauf aufgedruckt. Matteo hatte nicht den geringsten Zweifel daran, dass es das Buch war, von dem der Fremde gesprochen hatte. *Sei nicht albern*, ermahnte er sich. Trotzdem trat er auf das Regal zu und strich sacht mit dem Finger über den Einband. Dieser war in der Tat aus Leder, es war weich, die Oberfläche glatt. Matteo schlug das Buch auf.

Überraschung brandete in ihm auf. Das Buch war nicht gedruckt! Was ihm entgegenleuchtete, waren mit Tinte geschriebene Buchstaben, rot und blau, geschwungen und verschnörkelt, auf vergilbtem, leicht brüchigem Papier. Was er entziffern konnte, blieb ihm unverständlich. Das war keine Sprache, die er kannte – oder aber keine Schrift, die er lesen konnte. Es musste sehr, sehr alt sein. Matteo schüttelte unwillkürlich den Kopf. Irgendetwas war an dieser Sache merkwürdig. Gut möglich, dass dieses Buch nicht im Bibliothekskatalog stand; zu Beginn des Studiums hatte Matteo auf einer Führung gehört, dass es in den Magazinen der Bibliothek durchaus Exemplare gab, die nirgends erfasst waren. Aber wer hatte es dann in den Abholbereich getan? Was wollte der Fremde? Das Buch mit seiner Hilfe stehlen?

Nicht mit mir, dachte Matteo entschlossen.

Er setzte sich wieder in Bewegung, bog mehrmals ab und bahnte sich seinen Weg in Richtung der Cafeteria. Es war eigentlich nicht vorgesehen, dass man sie vom Abholbereich aus erreichte, aber im Zuge der Bauarbeiten hatte sich einiges in der Bibliothek verändert, und Matteo hatte den kleinen Durchgang zwischen den Regalen schon längst für sich entdeckt.

Ein Blick auf die Schlange in der Cafeteria überzeugte ihn, dass er auf den Cappuccino verzichten konnte, und er steuerte auf den Ausgang zu, schlüpfte ins Freie und schwenkte nach links in Richtung Haupteingang. Es war frisch, und er beeilte sich, die Bibliothek wieder zu betreten und nach seinem Schließfachschlüssel zu kramen. Mit einer Hand zog er seinen Rucksack nach draußen, während er mit der anderen das Buch …

Das Buch?

Fassungslos starrte Matteo auf das Buch. Aber er hatte es doch im Regal liegen lassen? Wieso hielt er es jetzt in der Hand? Er sah sich panisch um. Irgendwie erschreckte ihn der Gedanke, dass ihn jemand in der Bibliothek mit diesem Buch in der Hand nach draußen hatte gehen sehen und ihn jetzt für einen Dieb hielt.

Er streifte seine Jacke über und schulterte den Rucksack. *Sei kein Esel,* sagte er sich. *Du bringst es einfach zurück und sagst, dass es ein Missverständnis war.*

Ja, klar.

Er machte einen Schritt aus dem Sichtschutz der Schließfächer heraus und blieb stehen. Von hier aus konnte er das Foyer überblicken, aber der Fremde im schwarzen Mantel war nicht mehr dort.

Instinktiv presste Matteo das Buch an seine Brust, halb unter seine offene Jacke. Was wurde hier gespielt?

Die Angestellte an der Rückgabetheke hob den Kopf und sah zu ihm herüber, und das gab den Ausschlag. Matteo wirbelte herum und rannte nach draußen, das Buch fest an seine Brust gepresst.

*

Zwei Augenpaare – eines schwarz, eines gelb – sahen Matteo vom Dach der Bibliothek nach. Sahen auch, wie ein Schatten, kaum wahrnehmbar, sich an seine Fersen zu heften schien und hinter ihm herglitt.

„Hervorragend." Die gelben Augen zwinkerten zufrieden. „Das Spiel kann beginnen."

„Es ist ein hoher Einsatz."

Verächtliches Schnauben. „Ein hoher Einsatz? Das Leben des Jungen ist keinen Pfifferling wert. Hauptsache, das Buch geht auf die Reise. Nun muss er nur noch unser kleines Patentöchterchen finden."

Ein Seufzen, und die schwarzen Augen ließen ihren Blick über die Silhouette der Stadt gleiten.

„Ich kümmere mich darum."

„Ausgezeichnet, *Bruder.*"

Hüter des Uhrwerks Wegstein

Ingrid
Pointecker

272 Seiten,
Paperback
ISBN 978-3-
9503002-4-6

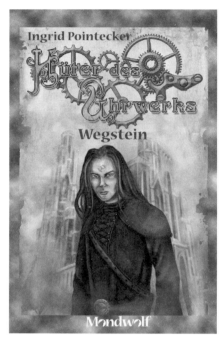

Das Ende kam damit, dass alles von neuem begann. In Wegstein, dem ersten Teil der Saga über die Hüter des Uhrwerks, entführt die Wahlwienerin Ingrid Pointecker die Leser in die Zukunft. In rund 170 Jahren wissen nur die Hüter von der Welt „davor". Dieses Wissen geben sie alle sieben Jahre während der Bardos-Versammlungen weiter. Zu diesem Treffen der Spielleute erwartet Meisterhüter Damandres seine neue Schülerin Saya – und die Autorin ihre Leser. Vom ersten Satz weg versteht Ingrid Pointecker es, ihre Leser in ihre Welt zu ziehen und sie zu fesseln, begierig auf die weiteren Ereignisse.

www.mondwolf.at

Die Feengabe

Barbara Schinko

288 Seiten, Paperback
ISBN 978-3-9503002-1-5

In sanften Tönen und kräftigen Farben
erzählt Barbara Schinko die Geschichte
von Mavie, die ihr Schwesterherz aus
den Klauen der Feen befreien will.
Gemeinsam mit ihrem Freund Sorley
muss sie dabei der Königin und ihren
Kindern trotzen, und auch dem Lug
und Trug des
Feenlandes
widerstehen.

Anthologien im

Sagenkinder

261 Seiten, Paperback
ISBN 978-3-9503002-0-8

16 Autoren aus Österreich und
Deutschland haben sich von
der Wilden Jagd, Rübezahl,
Basilisken, Gargoyles, Drachen,
Incubi, Wolpertinger und
mehr inspirieren lassen.
Eine bunte Sammlung
fantastischer Geschichten.

Berggeister

304 Seiten, Paperback
ISBN 978-3-9503002-2-2

Die besten Beiträge des
Wettbewerbs 2011 zeichnen
ein Bild jener Vielfalt, die
diese Geschichten mit der
Bergwelt gemeinsam haben.
Von Märchen bis klassischer
Fantasy, von Schmunzeln bis Gruseln bietet diese
Sammlung unterschiedlichste Kurzgeschichten.

www.mondwolf.at

Verlag Mondwolf

Funken, Flammen, Feuerzungen

ca. 280 Seiten, Paperback
ISBN 978-3-9503002-5-3

Feuer und Energie sind wesentlicher
Bestandteil in Märchen und
Fantasygeschichten. Das Lagerfeuer,
um das Rumpelstilzchen tanzte.
Der brüllende Flammenatem
furchterregender oder beschützender
Drachen. Flackernde Schatten, in denen
sich Geister und
Dämonen verbergen.
Feuerbälle, von
magischen Händen
geschleudert.
Das Knistern des
Herdfeuers, in dessen
Schein Geschichten,
Legenden und Helden
geboren werden.

Das Flüstern der Sirenen

Julia Stauber

€ 9,99
ISBN 978-3-9503002-7-7

Eingebettet in eine romantische Liebesgeschichte erweckt die Wiener Autorin Julia Stauber ausgewählte Geschöpfe der griechischen Mythologie zu neuem Leben. Sirenen und Musen haben sich in der Welt von heute unerkannt ihren Platz geschaffen. Und mittendrin ist Elena, hin und her gerissen zwischen den nagenden Zweifeln an

der Echtheit der Gefühle anderer, ihrer scheinbar bösen Vergangenheit und der schier aussichtslosen Hoffnung auf einen Neubeginn.

www.mondwolf.at

Verlag Mondwolf

Faule Ladung

Mortimer M. Müller

€ 3,99
ISBN 978-3-9503002-6-0

Was haben eine Halbelfe, als einziges weibliches
Wesen in die höheren Ränge der Stadtwache
aufgestiegen, ein Stadtmagier, der mehr an
Nagelpflege und diversen Enthaarungsmittelchen
interessiert ist als an den Problemen der Stadt, und
ein Klabauter, der sehnsüchtig auf „sein" Schiff
wartet, gemeinsam?
Ein Problem!

Mortimer M. Müller
erzählt von jenem Tag,
an dem ausgerechnet
ein mit einem Dämon
besetztes Schiff im
Hafen einläuft und
damit die Pläne
von Schmafou,
dem Klabauter, der
gesamten Hafen-
wache und aller
Stadtbewohner
durcheinander bringt.

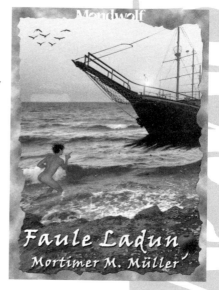